石鹰颂

防化指挥工程学院校园文化集萃

马文科　主编

人民文学出版社

图书在版编目(CIP)数据

石鹰颂/马文科主编 . - 北京:人民文学出版社,
ISBN 978-7-02-006179-2

Ⅰ. 石… Ⅱ. 马… Ⅲ. 诗歌-作品集-中国-当代
Ⅳ. I227

中国版本图书馆 CIP 数据核字(2007)第 073769 号

责任编辑:杨 渡 王培元 刘会军　责任校对:康 健
责任校对:刘光然　责任印制:王景林

石鹰颂
Shi Ying Song
马文科 主编

人民文学出版社出版
http://www.rw-cn.com
北京市朝内大街 166 号 邮编:100705
北京铭成印刷有限公司印刷 新华书店经销
字数 176 千字 开本 680×960 毫米 1/16 印张 16 插页 14
2007 年 9 月北京第 1 版 2007 年 9 月第 1 次印刷
印数:1—10000
ISBN 978-7-02-006179-2 定价 28.00 元

开国上将肖克为防化指挥工程学院题词

目　录

第一辑　诗翼鹰扬

第二辑　千峰随笔

第三辑 神兵异彩

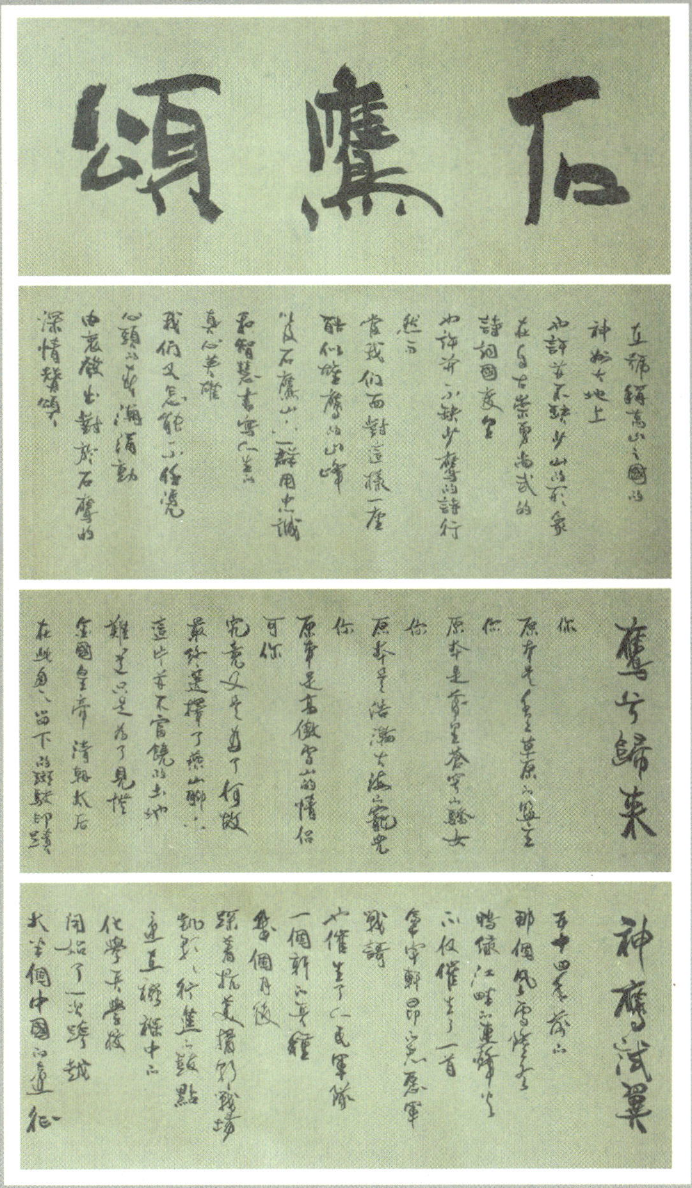

《石鹰颂》(局部)　彭　江　(基础部军队政治工作教研室教员)

石鷹頌

石　鹰　颂（代序）

■ 马文科

甲申岁末，余因防化学院党代盛会，忆往思今，与游京录同志联句吟成散文体长诗《石鹰颂》，不及期年，又逢学院重五之庆，特嘱军旅青年书法家彭江作书法长卷，以为由衷敬贺。适值学院校园文化集粹书稿初成，应编者之请，略加修改，权为代序。

丁亥元月防化指挥工程学院政治部主任马文科谨识。

在号称“万山之国”的神州大地上，
也许并不缺少山的形象；
在自古崇勇尚武的诗词国度里，
也许并不缺少鹰的诗行。
然而，当我们面对这样一座酷似雄鹰的山峰，
以及石鹰山下一群用忠诚和智慧书写人生的真心英雄，
我们又怎能不任凭心头的春潮涌动，
由衷发出对于石鹰的深情赞颂?!

鹰兮归来

你，原本是千里草原的盟主，
你，原本是万里苍穹的骄女，
你，原本是浩瀚大海的宠儿，
你，原本是高傲雪山的情侣，
可你，究竟又是为了何故，
最终选择了燕山脚下这片并不富饶的土地？
难道只是为了见证，
金国皇帝、清朝太后在此匆匆留下的斑驳印迹？
难道只是为了见证，
唐代刘蕡的冒死上书、明代戚继光的浴血杀敌，
或是詹天佑主持修成京张铁路的神来之笔？
不！
这些惊天动地的往事，
虽足以发人深思，
却终究只是陈迹。
只有半个多世纪前的那次历史抉择，
才将这里变成了孕育和汇聚英雄的宝地！

神鹰试翼

五十四年前的那个风雪隆冬，
鸭绿江畔的连天烽火，
不仅催生了一首气宇轩昂的志愿军战歌，
也催生了人民军队一个新的兵种。
几个月后，
踩着抗美援朝战场凯歌行进的鼓点，

还在襁褓中的化学兵学校，
开始了一次跨越大半个中国的远征。
从天府之国的巴山蜀水，
移师到京郊的万里长城，
一支光荣的降魔劲旅，
就这样在石鹰山下，
开始了展翅腾飞。
创业的艰辛后人简直难以置信，
首批防化学子的校舍，
竟零星散落在方圆百里的十四个村落；
石鹰山下的亘古荒滩，
更是贫瘠到连庄稼都不长一棵。
然而这里却不乏人才的靓色，
西点军校的专才、剑桥大学的博士，
还有燕京大学培育出的校长……
上下同心，八音和谐；
知难而进，锲而不舍。
辛勤耕耘换来的是，
桃李遍军营、栋梁奏凯歌。
从东南海疆的登岛抢滩到西北大漠的原子试验，
从雪域边陲的短兵相接到热带丛林的沉着应战，
防化健儿用自己的神勇，
铸就了兵种的荣誉、国门的威严！

关 山 寥 廓

当笼罩大地的冰雪乌云，
再次随着改革的春风如烟散尽，
化院也终于结束了先前的飘泊与彷徨。

当化院人重新聚首在石鹰山下，
他们也就开启了学院发展新的篇章。
曾几何时，和平与发展的潮流，
席卷了我们置身的蓝色星球；
曾几何时，中国迅速崛起的形象，
聚焦了形形色色关注的目光；
曾几何时，海湾上空的滚滚硝烟，
使举国上下都能感到科技强军任务的紧迫；
曾几何时，恐怖袭击的魑魅魍魉，
使整个世界都因为一种无色气体、
核子辐射和白色粉末陷入惊恐。
致力世界和平，促进共同发展，
捍卫国家主权，保障人民幸福。
新时期中国防化兵，
肩负着时代赋予的千钧之重！
当钟玉征这位年过花甲的中国女军人，
首度率团参赛便荣登日内瓦国际联试榜首，
在一片此起彼伏的喝彩声中，
中国防化兵第一次向世界展示了自己的“维和”实力。
当郁建兴这位年仅三十八岁的中国军人，
在战云密布的巴格达，
为了世界和平献出了自己宝贵的生命，
联合国秘书长给予的“忠于职守、深受赞誉”八字盖棺定论，
有力昭示了中国军人维护和平的真诚。
当陈海平这位年逾古稀的防化专家，
凭借自己在处理遗弃化武方面的敬业精神和高超技术，
令东洋人为之折服，
国人心中的世代伤痛也因此得到慰藉……

在这里，
涌现的全国绿化劳模刘克忠、全军自学成才标兵刘平，
以及抗击“非典”斗争的璀璨群星，
一次次把人们的视线吸引到石鹰山下；
核化救援、应急作战、生化反恐，
在一个个关乎国运民生的斗争前沿，
都活跃着化院人高歌奋进的身影。
新的战线，
正在创造新的辉煌；
新的辉煌，
正在孕育新的梦想。
英雄的业绩，
正在为脚下这片热土不断注入新的生机；
英雄的精神，
正在将石鹰陶塑成一只展翅高飞的鲲鹏！

鲲 鹏 之 梦

回眸凝望这座默默伫立的石鹰，
它有鲸的伟岸，
也有鹰的张扬；
它有凤的灵秀，
也有龙的神光。
你看它，
神色庄严，
气势恢宏，
仿佛时刻都在铭记着搏击云天的使命。
你看它，
脚踏实地，

目光炯炯，
何曾对自身的疏失和瑕疵有过半点的宽容？
你看它，
上下契合，
左右相拥，
巨石之间错落有致、和谐无争、共铸风景。
德积千仞，
学纳百川，
精诚报国，
致力和平，
这不正是化雀为鹏的深层奥秘！
这不正是石鹰精神的全部含义！
我们，
作为一点九五平方公里绿色校园的主人公，
该将以什么样的精神状态，
来回报日夜呵护我们的神鹰，
并以此作为自己对石鹰精神的
最好赞颂！

石鹰颂

第一辑　诗翼鹰扬

独立雄无敌，高扬摩碧穹。

——黄兴《咏鹰》

敛翼立千仞，凝目视万里。

气雄岳并尊，意远海难比。

——赵朴初《题吴作人画鹰》

沙尘烈烈不低头，风月靡靡自守心。

——尹义良《石鹰颂》

天垂神羽资长翼，地涌灵峰励壮心。

万壑朝宗瞻毓秀，千峰驻跸戌同春。

——马文科《题崇鹰亭·巩华阁》

石鹰诗草

■ 马骏驰

巍巍石鹰仰天啸，血性男儿八方来。
三载学兵不觉苦，一生奋飞共缅怀。

■ 魏裕后

抗美援朝赴征程，翩翩少年是书生。
我将命运联祖国，祖国赋我石鹰魂。
石鹰魂，伴终身，降魔战线献青春。
坎坷路上何所求，八一军旗添长缨。

■ 杨克正

防化群英起石鹰，革命火种播全军。
齐心共建新兵种，蘑菇烟云冉冉升。
五十年前小年轻，为报祖国霜满鬓。
却喜今朝重相聚，共话当年情更深。

（作者系化校一期校友）

七古二首

■ 尹义良

石鹰颂

天生雄姿踞石鹰，难算经历几回春。
沙尘烈烈不低头，风月靡靡自守心。
旷达翼帆天水远，威猛目电草丛惊。
日夜寒暑雨雪飞，不看人脸改表情。

龙脉点睛

——贺科技开发部修建石鹰公园

龙脉点睛明珠亮，八方潮来细俯仰。
西导青山云峰急，东引碧海波涛响。
物华多拥重游客，景奇长列合影墙。
春秋默默悠然去，自信不需费张扬。

（作者系原政委）

观石鹰头

■ 赵铁军

兀然突起，
超凡脱俗，
雄鹰凝眸西北，
神岭蜿蜒起伏。
阅尽千年沧桑，
透视历史烟雾。
刀光剑影，
映照豪杰辈出；
血雨腥风，
功成遍地枯骨。
三两处焚书坑儒余烟未尽，
八百里阿房大火又照天幕。
生与死，
有与无，
何堪诉？
仰问青天，
皆是人间过路。

思秦皇汉武，
叹唐宗宋祖，
万里长城今犹在，
不见当年雄霸主。
孟姜女何必哭？
几行泪，
几声笑，
几卷诗书，
悲欢离合几度？
书历劫传世，
人终化灰土，
纵观世界风云，
劫波凭谁渡？
赖降魔神兵，
为人类造福。
石鹰无语，
还看今朝风流人物。

（作者系原政治部宣传处处长）

《松鹰图》 胡国伟 （院务部直工处处长）

七 古 二 首

■ 胡国伟

神 鹰 抒 怀

雄踞京西欲凌空，傲立英姿瞩苍穹。
北战南征沙场迹，崖刻沧桑太古风。
登临壮怀凌云志，驰骋激扬金戈情。
鳞次栉比新妆美，神鹰当谢好愚公。

赴内蒙参加基地化训练见闻

名将不怒军自威，智勇气度耀边陲。
榜样身先胜万语，和风润物布春晖。
雄鹰摇篮锤羽翼，可汗故里砺精微。
沥血吐丝育良才，降魔劲旅叱风雷。

（作者系院务部直工处处长）

破阵子　驻跸山怀古

■ 游京录

寒暑八千故国，
纵横十万山河。
治绩煌煌成弹指，
白骨累累列嶂雪。
简书费哦嗟！

星火曾经风雨，
丹心久耐消磨。
水逐沧溟膏泽远，
绿近春风草色多。
铿锵百年歌！

（作者系政治部宣传处副处长）

师 英 颂

——献给无私的化院名师

■ 邵 奎

雄关如铁伫英姿，
鹰念烈士郁建兴。
奋身浴血殉道义，
飞扬重霄砺骄龙。

威严师道育桃李，
名振国际钟玉征。
远洋留馨凭勋绩，
播洒光热镌芳名。

神岭峰头紫云横，
兵种楷模陈海平。
天委重任净圣土，
降日遗毒锻奇兵。

永继先驱续长征，
传道布新天叹惊。

辉光笼罩石鹰头，
煌煌师心翱苍穹。

（作者系“神鹰新闻社”报纸新闻部第三任部长、三系七队学员）

摇篮恋

■ 施远岳

儿时的摇篮伴着呜咽的浦江谣，
辛酸、苦闷、怅惘多过嬉笑欢颜，
剩下的苦涩难咽。
石鹰头下那个摇篮洗净了我身上的污泥，
那摇篮抚平了我心里的伤痕。
她哺我以人间最圣洁的琼浆，
烈火煅烧我健骨强筋。
刻骨铭心的摇篮啊，母校！
无论是血火硝烟，
还是累倒在田头、工房；
无论站上披红挂花的讲台，
还是众目怒视的批斗会场。
那苦苦探索的夜，
那求知的欢欣和彷徨。
或因显赫对着艳羡的目光，
还是为落拓而遭弃谤。
想到你啊，

就能泰然处之，
出现忘却自我的升华。
闪光的摇篮啊！
我苦恋了一生的妈妈，
这革命的情缘啊！
直到我白发千丈。

（作者系1950年12月入化学兵学校，1953年3月加入中国共产党，毕业后入朝参战，曾任防化主任。）

石鹰精神颂

——莲花泡的故事

■ 陈海平

抗美援朝战火中诞生了防化兵，
　　血与火的洗礼铸就了石鹰精神！
在销毁日本遗弃化学武器的历史使命中，
　无数个日日夜夜，
　　在谈判桌上，
　　　在遍布全国的日遗化武埋藏点，
展开了新的“八年抗战”。
　“不畏艰险、顽强拼搏
　　　团结协作、无私奉献”
　　　　石鹰精神更加发扬光大。

莲花，
　多么美丽的名字，
　　她代表着纯洁、清静、一尘不染！
莲花泡，
　是一个人们神往的梦幻天堂：
　　那里

茂密的山林怀抱着碧波荡漾的湖泊，
水面上，
粉红色、白色的荷花
争奇斗艳，
那里
有绿色森林中红色的木屋、
木制的栅栏，
勤劳纯朴的山民和
活泼可爱的孩子们。
好一个美丽的香格里拉！
2004年7月23日
一个阴沉的日子。
叮铃铃……叮铃铃……
现场指挥部响起了电话铃声！
那边传来了急促的声音：
“莲花泡一名小孩
捡到一颗炮弹中毒啦！”
总指挥下令，
马上启动应急程序！
分析专家背起AP2C侦毒报警器，
风驰电掣般前往出事地点！
芥子气报警！
小孩稚嫩的皮肤，
隆起了黄色水泡。
一颗沉睡了六十年的日本毒剂弹，
泄漏出污黄色的毒液……
铁证如山！
日本必须负全部责任！
现场必须马上处理！

指挥员和专家
冒雨前往紧急处理。
我们看到的是：
在居民门前、窗后，
一颗颗狰狞的毒弹，
露着头，
翘着尾，
摆着随时准备吞噬善良村民的架势！
人人怒火冲天！
原来
六十年前的莲花泡，
被日本侵略者强占
成了一个用化学武器
来屠杀我同胞的
兵营和仓库。
毒弹遍布山地、农田、河沟、鱼塘，
毒汁已经开始浸入土壤、水源，
时时刻刻毒害着人们的肌体……
数十万平方米的土地，
必须进行地毯式的
探测、挖掘、土壤污染调查。
三路大军组成强大阵容，
严密的计划、娴熟的技术、超人的毅力，
誓死要净化这块
被日本侵略者祸害的国土！
03、04、05、06 年，
冬天、夏天，雨天、雪天，
挖掘了三万个埋藏点，
回收炮弹和炮弹碎片六万枚件，

查明被污染的农田四公顷，
受污染的土壤六万吨！
触目惊心的数据！
你想到了吧，
日本侵略者把这块小小的香格里拉
糟蹋成什么样子！
你更想到了吧，
履约人为了清算日寇的罪孽，
为了保障人民的安全，
付出了多大的智慧、力量和牺牲！
当妻子正要临产的时候，
哪一位丈夫不想守候在她身边？
管英强啊，
你是铁石心肠吗？
你的爱人就要生孩子了，
为什么你还奔波在千里之外？！
只有指挥部的命令
才把这位对妻子牵肠挂肚的柔情汉子
派往爱妻所在的妇产医院。
10月21日
一个可爱的宝贝诞生了！
她叫雪莲
啊，
好一朵美丽的雪莲花！
她为在雪花纷飞的北方冬季
战斗在莲花泡的爸爸而绽放。
呱呱坠地的她仿佛在向亲爱的爸爸说：
“爸爸，您走吧，前方等着您呢！我们母女平安，
您不要牵挂……”

还是在那个地方，
一个穿着褪了色的防毒服、提着探测器，
带领同志们，
用英语指挥日本人的管营强，
仍然从早上 9 点干到下午 5 点，
晚上整理数据到深夜，
梦中想念着远方的女儿……
他带领着一个团结和谐的小分队，
攻克了一个又一个的难关，
将地下毒魔一个又一个定格在黑名单上。
他们中午吃野餐，
一阵风沙吹来，
洒上了硌牙的“胡椒面”；
一阵寒气降临，
饭菜又变成速冻食品！
真是
“风吹全身寒，饭菜降温快；
天地是战场，拼搏为人间。”
在挖掘组，
有几位资深的化学教授，
他们与化学炮弹结下了不解之缘：
在北安他平生第一次，
抱着地雷避开了人群，
为的是保护他人的安全；
在青岛他首先钻进洞穴，
与沉睡了半个世纪的毒气钢瓶，
零距离接触查明情况；
在孙吴挖掘现场，
毒剂严重泄漏，

日本人跑了，
他临危不惧、坚守阵地，
拍打消毒粉，
使帐篷内立即形成了安全屏障；
在信阳他专门处理
冒着磷火、流淌着毒液的炮弹；
在伊春他创建的回收方法，
把日本专家治得服服帖帖；
在南京他们建立的销毁装置
高效并彻底销毁了芥子气，
震惊了，
军区和兵种部领导。

在莲花泡他们面对密密麻麻的埋藏点，
运筹帷幄
指挥有方
全身防护
亲临现场
他们是智慧、机警和勇敢的男子汉！
在静静的分析帐篷内
GC/MS闪烁着温柔的红绿指示灯，
玻璃仪器以透亮的美显示着自己的身价，
一群博士、硕士、学士
一丝不苟地检测着每一个样品，
日本人信服了
国际视察员信服了，
他们是
神—州—安—全—的—守—护—神！
莲花泡作业创造了，

时间最长、参战人员最多、
程序最复杂的最新记录！
我们身在北京，
心系全国，
我们
不畏艰险、顽强拼搏，
我们
团结协作，无私奉献，
让石鹰精神更加发扬光大！

（作者系履约事务办公室二级教授，是我国军事环境学知名专家、国家处理日本遗弃在华化学武器首席专家，国际禁止化学武器公约“指称使用”专家。先后荣立两次二等功、三次三等功，并荣获总参“人梯奖”，被评为全军优秀教员、全国优秀科技工作者，全军首届杰出专业技术人才奖。）

石鹰礼赞

■ 魏学民

燕山支脉，
万山丛中，
驻跸山下，
一座山峰酷似石鹰，
挺拔俊秀，
岿然独立，
傲视苍穹。

这尊石鹰，
由诸多巨石垒砌，
浑然天成，
相抱相拥，
互相支撑，
合力为雄，
叹为观止，
天造地化，
鬼斧神工。

古往今来，
帝王将相、文人墨客，
驻足于此，
流连忘返、心驰神往，
感念天地悠悠造物之浓情。
也许是上苍赋予石鹰灵性：
降妖除魔，守护安宁。
人们格外用心呵护石鹰，
用美丽文字和神奇传说，
讴歌这一天地间的精灵，
雄悍、威猛、精诚、忠勇。
将每个精彩的瞬间，
演绎成美丽的永恒。

这里有摩崖石刻，
这里称“神岭千峰”，
这里山水相依，
这里“灵秀独钟”，
这里风景独好，
这里人杰地灵。
这里是中国防化兵的摇篮，
这里培养造就降魔的神兵。

或许是前世曾有过约定，
或许是对此地情有独钟，
五十多年前，
化学兵学校在这里初创；
改革开放后，
防化学院又在这里喜获重生。

学院与研究院如石鹰的双翼，
恰似两个同胞兄弟姐妹孪生。
建一流院校，
育一流人才，
出一流成果，
创一流业绩，
成为两院的共同心声。

忆往昔，
岁月峥嵘，
开国之初，
百废待兴，
美帝侵朝隔江耀武，
化学兵学校应运而生，
我军兵种又增新面孔。
鸭绿江东敢与世界头号强国博弈，
三千里江山留下防化健儿的身影。
茫茫戈壁深处核爆巨响石破天惊，
蘑菇云映照着防化兵欢欣的笑容。
唐山大地震惨状震惊中外，
防化兵消毒灭菌控制疫情，
舍生忘死抗震救灾挽救生命，
英雄事迹至今仍在冀东传颂。

改革春潮涌动，
石鹰重振雄风。
乱石滩开始萌绿，
建筑群拔地丛生。
课堂内外书声朗朗，

演兵场上枪炮轰隆。
飞赴赫尔辛基，
参加国际会议，
瞄准世界一流水平，
教学科研勇攀高峰。
美、俄、瑞典等国同行来访，
互相交流，
彼此沟通。
国际化学联试夺得三连冠，
令美、俄等强国口呆目瞪，
跻身世界一流，
两院国际蜚声。

为经济建设保驾护航，
参与核能的和平利用，
核化生事故应急救援，
有我防化兵首当其冲。
征服横行肆虐的“非典”，
防化兵健儿名扬京城。
应邀担任国际观察员，
两度奔赴中东，
奉献年轻生命，
用自己的实际行动，
诠释对共和国的赤胆忠诚，
维护了世界的正义与和平。

肩负科技强军教书育人使命，
课堂教学探索新路创新发展，
基地化训练为模拟实战环境，

军民共建院校部队共育人才，
精心打造降魔神兵，
芬芳桃李扎根军营，
后起之秀人才辈出，
驻跸山飞出金雏鹰。

履约人北战南征，
为清除日本遗弃化武，
抗严寒冒酷暑，
卧雪爬冰，
成为展示学院形象的窗口，
积极配合了外交军事斗争。
江南塞北，
口岸熏蒸，
科技开发人，
夜以继日，
善打敢冲，
支援了国家的经济建设，
为学院建立了不朽丰功。

如今两院今非昔比，
教研设施精良齐整。
壮士创业，
巾帼建功，
严细快准，
精益求精，
顾全大局，
主动协同，
无私奉献，

勇于牺牲，
院士教授呕心沥血，
年轻团队逐渐形成，
与时俱进向前闯，
不分将军与士兵。

生活条件不断改善，
园林营区柳绿花红，
人们依山而居，
常以成“仙”戏称。
如今驻跸山更加俊美，
人们用心装扮着石鹰。
楼房林立，
道路纵横，
如同石鹰的筋骨；
树木成行，
绿草如茵，
象征石鹰羽翼渐丰。
楼台亭阁流光溢彩，
林间遍布通幽曲径；
休闲广场熙熙攘攘，
音乐喷泉唱和童叟笑语欢声。
迎着朝阳，
踏着余晖，
拾级而上，
置身高峰，
极目四望，
如入仙境，
愉悦身心，

陶冶情操，
天天都有好心情，
防化人都会有这样的感悟：
这尊石鹰正是防化兵的象征，
防化精神已物化成这尊石鹰，
坚韧挺拔，
持之以恒，
和谐凝聚，
同兴共荣。

（作者系训练部图书馆馆长）

石 鹰 默 想

■ 李　青

你是大海的赤子，
大海成了你遥远的相思。
没有了波涛撞击，
没有了浪花轻抚，
你留守在这里，
默默无语。
旷达　是你的气概，
博大　是你的情怀。

你是远古的行客，
远古凝结为你恒久的记忆。
铭刻过壮美诗篇，
飞散了奇闻佚趣，
你驻守在这里，
默默奉献。
持久　是你的品格，
沉默　是你的力量。

你是上苍的使者，
高昂的头颅时刻警惕来自西方的烟尘。
无需豪言震天，
无需壮语撼地，
你坚守在这里，
呵护东方。
光明　是你不渝的追求，
和平　是你永久的向往。

（作者系基础部军队政治工作教研室主任）

鹰之灵

■ 吴　宁

它是一座天然的雕塑，
鬼斧神工；
它是一只待飞的巨鸟，
韬光养晦；
它是一个生命的摇篮，
孕育希望；
它，
是一种灵魂，是神的化身。
睁开眼睛，遐想联翩，
闭上眼睛，什么也不看到了，
周身却被它通透的灵气所包围。

这灵气是天生的，
东海有石猴，
西山有石鹰，
见证了浑沌初开，
经受了风雨历练，

沧海桑田，
管它朝夕或万年。

这灵气是地设的，
漫漫燕山，
蜿蜒盘旋护古都，
千锤百炼生慧根，
铭刻天骄辙痕，
蒸发商女离愁，
携万里长城，
聚千里宾客。

这灵气是人创的，
勤劳勇敢的华夏儿女，
勤劳勇敢的防化人，
风沙却步，
石头开花，
钢铁国防，离不开，
离不开这巍巍石鹰啊！

足迹……
先王酪浆灌石，
祖辈筚路蓝缕。
厚重的年轮，
传承的火炬，
积累出强大戎装，
昭示着盛世年华。

汗水……

孜孜奉献，
常用回春之笔，
辛勤耕耘，
换得欣欣之荣。
离开当午锄禾，
谁言五谷满仓。

希望……
石鹰立在生它的地方，
扬起希望的翅膀，
和白云一起飞翔。
人们也都看到，
天空的确有矫健的掠影，
那是神鹰，
是伴着朝阳升腾的希望。

（作者系“神鹰新闻社”第一任社长、2006届毕业学员）

化 院 天 地

■ 江胜强

化 院 大 风

踽踽独行　唯有大风
神鹰鹏举　唯有大风

在北方少有的暖冬季节，
当校园里洋溢着青春的笑声，
我热切地想念大风。
在那种狂飙呼啸的浑沌中，
仿佛能感受到这里从前的影像；
不，不仅仅是影像，
而是精神，
一种与天斗、与地斗其乐无穷的精神；
也不仅仅是精神，
而是神话，
一个经历过真实，展露出震撼的神话。

化院大风，
我当吟一首歌行，
大风起兮云飞扬，
风沙掠过有尘香；

化院大风，
我当泼一脉巨画，
黄沙漫卷，
人定胜天；

化院大风，
卷来英雄带着信念力量，
披荆斩棘，在戈壁荒滩，
沧海桑田，传着不老精神；

化院大风，
带走荒芜，迎娶朝阳夕辉，
羽声慷慨，在美丽校园，
扶坚摧墟，诉说如歌的史诗。

与其贪恋无风校园，
不如心为旷野般感念风之情怀，
于是我在风沙中伫立，
将这大风精神裹入骄傲的诗行。

石鹰不飞

元亨利贞　造化钟秀
日月否泰　志存高远

鹰不要飞，
鹰只要具备飞的体势。
鹰占有的高度是天宇的高度，
鹰瞻望的方向是天池的方向。
鹰不必飞，鹰不需飞，
纵有一天躯壳化作了石雕，
又有谁敢说鹰不是在飞？
鹰在这片神奇的土地上傲然挺立
千年万年。
风晨雨夕，雄姿不变；
秋霜冬雪，青春不老。

化院人，
风承于天，鹰起于地；
我化院人，立天地间。
是谁用坚韧的意志战胜了肆虐的尘沙？
是谁用炽热的体温焐暖了冰冷的土地？
在荒滩戈壁上，
谁的辛勤双手根置信念，创造家园？
谁的沸腾热血浇开了金石花朵？
从什么时候开始，
这里草木萌发，勃勃生机。
漫天黄沙落定，
这里熙攘喧哗，生生不息。
在这片神奇的土地上
谁用生命演绎忠烈？
谁用淡定诠释奉献？
五十六年的风雨兼程，

是谁走过硝烟，笑傲毒魔？
是谁严格求实，团结进取？
谁奋然前行，不辱使命？
谁远离故园，赤子忠魂？
谁净化国土，一片丹心？

当岁月流转，
那些单纯美丽的剪影，
那些苦中作乐的笑容，
都定格成院史馆里的一张张小图片。
当带着青春笑声的孩子走在这无风的校园，
他们是否都感受到那些踽踽独行的圣徒；
当阳光照向金色的石鹰头，
他们是否能感到那扶摇高举的军魂？

（作者系“神鹰新闻社”特约记者、研究生管理大队十三队在读研究生）

石鷹頌

石鹰颂

第二辑　千峰随笔

北依长城雄关，东临通惠灵渠，西傍神岭千峰，石鹰雄踞驻跸；天应九州盛世，地萃物华才俊，人逢和谐社会，化院勇攀高峰。

——魏学民

石本天成，壮气凌云鹰试翼；才由境造，心泉汇海水藏龙。

——涵秋

夫鹰，天之精，地之灵，禽之英也。叱咤云海，纵横九天。心事无俗囿，性烈重自由。不因山高而止飞，不因风旋而迷航。幸上苍生此物，宇内始存阳刚雄烈之气。

——赵方辉

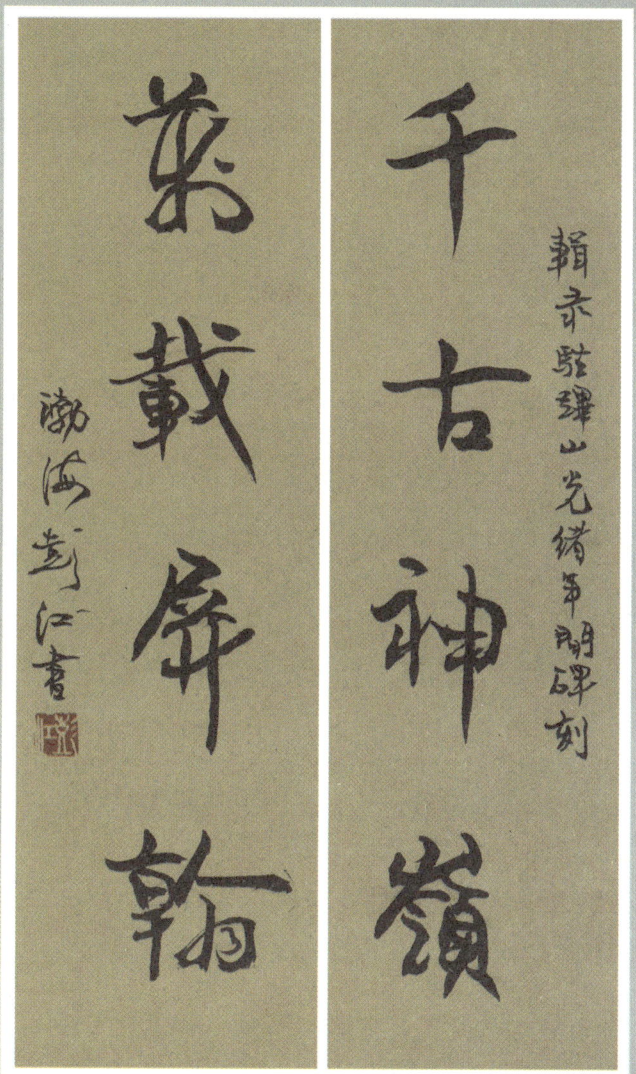

《驻跸山碑刻》 彭 江 （基础部军队政治工作教研室教员）

石鹰颂

钟灵毓秀　石鹰奋飞

■ 钟玉征

防化院校建校至今已经五十七年了。半个多世纪以来，学校名称几经更迭，从最初在石鹰头下艰苦创业的化学兵学校，发展成为现在的防化指挥工程学院。随着军队革命化和现代化建设的发展，学院的建院规模、设备和培养学员的水平都有长足的进步，为国防建设培养了大量防化人才，雄伟的石鹰见证着学院的壮大。

1950年抗美援朝时，我们第一期学员响应祖国号召，参加军事干部学校到防化兵学校，相继参军、上学、工作，无论在部队或后来转业，五十六年过去了，现在绝大多数同志都已退休。参军时年龄最小的同学，今年也七十岁了。每当我们聚会，我们都会以无比兴奋的心情回忆那段在石鹰头的岁月，回忆母校对我们的教育，同唱那时的歌、讲那时的故事；回忆敬爱的领导、老师、各级干部和我们建立的真挚友谊。虽然，我们已分散在远至广东、西藏、云南、黑龙江等祖国大江南北，但我们建立了校园网站，至今大家仍然保持联系。这个网站，我们亲切地命名为“石鹰网”。

我们在母校的时光并不长，有的不过八个月，最多的只有三年。但是石鹰头下的短暂生活，却对我们的一生有着巨大的影响。无论在顺境还是逆境中，我们都会想到母校的领导、老师、工作人员和一起学习的同学们。多年来我们都在想，是一种什么力量，使我们遍及祖国大地的一期防化儿女，即使到了耄耋之年仍然如此想念母校，想念石鹰头？每次聚会都要高歌“听吧！战斗的号角发出警报，穿好军装拿起武器。青年团员们集合起来，踏上征途万众一心保卫国家……”和“当祖国需要的时候，我们马上拿起枪卫国保家乡”。在人生路程的实践中，我们从母校得到了什么？究竟母校给予我们的是什么，以至影响我们的一生呢？

树立正确的人生理想

1950年，我们都是年龄在二十岁上下的青年学生，怀着满腔热情为了保家卫国参加了中国人民解放军化学兵学校，那时候对人生、对社会的认识是很肤浅的，还没有树立正确的人生观。是母校教育我们：只有共产党才能救中国，只有共产党才能领导我们国家走向繁荣富强。立志为人民服务，为共产主义事业奋斗，母校帮助我们树立了正确的人生理想。我们经过学习、讨论、对比和相互帮助，初步建立了革命的人生观，指导着今后的实践。离开学校后，无论留在部队还是转业到地方工作，无论是顺利还是遇到挫折，我们都不曾忘乎所以或是灰心丧气。我们的工作岗位不同，职务不同，能力也有大有小。但是我们每个人都努力工作，做出应有的成绩，其中有的被选为中国工程院院士，有的被评为全国优秀教师，上海市劳动模范，也有优秀厂长和优秀党的工作干部。我们热心为人民服务，有的被选为地方人大代表甚至全国人大代表。我们当中有的曾到过抗美援朝前线，有的在福建海防，也有在机关学校；有的在大城市，也有的在中小城市或乡村，甚至远至唐古拉山靠近可可西里的地方当中学老师。正如我们共和国的历史一样，我们的人生也走着崎岖曲折的道路。如今，我们当中的绝大多数都已退休了。回忆过去，我们都感到无愧于母校的教育。虽然退休了，但是我们仍然关心祖国建设，做力所能及的事。老学长赵国辉教授退休后到清华大学为研究生讲授《元素有机》课程，和清华大学的赵玉芬院士共同编写出版了《元素有机化学》和《磷与生命化学》的专著。我们在大庆工作的同志退休后，以通信或利用石鹰网和大家一起研究如何利用水自动化回灌，保证大庆原油的产量。在四川工作的同志退休后，不忘向老同学请教如何改善四川沱江的水质，做好环保，造福沿江老百姓。我们互相切磋怎样学好电脑和英语。这一切，得益于母校对我们的正确人生观教育，我们建立了为共产主义事业奋斗的理想，毕生实践。看到祖国逐步繁荣富强的同时，也为自己毕生为之奋斗的事业兴旺发达而自豪。

艰苦奋斗的敬业精神

校址选定在昌平阳坊石鹰头下之后，在校舍未建成之前，我们学员队和机关分散驻在阳坊的前后沙涧、前后白虎涧远至西小营的广大地区。教员们为了上好课，带着教具来回奔走在各教学点。在建设实验楼和购置实验设备时，机关干部们到北京大学、清华大学请教，他们日夜操劳在工地上，既要了解工程进度又要学习技术，直到建成小型煤气厂，保证化学实验。须知，他们绝大多数都是从野战部队调来的，他们原有的文化程度并不高，却能如此刻苦学习并很快地掌握业务。为了建立防化和防原子专业以及后来的防化工程专业，我们主管教学的校长亲自带领大家讨论培养目标、课程设置、课时分配、工厂实习、部队实习，逐一讨论每一个专业、每一门课程。领导亲自听试讲，队干部随队听课，到实验室和作业现场检查教学效果。榜样的力量是无穷的。他们这种艰苦奋斗的敬业精神教育着我们，激励着我们努力学习，毕业后要和他们一样勤奋工作。我们一期毕业的学员到部队后工作出色，许多同志因此立功受奖。转业到地方工作的同志作风优良，苦干实干，很受欢迎。在母校，我们不但学到知识技能还学到艰苦创业、勤奋学习和努力工作的精神，为实现为人民服务的理想提供了保证，受用一生。

团结友爱　相互关怀

我们来自五湖四海，为了同一目标走到一起，经历了短暂的共同生活，我们却结下了深厚的友谊。学员队的生活丰富多彩，我们学习上互相帮助，生活上互相关心。队干部是我们的兄长，以身作则。同学是挚友兄弟，配发各种武器装备的时候，班长、团小组长总是抢着要那些旧的或有缺陷的；站岗的时候骨干和身体好的同志都争着站那黎明前感到最困的一班；出公差的时候团员们率先承担最累最苦的勤务。大家互相交心、分享快乐、分担忧伤。无数动人的故事成为我们退休后聚会时说不尽的话题。退休后的每次聚会都留时间安排各班、各区队、中队活动，像当年那样相互“拉歌”很热闹。聚会中甚至还会问起当年一些家里的情况和个人问题，为这些问题得到解决而欣慰，不能解决而互相安慰。一如既往，互相帮助解决当前的疑难。母校教育我们要有如石鹰那样坚强的革命意志，坚守岗位的敬业精神；要有如组成石鹰的花岗岩一样团结友爱，相互支持；更要有如石鹰那样经历风雨，始终不渝。我们最终找到了为什么如此怀念母校、感激母校的答案。

（作者系重点实验室教授，少将军衔。从1990年开始，率领中国防化专家组，参加了由十五个国家联合举行的“化学裁军国际实验室间比较实验”，以精湛的技术赢得了三个“世界第一”。1983年，被评为全国三八红旗手；1992年被全国妇联授予“巾帼建功标兵”荣誉称号，荣立一等功；被国务院授予“为发展高等教育做出特殊贡献者”荣誉称号。）

践行“三个代表”重要思想，努力营造具有防化学院特色的文化环境

■ 何承阳

我们党始终代表“中国先进文化的前进方向”的科学论断，是“三个代表”的重要组成部分。践行这一重要思想，对于积极探索和优化我院文化环境，确保人才培养的方向和质量，促进全面建设，具有重要的理论和实践意义。

一　建设现代化军校必须建设良好的文化环境

文化环境体现着一所院校文明的程度，反映着育人质量和办学水平，是院校的标志和形象。院校文化环境是一定的物质文化环境和精神文化环境的总称。军校文化作为军营文化的一部分，有着丰富的内涵和鲜明的特点，具有认知、育德、励志、审美、育才等功能，在社会主义精神文明建设中，具有不可替代的特殊作用。一方面，它通过各种可见的、有形的教学活动场所、各种教学生活设施和人文景观等表层文化特征，展现着一所院校的外在形象，反映出院校的特色，营

造着育人的氛围；另一方面，又通过深层的精神文化内涵体现院校的历史传统、办学思想、培养目标、办学模式、校风、校纪等精神风貌。

任何院校的文化环境都不是自发形成的，他是院校全体教职员工在长期的教育教学活动中共同实践的结果。是院校历史的积淀和凝聚。因而具有相对的稳定性，它不会因院校隶属关系的改变和规模的调整而有大的变化，也不会因院校领导人的更迭而完全改变。它作为一种育人的土壤、氛围、风气，对院校的建设和发展起着基础性、渗透性、传统性和长远性的影响。从某种意义上说，有什么样的文化环境，就会有什么样的教风、学风、研风和作风，就会出什么样的人才。

军校是培养军事人才的重要场所，是富有特色的军校文化环境，对青年学员的成长和发展具有至关重要的意义。良好的军校文化环境对学员的发展和影响是全面的、深刻的和持久的，以它强大的驱动力和巨大的感染力对人才的成长发挥着潜移默化的教育作用。具体地讲，主要有以下五个方面功能：一是导向功能。它通过价值取向、理想信念和道德风尚，有形或无形地引导学员陶冶思想、规范行为、塑造个性，促进学员树立正确的世界观、人生观、价值观；二是凝聚功能。它通过积极和谐的环境，形成巨大的认同和向心力量，促使全体人员紧密团结，培养学员强烈的集体主义精神；三是陶冶功能。它以良好的校风、和谐的人际关系、健康的校园文化、严格规范的军校生活以及整洁优雅的教育学习环境，给人以身心的愉悦、心灵的净化、性情的陶冶，有利于塑造学员真善美的情操和品格；四是规范功能。它以长期的教育训练养成、严格执行条令、条例和各项规章制度，严格的要求、严格的规范，培养人们遵纪守法的意识，促使学员养成军人特有的素质和行为习惯；五是传播功能。它通过学员全面的素质和全体人员良好的精神风貌向部队、社会展示院校精神文明建设的成果，塑造院校的良好形象，扩大外在的影响力。

凡中外名校莫不重视这种文化环境的建设和影响。提到北大，人们就自然会想到“民主、科学”的精神，谈到清华，大家都知道“自强不息、厚德载物”的校训，正是具有了这些良好的育人风气，才使得这些名校人才辈出，蜚声中外。美国著名的西点军校，也是以其“责任、国家、荣誉”的校训，激励着他们的学员，为美国造就了巴顿、艾森豪威尔等一大批名将。而我军闻名于世的抗日军政大学，就曾以“坚定正确的政治方向、艰苦朴素的工作作风、灵活机动的战略战术”的办学方针和“团结、紧张、严肃、活泼”的优良校风，营造有我军特色的院校文化环境，影响了一代又一代军校学员，锻造了军人的钢筋铁骨，培育了各个时期军队建设的栋梁之材，并使之成为新时期我军院校现代化建设的旗帜和方向。所以，办好院校必须要高度重视文化环境的建设。

二　学院文化环境建设的历史回顾与总结

我院有着光荣的历史传统。从1950年12月建校至今，走过了五十多年的光辉历程，由最初的军委化学兵学校发展成为一所综合性防化高等学府，跻身全国重点高等院校之列。半个世纪以来，在党和老一辈无产阶级革命家的关怀下，几代化院人励精图治、艰苦奋斗，致力于文化环境建设，逐步培育和形成了具有我院特色的军校文化，为培养合格的防化人才，发挥了极其重要的作用。我院已有的文化环境，归纳起来主要有以下三个方面：

（一）主导文化

所谓主导文化，就是以马列主义、毛泽东思想、邓小平理论为指导的文化。我院从诞生至今，尽管先后多次迁址，数易校名，几次改变隶属关系，培训任务进行了多次调整，但坚持从思想上政治上建校，保持坚定正确的政治方向，始终是我院持之不渝的办学指导思想。抗美援朝时期，在办学条件极为恶劣的情况下，我院的老一辈教育工作者，以培养战争需要的防化人才为己任，忠诚党的军事教育事业，严格按照党的指示，坚持“抗大”的方针，用马克思主义育人，为培养造就不同阶段需要的政治坚定、作风优良的合格防化人才做出了突出的贡献。和平时期，特别是新的历史时期，我院的发展规模不断扩大，培养人才的规格和层次越来越高，但始终坚持以马克思主义、毛泽东思想和邓小平理论为指导，贯彻党的教育方针和军委办学的要求，把培养学员的政治思想素质放在首位，保证了用马克思主义文化牢牢占领校园的思想文化阵地，确保了学院建设和育人的正确方向，形成并始终保持了以马克思主义为主导，政治氛围鲜明的文化环境。

（二）主体文化

所谓主体文化，就是以防化兵优良传统构成的文化。防化兵是一支具有独特优良传统的部队，是一个英雄辈出的兵种。在长期激烈的革命战争和社会主义建设时期，涌现出了一大批享誉军内外的英雄模范人物。同时，也形成了具有防化兵特色的兵种文化，激励一代又一代防化人拼搏进取、开拓创新，为我军防化事业做出了突出贡献，赢得了“降魔神兵”的赞誉。作为全军惟一一所培养防化指挥和工程技术人才的院校，继承和发扬防化兵的优良传统，无疑是我们育人的宝贵精神财富和资源。几十年来，我院正是用这种品德和精神，培养了一批又一批“信得过、用得上、留得住”的防化专业人才，充分体现了防化兵优良传统这一主体文化的育人氛围。

（三）特色文化

所谓特色文化，就是在坚持主导文化和继承发扬防化兵优良传统和作风的基础上，形成的我院特有的文化。在长期完成以培养人才为中心的各项任务中，我院致力于建设富有自身特色的文化环境，逐步形成了“严格、求实、团结、进取”的风尚。主要表现在：

一、注重建章立制，自觉遵章守纪。在党的组织生活上，认真贯彻民主集中制和首长分工负责制，严格践行“十六字”方针，坚持按原则、按制度、按程序办事，在机关协调指导上，建立健全了基本的管理制度，仅近三年就编印了三本共三十多万字的规章制度类《文件汇编》，内容涉及教学科研、政治工作、行管后勤等各个方面，初步做到有章可循；在制度落实上，坚持启发自觉、跟踪监督、严格执纪。科学规范的工作、学习和生活秩序已初步形成。

二、倡导尊师重教，力求教员优先。在全院官兵中，不断强化尊重知识、尊重人才、教员优先的观念，并采取了一些行之有效的措施，将思想转化为行动。使教员与其他干部相比，在政治待遇上要高一些、在培训路子上要宽一些、在服务保障上要好一些。从教光荣、尊师为尚的氛围日趋浓厚。

三、加强团结协作，密切内外关系。对上，加强请示汇报，争取了上级首长机关对我院工作的指导、帮助和支持，促进了相关任务的完成。对外，加强沟通联系，外在形象更好了，与清华大学等三个单位共建对子，被评为北京市军民共建标兵；对内，加强协同配合，相互关系更顺了，讲团结、讲奉献、讲大局已蔚成风气。

四、发挥典型效应，鼓励争先创优。建院以来，先后涌现出了像上甘岭战斗英雄吴世金、全国绿化模范刘克忠、全国巾帼建功标兵钟玉征、总部人梯奖获得者陈海平、“和平卫士”郁建兴、集体一等功获得者化武履约办公室、全军十大学习成才标兵刘平等各具代表性的一批先进模范人物，使大家学有榜样、赶有目标、奋发向上。

五、坚持求真务实，改善学院环境。围绕建设现代化文明校园，加大了营院综合治理的力度，消除了昔日的荒滩痕迹，一栋栋崭新的教学大楼和现代化的生活小区、文化公园相继建成，院容院貌焕然一新，学院被评为“首都绿化美化花园式单位”、“全军绿化美化先进单位”、“全军甲级卫生单位”和“全国部门造林绿化四百佳单位”，为教书育人营造了良好的物质文化环境。

以上业已形成的学院文化环境是我院办学思想的物化和体现。应该说，它在不同的历史时期都发挥了重要的育人功能。但是，面对新世纪、新形势、新任务，我院的文化环境还不能完全适应现代化建设和培养高素质防化人才的要求，与创建高水平、综合型防化院校的标准还有一定的距离。因此，我们必须正视这一现实，联系实际，着眼于创新和发展，努力实践“代表先进文化前进方向”的思想，把建设和优化我院的文化环境作为思想政治建设的重要内容和任务。

三　建设我院的文化环境需要正确处理的几个关系

建设我院特色的文化环境既要体现军队的特色，又要符合院校育人的需要，既要继承防化兵的优良传统和作风及我院已有的文化成果，又要突出时代特征，并兼容驻地文化的优长为一体，全面展现全院人员严格、求实、团结、进取的精神风貌。建设这样的文化环境，需要我们提高认识，更新观念，正确处理好以下四个关系：

（一）正确处理主导文化与其他文化的关系

院校是传播知识的场所，也是各种文化交汇的地方，往往较快地接受新知识、新观念、新思想，领风气之先；也往往会有各种消极颓废的思想文化通过各种途径渗透到院校中来，污染育人环境。因此，要使我院的文化环境“代表先进文化的前进方向”,必须正确处理好主导文化与其他文化的关系。

首先，必须坚定不移地坚持马克思主义、毛泽东思想、邓小平理论、“三个代表”重要思想、科学发展观这一主导文化，保证学院建设和育人的正确方向。新的世纪，我们仍然要毫不动摇地把这种主导文化作为我院文化环境建设的主方向、主渠道、主阵地，努力营造良好的政治育人环境。要始终高举邓小平理论伟大旗帜，全面贯彻党中央、中央军委一系列重要指示，不断强化首位意识，始终把提高学员的思想政治素质作为第一位的任务。要坚持“用科学的理论武装人”，坚定不移地灌输马克思主义理论，进一步坚定学员的理想信念，培养正确的世界观、人生观、价值观。我们不仅要保证不出现那种军事专业素质不过关的“次品”，更不能出现政治上不合格的“危险品”，要努力把学员培养成德智军体都过硬的“精品”。

其次，要积极吸纳人类一切优秀的文化成果，适应学院育人的需要。建设学院的文化环境，要进一步拓宽视野、大胆探索，在坚持马克思主义、毛泽东思想、邓小平理论这一主导文化的基础上与其他优秀文化有机结合。这就要求学院的思想政治建设要进一步加大科学知识的含量。一方面要注重吸取中华民族优秀传统文化。中华民族有着源远流长的丰厚文化。像《论语》、《道德经》、《孙子兵法》等这些经典名著，包含着丰富的中国古代政治、哲学、伦理和军事思想。作为院校的领导者、教育工作者和未来的部队指挥员，都需要学习它、了解它，以此强化自身的文化底蕴和人文素质，促进综合素质的发展。另一方面要积极吸收世界先进文化成果。作为军校应该始终站在科学文化发展的最前沿，学习掌握现代国防知识，特别是高科技知识，把世界最新的文化科技成果最先运用于教学中去，推动学院教学、科研水平的不断提高。将这些文化加以改造，容纳吸收到我院文化环境中来，使之体现我院文化环境的特色，成为塑造学员精神世界、陶冶高尚情操的有益精神食粮。总之，要把博大精深的马克思主义科学理论和丰富多彩的各种优秀文化融为一体，形成一个完整的、开放的、综合性的知识体系，使我院的文化环境实现政治性、思想性与知识性的有机统一。

第三，要旗帜鲜明地抵制各种腐朽文化的影响，净化学院的文化环境。坚持马克思主义的主导文化占领学院的文化阵地，要求我们必须适应新时期文化领域多元化并存的现实，同各种腐朽文化思想作坚决的斗争。一定要强化阵地意识，牢牢占领学院的宣传教育阵地。宣传党和国家的方针政策，以及社会、校园的新风新貌，及时反映国内外焦点、热点问题，用正确的舆论引导学员。二要强化责任意识。全院人员特别是政治干部和政治理论教员要增强政治警觉性和政治鉴别力，坚持原则性、战斗性，积极打好主动仗、进攻仗。对一些封建迷信、歪理邪说和伪科学的东西要进行坚决有效的抵制，确保思想政治教育的高格调和“三尺讲台无杂音”，保证学院思想文化阵地的纯洁和巩固。三要强化法规意识。要采取切实有力的措施，制定和完善有关制度规定，加大监管力度，净化校园文化环境，该堵的要坚决堵住，防止腐朽文化思想侵入校园。要搞好学院周边文化环境的净化，对周围藏污纳垢的文化娱乐场所，积极配合地方政府和公安机关进行有效地整治，铲除文化垃圾寄生、扩散的源头。还要加强对院内的文化环境监管，对校园网实施严格监控，随时清理网上的文化垃圾；要及时清理官兵特别是学员手中不健康的书刊、音像制品，定期公布、列出不应阅读、观看和收藏的书刊、光盘，不宜收听的电台节目，不允许拨打的热线电话以及不准访问的网站，以防学员误入禁区，受其毒害。

（二）正确处理军营文化与军校文化的关系

军营文化与军校文化是不同层次的两个概念，两者既有区别又有联系。军校作为军队的重要组成部分，应当成为锻造军人特有意志品质的熔炉，要抓好军人品质的培育和养成。因此，军校文化必须体现军营文化的特点。同时，军校作为干部生长的源头和人才培养的基地，其主要任务是教学和科研。而教学、科研是一项创造性的复杂劳动，需要提供宽松的环境，营造浓厚活跃的学术研究空气，使大家能够平等地进行探索和交流，这样才能最大限度地发挥教学双方的聪明才智和创新能力。因此，军校的文化环境又要具有浓郁的学习、科研氛围。要正确地把握这两者的关系，就必须依据军队现代化正规化建设的要求和院校教学规律、育人的特点要求，正确处理好严格管理与活跃自主的关系，正确把握严格的纪律约束与充分发挥学员主动性、创造性的结合点和平衡点，努力创造我院文化环境建设的新境界。

首先，要建立严格正规的教学管理和生活秩序。一方面要继续坚持我院管理上的成功经验，坚持从严治校的方针，管理的标准要高于部队，要求应严于部队。要从严治教、治学、治考，端正学风、教风和考风，另一方面要积极探索新形势下军校管理的新特点和新规律，通过严格而科学的管理，建立严格正规的教学管理和生活秩序，促进学员养成不畏艰险、坚忍不拔的坚强意志；不为强敌所屈，不为名利所动的革命气节；英勇顽强，勇于牺牲的英雄气概；服从命令，令行禁止的纪律观念；不怕困难，不怕挫折的健康心理；坚毅果断，雷厉风行的战斗作风等这些军人特有的品质。

其次，要积极营造浓厚的学习、科研氛围。目前我院学习、科研的氛围还不是很浓，学员的文化生活不够自主、活跃，这与院校教学科研的要求还很不相适应，特别是与建设信息化军队，打赢信息化战争的要求还有很大的差距。我们必须注意改变这种状况，在积极营造浓厚的学习、科研氛围上下功夫，为学员的成长成才提供良好的环境和条件。要积极做好典型示范、引导工作。运用各种舆论工具，大力宣扬在教学、科研和学员学习成才上的先进典型，营造催人奋进的气氛；要以信息化建设作为牵引，鼓励引导教员多出成果、出精品，积极投身到教学、学术研究中来，鼓励将学术研究成果积极运用到教学中去，不断提高教学质量和教学水平；要通过进一步制定积极的政策、措施，为教学改革和学术科研提供有利的条件和大力扶持，激励教员爱岗敬业、潜心教学，刻苦研究；激励学员专心学业、勤奋求知，奋发进取。真正使干事业、肯钻研、出成果、成人才的人受到尊敬和褒奖。确实形成尊重知识、尊重人才、尊师重教的良好风气，形成比学赶帮、奋发向上的良好氛围。同时，要科学安排和合理运用学员的课余生活，留给学员一定的自主支配时间，提供自主学习的求知创新空间，大力开展第二课堂活动，以丰富多彩的内容，灵活多样的形式烘托学院浓厚的求知氛围。

第三，开展高雅而丰富多彩的校园文化活动。要着眼学院育人目标和学员素质的全面发展，一方面坚持开展广泛的群众性的文化活动，最大限度地调动学员参与校园文化活动的积极性。通过组织开展群众性歌咏活动、集体性比赛活动以及自编自演文艺演出活动等，让更多的学员都来参与文化活动，增强校园文化活动的群众性、广泛性，提高学员的创作、演出和组织文体活动的能力和水平。另一方面要积极组织高品位的文化活动，促进校园文化向更高层次迈进。通过邀请专业团体表演节目，组织音乐欣赏晚会，举办名家作品展、集邮展，开展影评、书评、报评等活动，使学员在高品位的文化活动中得到熏陶、提高。以高雅的丰富多彩的群众性文化活动，造就学院浓厚的文化氛围，使学员在乐中育德、乐中扬志、乐中求知、乐中审美、乐中陶情。

（三）正确处理精神环境与物质环境的关系

精神环境是院校文化环境的核心部分和集中体现，必须作为院校建设的重中之重。但是，也不能忽视物质环境的建设。应该说，物质环境是军校文化环境建设的基础性工程，是一定精神文化的载体和依托，在一定程度上反映了学院的精神文化特征，并对精神文化建设又有积极的推动作用。因此，我们必须立足学院实际，积极创造条件，在注重精神环境建设的同时，注重抓好物质环境建设，使两者互相促进，同步发展，融为一体，共同发挥育人的功能。

物质环境建设所包含的内容是多方面的，其中营院环境是其重要的组成部分。良好的营院环境不仅能够改变人的生活习惯、生活情趣，而且能够鼓励人们奋发向上、激发学习和工作的热情。近几年来，我院虽然也十分重视营院环境的建设，使营区环境发生了很大的变化。但由于历史的原因和认识上存在一定的偏差，目前我院营区环境建设在总体上，虽然注重了整齐划一、外在整洁，但人文气息和政治氛围不是很浓，还没有很好地体现出我院所应具有的文化环境特色。从我院的人才培养目标和军队院校的特殊要求来看，应该在整体规划设计，搞好营院绿化、美化、亮化、净化的基础上，努力营造浓厚的政治氛围、文化氛围。

一要具有浓厚的政治氛围。要在营区重要路段、显要位置进一步地设立标语牌、警示牌、灯光橱窗，悬挂几代领导核心的题词、英模画像。要坚持重大节日、重大活动举行庆典仪式。坚持每天组织升国旗，重大节日组织隆重的升国旗仪式、奏国歌、军歌。二要反映学院的历史和传统。要进一步完善院史馆、荣誉室等设施，不断充实内容。要在学员生活区和文化休闲处竖立代表防化兵和学院辉煌历史的标志物，

《迎春图》 蔡春明（基础部副主任）

石鹰颂

激发官兵热爱防化兵、热爱学院的光荣感、自豪感。三要增加人文内涵。要制作反映尊师重教、校风校训等内容的名家书法碑刻、楹联，张贴中外名人格言、警句，征集、安放一些具有我院特色和时代特征的雕塑作品，对一些有纪念意义的建筑物进行发掘、保护，使之形成富有一定文化底蕴的人文景观。总之，要通过良好的营院环境，使学员从强烈的政治氛围和浓厚的人文气息中受到感染、熏陶，不断升华热爱防化兵、热爱学院、奋发学习、献身国防、为院争光的思想情感，培养高尚的生活情趣和人生追求，促进学员的健康成长。

（四）正确处理继承与创新的关系

常言说，"十年树木，百年树人"。任何一所院校的文化环境都是在长期育人实践中形成的，都具有历史的传承性。贯彻实践"三个代表"的重要思想，建设具有我院特色的文化环境，必须坚持全军政治工作会议《决定》提出的"解放思想，实事求是，保持优势，创新发展"的总原则，在我院已经形成的优良文化传统的基础上进一步地完善和发展。

首先，要保持我院已有的文化环境优势。我们提出建设具有特色的学院文化环境，决不是意味着对过去的否定，也不是独出心裁，要另搞一套。应该看到，我院已形成的文化传统是历代防化兵教育工作者辛勤奋斗和劳动智慧的结晶，特别是我院所形成的具有强烈的首位意识和德育为先的主导文化，以防化兵优良传统和优秀品质为主要内容的主体文化，不论什么时候都应是我们的一笔宝贵的财富，是我院现代化建设的优势所在，这需要我们进一步总结，不断地继承和发扬光大。

其次，要解放思想，积极探索。必须清醒地认识到，随着时代的发展和历史条件的变化，特别是我院现代化建设发展和育人的要求，对学院文化环境建设提出了更高的标准。

我院的文化环境建设在许多方面还不能完全适应这一新的要求，依然存在着不尽如人意的地方。对此，我们决不能自我满足，固步自封。必须适应新形势、新任务，在继承优良传统的基础上，不断赋予学院文化环境以新的内涵，充实新的内容，使我院的文化环境充分体现出具有积极的竞争意识和创新精神、催人奋进的时代风貌，呈现出一种尊重知识、追求真理、崇尚科学、渴望成长的浓厚文化氛围，展现富有强烈政治氛围和浓郁文化气息的独具风格的营院环境。

第三，要扎实工作，务求实效。学院文化环境重在建设，它既是各部门共同的任务，又需要全院教职员工齐心协力。对此，要引导全院人员充分认识自己的责任，自觉把文化环境建设的工作渗透到教学科研中去，渗透到教育管理中去，渗透到全院教职员工的生活中去，渗透到学院各项建设工作中去。要坚决反对那种标新立异，搞华而不实、作表面文章的形式主义。要坚持育人为本，从自我做起，从本职工作做起，形成整体合力，努力形成“处处是课堂，人人是教员”的良好氛围，实现教学科研育人、管理服务育人、生活环境育人、实践锻炼育人的人文环境新格局。全院人员要以团结一致、艰苦奋斗、勤俭办学的实际行动，以昂扬的精神状态、求真务实的作风、扎实勤奋的工作，争创一流的成绩，展示我院的精神风貌。

（作者系原政委）

石鹰情怀

■ 戴冬生

1956年早春，我从朝鲜前线回国，跨进了防化兵学校的大门，度过了三年的军校生活，毕业后又留校工作。从此，我与石鹰头结下了不解之缘。

石鹰头，在"燕平八景"的神岭千峰之下。因山石怪异，拔地而起，巧夺天工，耐人观赏，故名观石山。又因金章宗曾游此山并亲题"驻跸"二字，故又有驻跸山之称。

石鹰头下的化学兵学校，开国上将萧克喻之为"防化兵摇篮"。它哺育了成千上万的防化学子，成为部队防化作战、训练的骨干，成为防化教学、科研的重要力量。在朝鲜前线的坑道里，在浩瀚无际的罗布泊大沙漠，在美丽的西双版纳，在内蒙古科尔沁大草原，在南疆的广阔海域，无不留有防化学子的身影与足迹。

石鹰头，记载了一部防化院校的创业史和复兴史。1951年，第一所防化院校——化学兵学校在这里创业奠基。首任校长张迺更在这里选址定点，全校教职员工用汗水和心血，历时三年多，硬是在一片荒石滩上建设起了校园。1956年，学校进入欣欣向荣的全面发展时期。六十年代初，在浙江江山建起了第二化校，在长春建起了防化学院。1963年，一、二化校合并，迁到了浙江江山。十年“文革”，丢江山，弃长春，一院一校均被撤销，另行在密云组建了防化技校。防化技校（后改名为防化学校）惨淡经营了八年，重新回到了石鹰头下，恢复重建防化学院。院长苗汝鲲，政委杜万荣，这两名老红军带领大家边训边建，两地作战，开始了新的征程。又经过了二十多年的艰苦奋斗，才有了学院今天的辉煌。

我在防化院校生活了半个世纪，石鹰头是我的起步点，也是我的归宿点。我与许多老校友一样，对石鹰怀有深深的情愫。鹰击长空，志在千里。不论是风雪雨霜，还是严寒酷暑，它都在拼搏奋飞。许多老校友说：石鹰头是我们魂系梦牵的地方。它是鹰，使我们从青少年时代就树立起搏击长空的志向。但它又是石鹰，这就赋予我们一对沉重的翅膀。不少老校友，在历次政治运动中，受到冲击，历尽曲折。特别是在1969年一院一校撤销过程中，许多老校友背着不该背的重负走到了社会的最底层。但是，他们不屈不挠，又以自己的知识积淀和对祖国的忠诚，一步步从底层奋飞起来。这不就是石鹰精神吗！

石鹰极天地大观，化院得山水清气。我是在石鹰头下成长的，我爱石鹰头的一山一水，一草一木。愿石鹰精神长存，愿化院的明天更加灿烂辉煌！

（作者系原政治部副主任）

石鹰精神世代传

■ 庄亚雄

在中华人民共和国刚刚建立不久，抗美援朝烽火乍起的时候，一批饱经革命洗礼和深受革命影响的来自京津沪宁川渝的大中学校学生响应了党和祖国的号召，投笔从戎，来到了中国人民解放军的大熔炉，成为毛泽东亲自批准创建的化学兵学校的第一期学员，在人生起步的时刻得到了军队生活的严格锻炼。在校领导的言传身教下，通过政治教育、军事训练、作风养成、生活磨炼、继承抗大优良学风，并在长期的斗争工作实践中经受考验，形成了具有防化人特色的创业敬业精神。石鹰精神突出显示出防化第一学期学员忠贞不渝、无私奉献、拼搏进取、团结友爱的优秀品质。

忠诚：他们对党的信念忠贞不渝。据不完全统计，在校学习期间有五十六名学员属于党的组织成员。以后又有六百七十四名一期的学员在社会主义建设的各个历史时期加入中国共产党。直到二十世纪九十年代还有一期学员实现了入党的夙愿。如今他们虽然都已是老年人，不变的是一颗爱党爱国的红心。即使不是党员也始终以党员的标准严格要求自己，紧跟共产党走，做党的诤友，肝胆相照，互相监督，荣辱与共。作为军校学员，毕业以后成为解放军军官，都在各自的岗位上克己奉公、忠于职守、勤奋工作。大多数同志参与全军各级防化部门和第一批防化部、分队的组建及训练，参与组织全军各兵种部队的防化训练，不少同志参与早期化校的教学工作和防化研究部门的创建工作，参与我国核武器试验工作。在朝鲜战场献身的丁元璜同志，青海平叛牺牲的程万库同志，在福建前线排除飘雷而献身的陈德风同志，为教学而献出生命的李辑威同志，为保护人民生命安全被授予“坚强的人”光荣称号的李天仲同志，在解放一江山岛喷火兵首次参战即荣立二等功的排长余希亮同志等，他们的事迹展现了对祖国人民的赤诚，他们是第一代防化人忠诚的楷模。

无私奉献精神：建国以后的那些年，革命精神昂扬，社会风气纯朴，那几乎是“普遍无私的年代”。在他们学习、工作、生活和战斗的殿堂里，始终飘扬着一面“一心为公光荣，一心为私可耻”灿烂夺目的旗帜。“毛主席的战士最听党的话，哪里需要就到哪里去，哪里艰苦哪里安家，打起背包就出发……”这就是对这代人组织纪律性最生动的描述。他们经受了反复考验，走了坎坷曲折的道路，但是他们矢志不渝默默地为党的事业作贡献。在生活待遇上是付出多于所得。尽管如此，他们始终奉行知足常乐、能忍者久安的哲理，奉公守法，安分守纪。献身防化事业教书育人顽强攻关为国争光的一等功臣、第一代防化女将军钟玉征教授；中国核监测防护专业创始人、防化兵的第一位工程院士、一等功臣毛用泽研究员；荣立二等功的首次核爆炸中最早上报核数据的王坚研究员；我国著名的化学防护专业创始人高方少将；防化工作者战线上蒋筑英、罗健夫式的石树德同志，研制喷火器近三十年，研制成74型喷火器；我军第一代石鹰一号、二号侦毒器的主要研制者之一王玄达同志，转业后还解决了农药中甲萘酚和乙萘酚的分离分析技术。他们都是为党的事业无私奉献的第一代防化人的楷模。

勇于拼搏、坚毅进取精神：这一代人不论在何处都是干一行，爱一行，钻一行，行行出成绩。他们自强不息，不惧曲折，不怕困难，征服前进道路上的一切障碍，奋勇进取，创造性地进行教育、科研和从事各项工作。不论是顺境还是逆境，在正确的人生观的指导下，个人的努力与奋斗起了巨大的作用。这一代中的不少人在政治上因为历史的原因，从二十世纪五十年代中期以后，直到文化大革命，他们成了运动的靶子，但是他们没有沉沦，而是矢志不渝默默地为党的事业做出了贡献。彭铭泉同志以在化校学到的专业知识为基础，在防化兵中养成了敢说敢干的军人作风和百折不挠的毅力，不断地钻研，由军队的高参成了享誉海内外的开拓医学专家。李淑琴同志因被错划成右派被开除团籍、军籍，发配到山西劳动改造。由于她怀着爱国之心，积极参加建设，被评为劳动模范，从事教育，其所带的毕业班年年高考化学成绩均名列前茅。她一生经历种种坎坷和磨难，“文革”中又遭非人的折磨。但她对恶势力从不低头，无私无畏，一往直前，前半生与“极左”路线抗争，后半生又与病魔搏斗，“文革”后依然以一颗红心，投身教育事业，成为一名优秀特级教师，不愧为化校培养出的优秀战士。袁大器同志由于家庭及海外关系，历次运动受到冲击，后以“与右派同唱一调”为由被复员处理，分配做了一名学徒工。虽然他曾经彷徨失望，但人生观起了决定性作用，他奋力拼搏，经过在职学习，随着党的政策的落实，更由于他在电器设计的创新成果，最终成为高级工程师，被评为北京市劳模和优秀科技工作者、北京市人大代表，加入了共产党，真是大器晚成。蒋开太同志是历经磨难，百折不挠的杰出战士，并终于在政治上恢复了清白。他们是这一代人勇于拼搏、坚毅进取的杰出代表。

团结友爱精神：团结就是力量，这代人在革命大熔炉中继承了抗日军政大学的优良作风，在训练和日常生活中官兵一致，在人民群众中，军民团结亲如一家人。他们相互之间充满着亲情，充满着真诚、平等和理解，更重要的是他们之间的友谊最纯洁、最深厚、最绵长。因为建国初期全社会洋溢着单纯热烈的激情，使风华正茂的一群少男少女结成了友谊。那时心境是率直的，没有曲意的亲疏，心灵是纯净的，没有功利的计较，这就有了无私的友谊和刻骨铭心的记忆。他们在感情上极易沟通协调，加上所从事的防化事业必须与各方面协同动作，因此在工作中也就易于自觉协作。从南京赴江津及北迁行军途中，大家相互关心相互帮助；在训练中及学习过程中，互教互学、取长补短、共同进步；为了国家民族就可以赴汤蹈火、奋不顾身；为同志就可以仗义执言、倾力相助。从二十世纪八十年代起绝大部分同志已转业到地方，在祖国改革开放时期，仍然保持了很强的凝聚力，不仅在一地相聚，相互关心，而且逐渐发展为数地百人聚会的三大盛举。

第一代防化人是一个具有深厚文化底蕴并接受了严格的训练，历经万般考验，深明哲理大义的坚强群体。他们在创建石鹰精神过程中，涌现了三位全国人大代表，数位省市人大代表，两位中国工程院院士毛用泽、陈冀胜，四位少将高方、钟玉征、徐光裕、吴建国和一位中将胡长发，长期从事教育科研卓有成效的有赵国辉、张昌治、张雪鹤、王择良、王伟新、张肇敏、胡清宝、邓耘度、包洪杰、熊承栋、杨钟恒、王秀庆、郭善仪等五十多位教授、研究员、十二位国务院特殊津贴获得者，数十位全国先进工作者、三八红旗手和全国省市劳动模范，数以百计的副教授、副研究员、高级工程师、经济师、大批地师级和县团级领导干部，以刘凯文、刘智田、张志刚为代表的企业家和一批大中型企业高级管理干部。而立功受奖者不完全统计有特等功一人，一等功五人，二等功二十四人次，三等功三百二十一人次，全国及省市科技奖一等奖十七个、二等奖五十二个、三等奖七十二个，优秀论文集一等奖两个、二等奖一个、三等奖两个。

（作者系1951年在上海南洋模范中学参干化学兵学校。1953年5月毕业入朝参战，历任步兵第543团防化参谋，炮兵第587团防化参谋。下连队当兵时被评为五好战士。1962年转业，在中国科学院上海有机化学研究所工作期间曾立功，获先进工作者称号，1992年退休。）

美哉，七彩的画屏

■ 黄　波

走进化院，仿佛走进了七彩的画屏，阔别的人啧啧称奇，赞语频频。就连生活在其中的人，也感慨它应接不暇的变化，像品尝到美酒佳酿一样醉人。

是啊，化院在变，从古河道的荒芜中，脱胎换骨似的变幻出一道道靓丽的风景。你看它，春夏之交，花团锦簇，满眼槐花香气诱人；伏暑盛夏，绿海成荫，树招枝舞凉爽宜人；秋临之后，又是“层林尽染”，遍地黄金；就连那数九寒冬，也看不尽那“红装素裹”，银花缤纷……

是啊，化院在变，而且是一种立体的全新。这里，随便采撷几点，虽不是万花丛中的冠英，却也可以闻到几缕芳馨。

曾几何时，在全院绿化校园的热潮中，教勤大队发出了这样的动员令：室雅何须大，花香不在多，若要人美满，需要好环境。于是，美化庭院，筑巢引凤工程，鼓起了男兵女兵们的干劲。搬石运土，栽树挖坑；植草种花，培土育林。冬去春来，汗水滋润了满园的翠绿，手茧换来了美丽的风景。警勤连，花木飘香，松柏常青；通信站，美人蕉开，绿草如茵。

男兵女兵像叽叽喳喳的喜鹊，这下可来了神：连比家好，站比家美，如诗如画的小庭院，比家还要温馨！

美了环境，拴住了人心。通信站有个女兵，战友们戏称她是“常想回家看看的人”。如今那双眼早已不再泪水涟涟，生活工作俨然换了一个人：守机值班，一丝不苟，严肃认真；理论学习，刻苦钻研，提问既深又新；参加劳动，巾帼不让须眉。就是那一向郁悒沉闷的嗓子，也常发出止不住的爽朗的笑声。您瞧，她来了，大家说：“喜鹊临门！”

警勤连里的一位男兵，一到学院就嚷走错了大门：这儿哪里是北京，简直是新疆的戈壁，荒草萋萋，杂木丛生。环境美了，他也乐了：此处没有闹市区的污染、喧嚣和高温，却有更多的鲜花、氧气和宁静，小气候优于大气候，这里比市区还要强几分。

环境美了，也美了男兵女兵的言行。没有了粗俗的举止，也没有了火药味的调门。听，话筒里响起了一串银铃：“我是05号，竭诚为您服务，请问您要哪里……再见……”，嗓音亲切动听，就像遇到了久别的亲人；“同志，我在履行卫兵的责任，请出示您的证件……”话语中显出军人的威严，同时也透出几分温馨。就是军礼，也是那么庄重、标准！

人在改造环境，环境也在塑造人。自然，这离不开教勤大队领导的良苦用心。他们在孜孜以求：人的言行要与自然美相称！

曾经，男兵女兵的耳旁响起了不雅的声音：在院校，教员是主帅，课堂是主阵地，学员是主力军；而兵，是配角中的配角，是玻璃瓶中的蜜蜂，有你的光明无你的前程。于是，有人嚷着要改换门庭，有人一门心思考学想跳出龙门。这时，大队领导循循善诱，苦口婆心：干部、教员、学员、战士，分工不同，却是一个出身——同是化院人。大家都朝着一个目标：为国防现代化培养降魔神兵，为争创全军一流的军事院校奋进！

大队领导的话是那样透彻，又是那样动情，融化了男兵女兵冰冷的心。男兵们不再因哨兵岗位枯燥乏味而不安心，却用百倍警惕的眼睛，护卫着学院的大门，为莘莘学子创造安全宁静的学习环境；女兵们在机房里不再度日如年焦虑分心，相反却积极进取，苦练准确传递信息的本领；司机们不再叫嚷人少出车频繁，而是见缝插针，把车辆保养得锃光瓦亮、旧件如新，保证了次次车辆的安全出行。即使那后勤中的“后勤”，炊事班烧出的饭菜也日日香喷喷，饲养员喂出的猪崽也个个肥墩墩……战友们齐心协力争创先进连、优秀站，争创一流工作水准。因为大家都有一个共同的心声：学院是培养人的高等学府，为培养合格人才，我们首先要成为合格的战士，成为合格的化院人！

走进七彩的画屏，画出七彩的人生。化院的环境美了，也美化了教勤大队及所属连、站的环境，美化了男兵女兵的心灵。他们和其他化院人一样，就像警勤连院中那葱郁挺拔的松柏，牢牢地在化院的土地上扎根；就像通信站院里的美人蕉绽放，奉献出簇簇火红的青春！

（作者系基础部军队政治工作教研室副教授）

战争你我他

——防化兵成长之歌

■ 戴成文

又将迎来一个喜庆的日子——化院五十七岁的生日。在彩旗猎猎、锣鼓喧天的欢庆气氛中，在焕然一新、神采奕奕的石鹰脚下，我放飞自己的思绪，驾一叶轻舟穿越历史时空，把视线从平静带向汹涌，从鲜花簇拥的庆典礼堂，带到鼓角争鸣、山呼海啸的战场，去目睹侵略者的杀戮，中华民族的抗争，以及在这个抗争中和你、我、他一路走来苍凉而凝重的中国防化兵。

没有防化兵，多少无辜的平民百姓和中国官兵惨死在日寇施放的魔烟毒雾中！

1938年9月26日，日军向大屯村进犯，遭到我军有力阻击，遂向我军阵地施放毒剂。日军文件记载：日军步兵头带防毒面具，紧随烟雾之后突入阵地，刺杀了吐血不止、不能行动者数十人，夺取了阵地。

1939年9月23日，日军强渡新墙河，施放毒气筒万余枚。守军第二师官兵衣履单薄，脚穿草鞋，甚至赤脚，防护条件极差，致使全师七百余人被毒杀。

1941年10月，日军在浮山县南口滩，向躲在煤矿坑道内手无寸铁的百姓施毒，坑道内男女老幼二百余人无一生存……

据统计，日本侵华期间使用化学武器达两千零九十一次，毒死中国军民一万余人。

中国百姓的冤魂、抗日官兵的英灵呼吼着：战胜恶魔！中国要有自己的防化兵！

1937年8月，国民党军政部在武汉举办一期防毒训练班。应国民党之邀，我八路军、新四军委派罗钰如等六人参加了防毒培训。

1938年底，八路军总部在山西抗日军政大学一分校成立化学队，五十余名应召学员，成为我军第一批自己培养出来的防化人才。1939年底，八路军所属三个师以他们为骨干，分别成立化学勤务主任室，建立消毒排，有的团还成立了消毒班。有了自己受过专门训练的防化人才，尽管没有防毒器具，但是通过他们进行防毒教育，部队官兵掌握了不少简易的防毒方法。事实证明，这些简易的方法是有一定效果的。它不仅减少了部队官兵被毒伤的数量，也增强了他们战胜毒魔的信心和勇气。中国的防化兵，是在日寇化学战的肆虐中应劫降生的降魔神兵，是惨死在侵华毒雾中的成千上万的中国百姓、官兵的鲜血淬铸而成的镇妖利剑！

新中国成立不久进行抗美援朝战争，使中国防化兵再度面临严峻考验。为适应赴朝作战需要，防化兵建设朝着建制化方向发展。1950年12月11日，毛泽东主席批准成立化学兵学校。1955年4月，防化兵部成立，标志着防化兵建制不仅进入部队编制，而且成为我军一个重要的兵种。但是，这时的防化兵物质条件仍然很差，不仅教学上没有系统的教材，就连训练器具也只能到各军装备仓库去寻领，而找来的都是日本和国民党部队遗弃下来的老旧防护器材，而且数量少，质量差，应召而来的防化兵学员只好到地方大学“借读”。

就在防化兵建设举步维艰的时候，苏联友邦给了我们最直接的帮助。从1951年到1959年，苏联共派来三批防化军事顾问。在这些顾问中，至少有两个人的名字，是防化人永远都不能忘怀的。

一个叫科罗米那茨，他是苏军防化部一位资深的上校处长。1951年底，防化学校获得了从苏联进口的第一批化学兵装备。包括各种防化器材，化学侦察器材，消防器材，各种检查、维修器材，各种车辆以及轻、重型喷火器等。化校的同志们见到这些珍贵的器材后，高兴得了不得。但是谁也弄不懂，更谈不上使用。是科罗米那茨把这些器材的结构、原理、性能、使用方法等等，一节课一节课地讲给防化兵官兵；一遍又一遍地教大家如何操作；耐心细致地回答学员们提出的每一个问题，毫无保留地把他所掌握的苏军防化知识和防化技能传授给了中国同志。临回国前，他获得了国防部为他颁发的“中苏友谊”勋章。

另一个叫马梅金上校。他有着军人的豪爽、战士的雷厉风行和把中国的防化事业当作自己事业的伟大胸襟。一天，他到东北军区某连检查了解基层部队防化训练情况，随机叫来一名小战士，亲自询问考核有关防化知识。

马梅金问：“你知道毒剂是什么吗？”

小战士答：“是敌人用有毒气体杀伤人员的武器。”

又问：“你知道芥子气是什么吗？”

答：“是一种使人起泡的液体。”

马梅金激动地脱口而出：“好样的！你要是碰上芥子气怎么办？”

答：“带防毒面具。”

问：“你有防毒面具吗？”

答：“没有。不过我相信会有的。”

马梅金当场指着连长，要他在全连大会上好好表扬这个战士。

小战士走后，马梅金的脸立刻凝重起来，双眉紧锁，笑意消逝得干干净净。回来的路上，他一连串地向中国翻译提出问题：

“你说，假如今后真的遇上敌人使用化学武器，这样的连队能应付得了吗？”

“你说，军队到这时还没有配发防化装备，不进行正规训练能行吗？”

“你说，上课见不着实际东西，练不到实际本领能行吗？”

他在为中国军队的防化能力操心，在为中国的防化兵建设着急。就这样，他不知疲惫地跑了一个连队又一个连队，从中发现问题，寻找解决这些问题的办法。回到北京，他把自己的所见所想向各级有关领导汇报，甚至到军训部要求首长为他安排一个办公桌，以便帮助军械部督办防化兵建设的具体事情。整日的操劳，使他积劳成疾。就在军委决定建立防化兵部前半年，他因脑溢血突然发作，长眠在中国的土地上。

我们是在各方关爱下逐步成长起来的中国老一代防化兵的继承者、后来人。我们身上，有国际友人留下的扶助的手印，更承载着化学战中为国捐躯的先烈者们的嘱托，传承着几代防化兵先驱和前行者们百折不挠的顽强与坚毅。

今天，战争的硝烟早已散去。沐浴在和平春光中的中国少男少女们也许不知道什么是沙林，什么是芥子气，什么是毒剂筒，什么是毒气弹，不知道侵略者惨无人道的野蛮和魔鬼的嗜血狰狞。这是他们的幸福，祈愿他们永远不知道。但正为此，我们——中国的防化兵，则必须记住，并且要铁血铭心，永世不忘。

历史是老师。也是二战期间，丧心病狂的希特勒侵略苏

《天高云淡》 胡国伟 （院务部直工处处长）

联久攻不下，准备使用化学武器。丘吉尔立刻声明：如果德国对苏联使用化学武器，英国就用化学武器对德国进行报复。德国的毒魔被降伏了。而在东方战争上，日本侵略者却能在中国肆无忌惮地使用化学武器，为什么？因为我们没有。

战争，是一种力的较量，也是一种力的平衡。

为了中华民族的生存、安全，中国防化兵必将奋勇前行！

（文中所涉及的历史资料，皆引自夏玮著《神兵》，解放军出版社2000年11月版。——作者注）

（作者系基础部军队政治工作教研室教授）

石鹰头游记

■ 史聿元

丙戌年仲秋的一天下午，悉知石鹰公园改建工程告竣，欣然前往一睹风姿。寻着石鹰头西侧山口新修的石路攀登，才行数十步，迎面一棵有着数十年树龄的榆树参天耸立，繁茂的枝叶和风轻舞，仿佛向人们诉说着脚下这片土地走过的艰辛与辉煌。继续往上攀登，发现石梯两旁，去除了杂乱的野草，伐去了参差的棘丛，露出了挺秀的嘉树，优美的风景豁然展现在眼前。由一百二十个石阶组成的“天梯”直冲云霄，两旁陡峭的山崖夹道而立，几乎使人不敢旁顾，前方一组高大的石群相依矗立，格外亲密，那样子好像是一群师友在交流心得，又像是久别重逢的亲人共话家常。——活泼、严肃交融，团结、紧张兼备，灵异的山石似乎无意间昭示出眼前绿色校园的气度，吸引着我继续向上攀登。

登上天梯，举目四望：西侧千岩竞秀的妙峰奇景尽收眼底；北面作为首都天然屏障的军都山绵延千里，层峦叠嶂，万里长城依山起伏，若隐若现，气势恢宏；东面一马平川，道路纵横，绿树成荫，庐舍俨然；南面遥对百望山，海淀新区悄然崛起，古老京华万象庄严。山巅小坐，听鸟鸣山涧、虫语草丛、风起幽谷，仰碧空如洗、白云舒卷、飞鸟成行。天籁万物乐得其所，各展所长。悠闲自得的情状沁人心脾，深沉而恬静的意趣潜入脑际，不禁使人由衷感激上苍造物之厚德、大自然馈赠之美意。

当我沿着石梯向东徐行，映入眼帘的是奇美绝伦的石鹰头。石鹰头又称观石山、驻跸山、黑山头、神岭峰。它由数十块巨石堆积而成，高十余丈，石皆壁立，似巨人俯首，如雄鹰望空。石鹰头现有古迹多处：南麓有金章宗石龙床，上刻章宗亲题“栖云啸台”，旁边孤石上刻有“驻跸山”三字；北麓有“神山拱佑”、“神岭千峰”、“石鼓传声”三幅横书石刻，正中巨石上刻有民国时期北洋系统直鲁联军某纵队司令潘鸿钧所题“灵秀独钟”。石鹰头所属“天峰拔翠”，在清朝康熙年间即名列“燕平八景”之一。数十年来，石鹰头已被视为防化学院团结奋进的精神象征。

石鹰头山间新建石亭两座：高处为“巩华亭”，分上下两层，高四丈，用三十吨汉白玉雕刻而成，形状近似天坛。在此驻足眺望，但见壮美京华：高楼霞蔚，广厦云蒸，佳山秀水，似锦如茵。细品亭上那副“万壑朝宗瞻毓秀，千峰驻跸戍同春”的对联，作为一名炎黄子孙和革命军人，肩负巩固华夏国防的庄严使命感和强烈责任感油然而生。下面相隔不远就是“试翼亭”，位于石鹰头左下旁，高两丈余，能近距离观赏石鹰的昂扬沉雄的绝妙神态，感悟体会那种敛翼凝神、振翅欲飞的搏击者的心灵世界，激发游者奋发向上的精神动力。亭上楹柱有从辛亥革命元勋黄兴早年诗作《咏鹰》中辑成的联语：独立雄无敌，高扬摩碧穹。

观赏完自然风景，漫步在山下竹林中，伴之以飞瀑淙淙，溪水潺潺，一股清雅之气扑面而来。竹林以其独特的品质和个性，被无数文人雅士所赞赏、咏颂，有中华民族象征之谓。

古人有“日出有清荫，月照有清影，风吹有清声，雨来有清韵”的赞美。晨起诵读于竹林之侧，傍晚漫步于竹林之下，励石鹰奋发之志，启科技育人之思，亦强军兴院之成竹矣！

山为水之骨，水为山之魂。毗临竹林北侧，一泓清波，宛如葫芦，盖因其形而得名——葫芦池。看那池水清澈荡漾，水中荷花婀娜多姿，五色鱼群畅游嬉戏，池中有二十五个喷头组成的荷花喷泉光芒四射，动静皆宜。池边奇石环绕，似龙蟠虎踞，似猿跃鹤舞，好像在向人们祝福平安祥和。“天垂神羽资长翼，地涌灵峰励壮心”。池塘西侧鲜花绿草掩映中的“崇鹰亭”洁白无瑕，娉婷玉立，似一位向石鹰致敬的翩翩少年，又像是尽职尽责呵护一方的天使。走上崇鹰亭，观赏着周围的各种欣欣向荣的花草树木，青翠秀丽，枝繁叶茂，随着地形的起伏而高低错落，争奇斗艳，在品种选择上注重了季节的交替，完全可以达到春有玉兰吐芳，夏有木槿争妍，秋有丹桂飘香，冬有腊梅怒放。鹅卵石铺就的健身路上人来人往，欢声笑语，不绝于耳。从观景人群的言谈话语中，无处不显露着亲情的温馨，每个人的脸上都洋溢着花样的微笑。

“崇鹰亭”东北面坐落着一块汉白玉做成的石鹰头横碑，那厚重凝练的碑文和潇洒俊逸的书法相得益彰，俨然构成了一件精美的艺术品，吸引了众多游人驻足品读，浮想联翩。碑的东边，有一天然石佛，此石犹如普度众生的佛陀在此驻锡讲法，也在欢迎一切有缘之人的到来。

此时已然夜幕降临，我来到华灯齐放、溢彩流光、人头攒动的音乐喷泉广场。据工程建设者透露：广场总面积三千四百六十三平方米，采用三种大理石铺设而成，下设储水池，采用钢筋砼浇筑建造而成，使用钢筋六十三吨，砼四百八十立方米，输水管由直径一百毫米的主管道与直径分别为五十毫米和三十毫米的支管道组成，储水池面积六百六十五平方米，最大储水量九百九十立方米，工作用水六百五十立方米。喷泉直径二十八米，采用12伏低压节能（15W）五百零七个灯具、五百八十四个喷头和十五台3KW水泵组成，在夜色中，伴随着一曲曲动听的音乐，股股喷涌而出的水流，组成五颜六色造型各异的图案，使人目不暇接，心旷神怡。坐在广场一侧的石凳上，看着星空下茁壮成长的小朋友们和音乐喷泉一并欢歌共舞，看着彩灯映照下他们的祖辈父辈脸上欣慰愉悦的笑容，我不由得联想起十八年前初到学院时的情景。

1988年8月27日，我拿着录取通知书，首次跨入学院大门，成为向往已久的全军防化兵最高学府中的一员。然而当时，映入我眼帘的一幕幕是，道路两旁堆积着高低不平的小山包，火柴盒式的楼房，只有那惟一的一栋教学楼高高地矗立在白云蓝天之间……高等学府更有一大景观——几辆毛驴车像列队行军一样，在院内不太宽敞的马路上穿行。一些老学员戏说学院处在“祖国的首都，北京的西伯利亚；一年刮两次风，一次刮半年；植树是一年栽，两年黄，三年进灶膛”。弹指一挥间，一晃十八年过去了，学院建设发生了翻天覆地的巨变，优秀人才不断涌现，降魔神兵蜚声中外，全面建设扎实推进，处处旧貌换新颜。昔日灌木丛生、砂砾遍地、狂风肆虐的“北京的西伯利亚”，如今已成为京城难得一见的天然氧吧、园林军营……

抚今追昔，感慨万千。在来自西面的一片赞叹和欢呼声中，蓦然抬头我望见石鹰西侧一组刚刚调试好的红色梅花灯悄然绽放，形神兼备，气韵动人。我不禁精神为之一振——眼前的火红梅花，十八年亲身经历的学院巨变，一代代化院人艰苦奋斗、无私奉献的拼搏历程，不正是对“宝剑锋从磨砺出，梅花香自苦寒来”经典诗句的最好诠释吗？

（作者系科技开发部副部长）

“石鹰”解

■ 赵方辉

丙戌仲夏，有友人远道来访。我陪其游览了学院石鹰公园，观赏了石鹰音乐广场，攀登了石鹰头，俯瞰了学院全貌。友人欣喜之余，间或沉思，似有所悟。

晚饭时，当我细陈“石鹰头”的传说后，友人笑语频频：“防化学院堪称京西佳处，置身其中，如入仙境，令人忘返。以石鹰头作为防化兵最高学府的标志，可谓得之。小弟可谙‘石鹰’这一瑞象之三味？”看着朋友那成竹在胸的表情，我就说：“愿闻其详。”朋友从容言道：“鹰者，大鸟也。蛾眉深目，状如金刚，钩爪悬芒，足类山荆，嘴利吴戟，目颖星明，雄姿邈世，逸气凌空。细品鹰之神韵，大略有三：一曰勇。勇者，所向无敌也。雄鹰带煞，刚健为最，其性威猛，凛不可犯。在天为风霜，在地为斧钺；掌天地肃杀之机，主人间兵戈之变。性情不屈不怯，气魄不沮不挠。展翅虎豹惧，闻唳鬼神惊。独立无惧，独行不靡，弥天大勇，为百鸟冠。二曰明。明者，目光敏锐也。鹰之视力，八倍于人。可谓眼观六路，洞察千里。高空疾飞，苍茫无遗，草木之间，尽收眼底，发而击之，万不失一。可谓集高瞻远瞩和明察秋毫于一身。‘草枯鹰眼疾，雪尽马蹄轻。’（王维《观猎》）诗中不说鹰眼‘锐’，而说‘疾’，‘疾’者，快也，言猎物很快被发现。三曰志。志者，志向也。志向有高下之分，同为生灵，志向高远者，扶摇直上，以天地为庐舍；志向浅陋者，苟且偷生，以蓬蒿为乐土。鹰鹫同宗，所异者志，即面对生活的态度。性傲者鹰，性卑者鹫。夫鹰，天之精、地之灵、禽之英也。叱咤云海，纵横九天。心事无俗囿，性烈重自由。不因山高而止飞，不因风旋而迷航。幸上苍生此物，宇内始存阳刚雄烈之气。‘鹰击长空，鱼翔浅底。’（毛泽东《沁园春·长沙》）足以为证。

“由此看来，鹰承受了造物主太多的恩惠。世间万物，承恩太多，往往平庸迟钝、过犹不及。雄鹰之所以历久不衰、永葆辉煌，取决于如下两个条件：其一，挑战自我，不断更新。鹰的寿命，在同类中最长，但在生命的一定时期，其体质明显衰退：喙曲如钩，冗长至腹，搏击的利刃已变成生存之累；锋利如刀的双爪已被厚厚的老茧覆盖，丧失了力擒千钧的神功；臃肿不堪的羽毛，不能冲腾九霄，盘旋云际。在生命的低谷，弱者会从生灵世界消失，而雄鹰则选择了炼狱之路。首先用喙击打岩石，长出新喙；然后用新喙拔掉趾甲和羽毛，毛血斑驳，而后自新，终获更生。薪火相传，生生不息，终究成就了鹰族在自然界中的强者地位。其二，适应环境，长期磨炼。物竞天择，适者生存。人常说鹰之习性，憩于古松；其实为避侵害，雄鹰大都居于绝壁。岩洞狭小，身体庞大，要想出入自由、进退畅通，就要下一番缩小身躯、奋力练习的工夫，长期下来，伤痕累累。缩小自己，不是向困难低头，而是放低姿态、虚心进取，琢磨成器，方得伫之有威，张之有神，振之有声。”

我不禁拍案称奇，叹道：“听君一席话，胜读十年书。那么‘石鹰’又作何解释？”朋友笑笑：“石者，大土也。抱一守中，厚载万物，居于中央。在天为雾，在地为峰。鹰有石而得栖，石有鹰而钟灵——石鹰一体，其谁能敌？”

（作者系基础部语言教研室副教授）

京郊驻跸山及周边地区史迹略考

■ 游京录

驻跸山，即曾有皇帝到此作过短暂停留的山。查《辞源》“驻跸山”词条，知山岳以此冠名者，全国仅有两座：一座在辽宁辽阳市西南，是唐太宗李世民征高丽时统军驻扎之所；一座在北京昌平区西南，为金章宗完颜璟在位时屡次游幸之地。本文专写昌平一座，故前缀以“京郊”与辽阳加以区别。登山者之所乐、所思、所获，常不限于登山本身，而更在乎凭高纵目、寄兴抒怀，故撰文亦将周边一并涉及，其间不免浅尝辄止、挂一漏万，笔者亦无意悉数网罗，故曰“略考”。

金章宗“灌石”传佳话　西太后“西狩”避洋兵

既名驻跸山，自然不免要提到与之相关的两位封建统治者。一位是金章宗。他是自海陵王完颜亮正式在北京建都后的第三位金代皇帝。我们原来习惯称北京为“五朝古都”，即辽、金、元、明、清。实际上在辽代北京被称作南京，仅仅是四个陪都之一。北京成为真正意义上的一国首都，是从金代的完颜亮开始的。1153年，雄心勃勃的完颜亮把政权的统治中心从会宁（今黑龙江阿城南）迁往燕京，改称中都。数年之后，他在南下攻宋的采石矶大战中遭遇惨败，旋即为部将所杀。下场可悲，但贡献不容抹煞。金章宗继承了其父世宗完颜雍对外与南宋修好、对内发展生产的既定国策，并更加注重借鉴中原的诗书礼乐和政治制度。史称："典章文物粲然，成一代治规"，"宇内小康"。不仅如此，完颜璟本人更醉心于诗词、书法创作，寄情丘壑，广营园林，足迹几乎遍及京郊的佳山秀水。这座地处昌平的驻跸山自然也不可避免地进入了他的视线。据明朝人刘侗等人合著《帝京景物略》记载：金章宗不仅在这里建造了栖云啸台，在石壁上亲书"驻跸"二字，还留下了与臣僚在此击球，看到诸石群起做围观状，喜其通灵并灌以酪浆的美丽传说。"灌石"的地名在八百多年后的今天仍在沿用（"贯市"的本名）。另一位是慈禧太后。1900年8月15日，这位已在紫禁城和颐和园中独揽大清朝纲四十年、口含天宪、固步自封的老佛爷，携光绪皇帝、皇室近臣、太监侍女数十人从西直门仓皇出逃，开始了心惊胆颤的"西狩"之旅。当晚他们夜宿驻跸山前的羊坊镇（民国以后改称阳坊）清真寺。史载当时的慈禧"连日奔走，不得饮食，采秫秸秆与皇帝共嚼，略得浆汁"——这点浆汁与金章宗洒在石头上的酪浆，自然不可同日而语，但在昔日里习惯于钟鸣鼎食的落难太后看来，却是再稀罕不过的"纯绿色食品"。据驻地相关人士转述，这一夜有当地殷实之家向慈禧提供了涮羊肉的美食，深得老佛爷欢心，自此阳坊涮羊肉声名鹊起。该说法准确与否，我们不得而知。可以确信的是，第二天一大早，这一行人便匆匆出发，经南口出居庸关，奔怀来而去了。金章宗与慈禧，同为少数民族出身，因为不同的治国理念，围绕同一座山峰演绎出截然不同的两段驻跸经历，相比之下，耐人寻味。

刘谏议放言忧社稷　寇连材拼死顾苍生

中国古代士子大都信奉或标榜“文死谏、武死战”的人生目标。在昌平这块土地上就先后涌现了两位以冒死进谏名垂青史的历史人物。一为唐朝中叶的刘蕡，其故里在昌平城南西沙屯；一为清朝末年的寇连材，自幼生长在昌平南七家庄。前者在参加朝廷举贤良方正的考试时，上书文宗皇帝，痛斥宦官专权，一时震撼朝野。要知道唐朝中后期宦官权力之大堪称历代之冠，连皇帝的生死废立都掌握在他们手里，刘蕡此举无异于要把皇帝头上的“天王老子”拉下马来，是注定不可能成功的；但他的仗义执言却道出了大家压抑已久的心声，形成一股强大的社会舆论，很多重臣、名士将他引为知己，自然也招来了一帮权阉的忌恨。刘蕡本人最终被贬出京，死在柳州司户参军任上。唐昭宗即位后追授他为“谏议大夫”，谥号“文节”，封昌平侯。史学家将他比作汉代的贾谊、晁错。1958年，毛泽东饶有兴致地阅读了《旧唐书·刘蕡传》，并慨然题诗赞颂：“千载长天起大云，中唐俊伟有刘蕡。孤鸿铩羽悲鸣镝，万马齐喑叫一声。”这是毛泽东流传于世的极少数专门赞颂古人的诗作之一。寇连材出身贫寒，二十三岁时为生计所迫，经人介绍入宫做了慈禧身边的一名太监。几年的宫禁生活，使他深刻感触到落日帝国心脏地带的黑暗和糜烂，特别是目睹甲午战败后慈禧不顾空前加剧的民族危机和爱国志士吁请变法的强烈意愿，继续沉迷于享受的丑行，寇连材愁肠百结、义愤难平。他明知大清朝在立国之初，就定下了严禁太监干政的祖制，两百多年从未有人敢以身试法，可他更不愿就这样依附于醉生梦死的没落宫廷而坐观国家和民族的沉沦。在经过一番深思熟虑后，寇连材也像刘蕡那位家乡先贤一样，选择了上书的方式来实现自己的报国志向。1896年2月15日，他直接向西太后递交了一份自己撰写的包括十条内容的奏疏，对慈禧的骄横淫逸做了直言不讳的斥责，主张续修武备与日本决战，特别是大胆地提出：考虑到皇帝至今没有子嗣，建议学习尧舜时代的禅让制度，从天下贤能之士中选立太子。慈禧看后勃然大怒，在确认该份奏疏果真出自身边这位亲随太监之手后，她长叹一声："既然如此，不要怪我太狠心了！"怅然拂袖而出。两天之后，寇连材被刑部在菜市口公开处斩。两年半后，"戊戌六君子"在同一地点慷慨就义；四年半后，慈禧在八国联军的炮火中出京避难；1912年2月12日，隆裕太后代表溥仪颁布退位诏书，正式宣布：为"近慰海内外厌乱望治之心，远协古圣天下为公之义"，"特率皇帝将统治权归诸全国，定为共和立宪政体"。此时距寇连材上书建议效法"禅让"尚不足十六年。

忆庸徒血汗筑雄塞　究治乱风云际长城

说到北京的历史，不能不提到昌平西北的居庸关长城。因为在相当长的一段时间里，北京都是作为抵御北方少数民族入侵中原的军事重镇而存在的，而居庸关则是这座重镇的门户。居庸关最早修筑于秦始皇时期，因是徙居庸徒（即役夫）筑成，故而得名。这座在汉代即号称"天下九塞"之一的虎踞雄关，在明朝因为身兼抗击入侵、拱卫京师和保护皇陵三项重任受到了格外的重视。朝廷多次下大力修筑、完善以居庸关为核心的京北长城防御体系（当时的八达岭、南口皆隶属于居庸关）。其中，特别值得一提的有两次：一次是始于洪武元年（1368年）由徐达主持的。今天我们所能见到的居庸关长城，主体就是当时修成的（城楼最近一次修复完成于1997年）。一次是隆庆、万历年间由戚继光主持的。这次续修除了加固城墙，主要是增、改建了大量敌楼、墙台，使长城的防御功能更加完备。据在八达岭长城上发现的一块石碑记载，当时单是一段长三丈多、高两丈多的城墙，就役使军士民夫九百零五人，整整修了三个月。工程之艰巨浩大，可以想见。明代是我国历史上修筑长城的最后一个朝代，史称其修筑工程前后延续两百余年，几乎贯穿王朝兴衰的始终。今天，我们所能见到的保存较为完整的长城，绝大部分都是明长城。从历史上看，长城在保障中原农耕文明平稳发展方面确实功不可没；但它并非一道不可逾越的经济、文化和军事壁垒，更没有带给任何一个王朝安如磐石、绵延不绝的昌隆国运。很多情况下，就像二战前法国统帅部对马其诺防线的过度依赖，导致了战略战术的严重滞后和战争主动权的完全丧失一样，对砖石砌起的长城的迷信，也曾给中国封建王朝的统治者造成了一幕幕有心栽花反得刺的尴尬结局。就拿第一次和最后一次修筑居庸关的秦朝和明朝来说，前者派往渔阳（今北京怀柔一带）守长城的一队戍卒行至半路，在陈胜、吴广的带领下举行大泽乡起义，不可一世的封建王朝迅速土崩瓦解；后者派驻居庸关的精锐之师，望见大顺农民军的旌旗，不战而降，闯王李自成走马进京，崇祯皇帝煤山饮恨。失去了人心支撑的长城，与竹篱泥墙又有多大区别呢？因此，毛泽东在战火纷飞的岁月不无感触地说：“真正的铜墙铁壁是什么？是群众，是千百万真心实意地拥护革命的群众。”在今天，长城更多的被视为我们民族万众一心、众志成城、不向任何困难和挑战低头的精神象征。它不属于哪一朝一姓，而是“我们的长城”，正如一首歌里唱道：“你要问长城在哪里？它就在老百姓的心坎儿上。”

郭守敬理水白浮堰　詹天佑铭功军都山

多年以来，有相当多的人对中国传统文化存在一种误解：相对于人文社会科学的辉煌，自然科学技术在中国古代似乎不被重视、不够发达、无所作为。而实际情况并非如此。曾被视为元大都“生命线”的通惠河的开凿，就充分体现了七百多年前我国工程技术方面的卓越成就。通惠河1292年10月10日正式开工，历时两年建成。它北起昌平白浮泉，西折驻跸山南转，汇集妙峰山、香山、玉泉山诸泉，流经瓮山泊（今颐和园内昆明湖）下注高梁河，再由积水潭南接通州大运河，全长一百六十余里。它的开通，成功解决了困扰大都发展的生活用水和粮食供给两大难题，在北京的城市建设史上留下了浓墨重彩的一笔。由时任都水监（相当于今天的水利部长）的郭守敬主持设计施工的这项工程，包含了很高的科技含量和多项创新成果。昌平白浮泉和大都城海拔相差只有二十多米，中间要跨过沙河、清河等多条东西流向的河谷。既要吸纳京西诸山的泉流，又要避免使这些来之不易的泉水“付之东流”，关键在于线路设计。为此，郭守敬在世界上首次提出并运用了以海面为零点的海拔标准概念（早于德国大数学家高斯五百六十多年）。以此为基准，经过反复考察、精心勘测和精密测算，最终确定了施工方案。从白浮到瓮山泊六十里河道，海拔高度下降不过数米，其精准程度，由此可见一斑。上个世纪六十年代开凿的京密引水渠，自昌平以下几乎完全沿袭当年通惠河故道，决非偶然。其二是创造性地设置多道水闸，有效解决了从大都到通州二十多米的海拔落差问题，保证了江南运粮船能够沿京杭大运河直抵积水潭。“舳舻蔽海水，仿佛到方壶。”这一诗句充分反映了当时大都积水潭作为南北物流港的繁华景象。至今北京地区还把来自南方的糯米称为“江米”，通惠河汇通之功，岂可磨灭！郭守敬还是一位世界公认的天文历法方面的大家，曾担任朝廷掌管天文历法事务的太史令多年。他得出的一回归年365.2425日的计算结果，同目前我们认可的理论值只差二十三秒，早于认定同一数值的西方格雷高历三百年。1970年，国际天文学会命名月球背面一座环形山为“郭守敬山”。今天，伫立在积水潭北岸的郭守敬纪念馆内悬挂着一副对联：“太史名垂宇宙，都水功在人间。”勋业如斯，足称不朽矣。1909年10月2日，近代史上一次难得的伸张民族志气的庆典在昌平南口盛大开幕。中外万余名来宾纷纷把赞誉的目光投向了一位身材敦实的南方汉子——詹天佑。这位主持修成京张铁路（民国中期改称平绥铁路，现为京包线一部分）的科技英雄，以其拳拳赤子之心和扎实精湛的专业本领，在军都山间的六十里关沟演绎了一段科技兴邦的不朽传奇，成为近代以来大批负笈海外、学成报国的科技精英的杰出代表和伟大先驱。郭守敬和詹天佑，对于今天大多数中国人来说并不陌生，早在中小学课本里我们就已领略了他们的成就和风采。然而在日复一日或平淡或奢华的红尘岁月里，在物欲和权谋演绎的纷纭世象前，我们又能否从京密引水渠的柔柔清波和京张铁路的滚滚车流中，倾听到哲匠的心语，把握住时代的脉搏，感悟出自身的使命？

万载屏翰成谶语　灵秀独钟非虚言

相传很久以前，一股出自妙峰山谷的可怕洪水突然袭来，幸被驻跸山屏阻东折远去，贯市和阳坊等数个村镇的黎民、庐舍、良田赖以保全。从此，驻跸山被当地民众誉为“神山”、“神岭”。据此山北麓万历年间留下的“神岭千峰”巨幅石刻推断，这种说法最迟在四百多年前就已得到公认。“此志书同载驻跸山也。其石如垒，其色如墨，迥异于群山——洵千古之神岭，万载之屏翰（屏翰即屏藩，比喻卫国的重臣。语出韩愈《楚国夫人墓志铭》：‘为王屏翰，有壤千里。’笔者注）。故从古至今，无不景仰……”这段毗邻万历石刻、撰写于清朝光绪年间的碑文，更加生动详实地刻画了此山作为当地“保护神”的形象——当时一位利令智昏的石匠，贸然到驻跸山采石，被发现后引起了当地民众的震惊和愤怒。人们决定用“焚香祈祷，勒碑晓众，永远禁止”的方式求得“神岭”的宽恕，并命该石匠从此看守驻跸山，以示惩戒。然而世事苍茫难料，从1926年4月下旬到8月中旬，驻跸山及周边地区竟又一次成为大军鏖兵的战场。冯玉祥领导的近二十万国民军凭借南口、妙峰山一线的坚固阵地，顽强抗击北洋军阀奉系、直系和直鲁联军三方五十万大军，双方开展了持续百余天的攻防博弈，史称“南口战役”。此役有力策应了南方国民革命军北伐，在近代史上具有重要影响。7月10日（农历6月1日），在南口大战即将进入最后决战的前夜，直鲁联军某路纵队司令潘鸿钧，来到驻跸山前慨然运笔，题写下“灵秀独钟”四个硕大楷书，此石刻现已成为驻跸山的经典诠释和显著标志（翌年11月，潘鸿钧在山东单县被他南口大战中的老对手、冯玉祥麾下大将鹿钟麟击毙）。1937年8月5日，即北平陷入日寇魔掌一周之后，中国守军和日本侵略者在南口一带再度爆发激战。以第13军为主体的国民革命军六万余人英勇抗击日军七万余人。在由空军、坦克兵、炮兵和化学兵组成的强大突击火力面前，中国官兵同仇敌忾，临危不惧，同侵略者浴血拼杀二十二个昼夜。虽然南口阵地最终失守，但该役打破了日军“三日内攻下南口”的狂妄叫嚣，有效迟滞了华北日军沿平绥铁路向山西推进的行动计划，为我八路军主力向华北抗日前线开进和国共双方联手组织忻口会战赢得了宝贵时间。当时中共中央机关刊物《解放》周刊曾予以高度评价，称南口战役将“长久记在每一个中华儿女的心中”。翌年5月13日凌晨，当时已担负起华北敌后抗战重任的我八路军晋察冀军区一部，突袭日伪军占领的昌平县城取得成功。当日还攻占了阳坊镇，从伪军手中缴获枪支二十余支。在全面抗战爆发一周年前夕，这次京郊战斗取得了良好的政治反响。晋察冀军区聂荣臻司令员5月16日致电朱德、彭德怀，报告了这次战斗的基本情况，阳坊镇由此首度载入人民军队的战斗史册。1951年深秋，因应抗美援朝的烽火硝烟成立的军委化学兵学校奉命迁至驻跸山前的大片荒滩，这里从此成为中国防化兵的摇篮。以驻跸山外观得名的石鹰头，也被视为“降魔神兵”的神圣象征。半个多世纪以来，这里培育出了数以万计捍卫国家安全、保障民生幸福、致力世界和平的防化英才，涌现出了以“和平卫士”郁建兴、全国“巾帼建功标兵”钟玉征女将军、被誉为“防化兵形象大使”的处理日本在华遗弃化武专家陈海平教授、全军第二届学习成才标兵刘平和集体一等功获得者履约事务办公室为代表的大批在军内外享有盛誉的先进典型，驻跸山在经历了短暂的沉寂后，再度引起了世人的瞩目。山人交辉、鹰隼比翼、桃李齐芳——“千古之神岭，万载之屏翰”，百余年前乡间文士的题壁文字，几成谶语；“独立雄无敌，高扬摩碧穹”，近代民主革命先驱黄兴的咏鹰妙笔，堪为佳铭。在这块毓秀钟灵的文化沃野，新一代防化人正在努力创造无愧于往圣先贤的辉煌历史，续写沧桑驻跸山新的不朽传奇。

附录：

驻跸山

山在昌平州西南二十五里，高十余丈。石嶂沓危立，相与趋走，状不可驻，西北袤二十里。自金章宗游此，镌“驻跸”字，人呼驻跸山，遂逸其初名。上有台，章宗自题“栖云啸台”四字。下观野燎而猎，召其酋长大人击球。俄而自击，自赏叹曰：“美乎哉！无人见之。”须臾，石群起若观。章宗益自喜，灌以酪，故石顶至今白存。山下有洞，名寒崖，奥邃中乃多异草奇木。草木资风日雨露也，藉洞生；外霜时，亦自落洞中也。（以下从略）

——明·刘侗、于奕正《帝京景物略》卷八“畿辅名迹”

【译文】

驻跸山在昌平州城（明清时期曾设昌平州，下辖密云、顺义、怀柔三县，编者注。）西南二十五里，高十多丈。山石叠沓高耸，呈现协力奔走的姿态，具有不可阻遏的气势，一直向西北绵延二十里。自从金章宗到此游赏，亲题“驻跸”两字，人们就把这里称为驻跸山，最初的名字反而被淡忘了。山前有一天然石台，章宗题名“栖云啸台”。一次在台上俯瞰到郊原燃起野火，就在山前举行狩猎，并传召各路大臣、部落头领一同击球（此处可能是指当时盛行的打马球或捶丸一类的体育运动，编者注。）。后来又独自击打，并自我欣赏地说：“技艺实在是美妙呀！只可惜没人能见到。”话音刚落，四周山石应声群起，像是在聚集观看。章宗更加欣喜，就把手中的酪浆倾倒在石头上，当作赏赐。这些石头的顶端到今天仍然保留着当年的乳白色。山下有一叫做“寒崖”的岩洞，幽深之处多有奇异的植物。这些奇异的植物受到风日雨露的滋养，依托岩洞而生；当外界飞霜时，秋叶也就落洞中了。

（作者系政治部宣传处副处长）

鹰苑槐花吟

■ 陈慧琴

中秋节前夕，夫君出差去杭州，朋友请他在西湖边一个叫“满陇桂雨”的地方吃饭。席间花雨淅淅沥沥落下，整个人像是被桂花香气包裹着一样。他把这种感觉发短信告诉我，我应和着：是啊，八月桂花遍地开！“八月桂花遍地开”说的是江南的故乡，对久居北京的我而言，桂花以及它迷人的香气已是存留于记忆深处的朦胧意象了。现在的我则更钟情于石鹰脚下绿色校园里那最普通的花——槐花。

赏花免不了浸染个人的感情。周敦颐爱莲，是因为莲之出淤泥而不染；毛泽东咏梅，“俏也不争春，只把春来报。待到山花烂漫时，她在丛中笑”，那是圣哲的达观情怀。槐花，名不见经传。我喜欢它，是因为它平凡、素雅，充满温情。

化院最美的季节在五月。每年五月，每人心中都有一份期待。上下班也好，散步也好，沐浴在春风中，大家见了面，都会有意无意地问一句：今年的槐花该开了吧？在大家的牵挂中，槐花米粒大的白色花蕊在绿叶丛中萌动。突然有一天，或许你正和朋友漫步在林荫道上，或正站在自家阳台上晾衣服，一缕若有似无的清香幽幽地向你袭来，郑重向你通报：槐花开了！这时，不管你的视线投向何处，你都会惊诧于不经意间槐花开得这么迅速、这么灿烂，会捕捉到一幕幕温馨、恬淡的生活画面。

几位妈妈正领着孩子们从槐树下走过，一位妈妈说："你们给槐花取名字，比比看，谁叫得最好听？""玉葡萄！"、"玲珑剔透！"、"白珍珠！"……孩子们大声嚷嚷，一个孩子从地上抓起一把干的花瓣，往空中一抛，得意地叫着："就叫天女散花吧！哈哈哈……"花瓣儿纷纷扬扬，孩子们嬉笑着跑开了。

学员方队集结完毕，正迈着整齐的步伐走向教学楼，朝阳衬出他们的阳刚和矫健，响亮的番号声里荡漾着青春的豪迈。清风徐来，片片花瓣落在他们的红肩章上，凝重即被融化，笑意写在脸上。有人趁值班员不注意，扭过头将花瓣儿轻轻吹去，柔情似水。宿舍楼前，一些学员蹲在地上，用花瓣堆成一个"心"字。我在想，这些风华正茂的男儿此刻是否正默念着周华健的《花心》以排遣青春的烦恼？歌词很应眼前的景：

花瓣泪飘落风中，
虽有悲意也从容。
你的泪晶莹剔透，
心中一定还有梦。
为何不牵我的手，
同看海天成一色？
潮起又潮落，
送走人间许多愁……

远处，一对老教授夫妇正相互搀扶着缓缓走来，他们一会儿停下来看看路两旁的花，一会儿深情对望说着什么。他们是在“年年岁岁花相似”的慨叹中细数着化院的变迁，还是感谢彼此几十年风雨人生的情感守望？

五月的化院是酿在槐花的花香里的，温情而浪漫，化院人的生活也因此多了些许铁骨柔肠的情调。

我常想牡丹的美是极致的，它雍容华贵，无限妖娆，应是花中之王。每次去中山公园赏牡丹的时候，就像正午的太阳逼得我们睁不开眼一样，对牡丹的美艳我除了惊叹还是惊叹，嘴笨得只会说：“太漂亮了！”之类简单的词句。假如要我用花比人的话，那只有完美的人才配得上牡丹，它是无与伦比的。相比之下，槐花显得平易得多。每年槐花盛开的五月，无论是神岭峰下的山坳里，还是四通八达的林荫道上，我们的一呼一吸都能真切地感受到它存在于我们生活的周围。槐树的根植于古河道贫瘠的沙石中，夏日骄阳的暴烈炙烤，冬天朔风的狂野鞭笞，对它都是一种历练和积蓄。来年只要有一缕春风便能催生满树的绿荫和芬芳，回报它所坚守的土地。在化院，槐树是极普通又极具生命力的树。而槐花白得晶莹剔透、素净，香气淡雅、内敛而不浓烈，让人自省、安静而不浮躁。每次看见槐花，我都会有一种说不出的感动。

不久前，夫君的导师赵国辉教授和师母孙惠文听说我们搬了新居，特意到我们家做客。谈话间自然免不了“苦尽甘来”和“忆往昔峥嵘岁月稠”的感慨。谈到他们当年在荒石滩上“拓荒”建院的经历，爽朗的笑声中他们早已将艰辛、坎坷和苦难滤去；对学院未来发展走向的思考让这对老人激情洋溢。我能读懂他们，虽然已是鹤发童颜，他们寄情于化院的心是不老的。赵老夫妇是化院的元老，作为共和国第一代防化专家，他们从青春年少到耄耋之年的人生履历，是用献身防化事业矢志不渝的赤诚、对国防教育孜孜以求的严谨、为人不求闻达的淡泊写就的。看着他们，我就会想起槐树，想起化院五月的槐花，想起经过一代代防化后继者们传承、积淀而成的一种精神境界。

（作者系基础部语言教研室副教授）

当记忆打开时间之门

■邱　军

前些天回学院经过北清路，路边果农沿路一字摆开许多的摊位。果农向往来的车辆招手，示意停车购买，因平时已习以为常，目光只是随意的从摊位上扫过，并没有想停车的意思。但就在这不经意间，一堆并不起眼的东西映入眼帘，心里竟不禁为之一动，车速一下放慢了，就在车与摊位擦肩而过的时候，我确认了那些甚至还没有被剥掉皮的东西是新下来的核桃。是啊，又到了收获核桃的季节了！瞬间，记忆仿佛打开了时间的门，过往的一切像潮水般涌入脑海。

最早见到这东西是在小时候的化院，那时学院的规模很小，被称为防化技校。在北京市密云县太师屯一个偏僻的山坳里，交通极为不便，记忆中每次从北京市内到学院都要经过漫长的三个多小时的车程。但即使这样，也挡不住院里家属中那些住在城里的孩子们的脚步，他们将那里当作天堂般的乐园。尤其在暑假，京城内的、外地来探亲的以及住在院子里的孩子们就会挤满校园，成群结伴地嬉戏。那时的化院也很美，是那种自然、古朴的美。一条小河从院中流过，楼房间次零星地建在山坡上、山坳里。围绕着学院的群山，印象中似乎永远都是苍翠的。满山的果树，果实缀满枝头，有苹果、栗子、山楂、梨等各种水果。第一次见到这种没有剥皮的核桃也是在那里，因为当时从没有见过长在树上的核桃的真面目，以为是青色的小梨。曾冒着被果农责骂的危险，偷摘下来吃过。那苦涩的滋味至今想来还记忆犹新，因此留下了极深刻的印象。

小时候的化院在印象中更像一个游玩的场所。教学区和家属区是分开的，到教学区要经过一条黑黑的长长的隧道，我们这些孩子都将那里视为“畏途”，只有因小伙伴之间打赌，才会成群结伙地像探险一样玩过几回。因为是放暑假，所以罕见人影。而到了那里，记忆中深刻的是有辆坦克，我曾因偷偷地钻进去，还被其中的零件将头撞出几个大包。后来那辆坦克在1980年学院搬到阳坊时也被运了过来，就放在现在的洗消教研室的院子里。1989年我大学毕业分配到学院当教员时还特意钻进去玩过。

随着漫无边际的思绪，我的车已驶入今天的防化学院。车从学院中经过，因为刚才的记忆，不禁对今天的化院产生一种今非昔比的感觉。是啊，从1989年毕业分配到学院，转眼十七年过去了，化院的一切与小时候相比发生了翻天覆地的变化。1980年学院扩建，首先将院址从密云迁到今天的昌平阳坊，又在一片充满鹅卵石的河滩上建起了今天占地近两平方公里的现代化大学。这十七年来，我在这里工作、恋爱、结婚，我的儿子也出生在这里，在这里上幼儿园。学院的各个地方同样充满他探索的足迹，后来他因为要到城里上学，离开了学院。但同我小时候一样，一到周末，尤其是暑假，他总是磨着我要回学院来住，总对我说学院这好那好。他许多儿时的伙伴们也与他一样，经常会在周末和假期出现在学院里。有时我就想，如果说我们小时候是因为没有地方可去、可玩，才那么喜欢学院的话，那么现在这些孩子们有那么多娱乐的场所，甚至可以到处去旅游，如此吸引他们回学院是什么原因呢？

想来学院这几年的变化可真大，无论教学设施，还是后勤设施都发生了巨大的变化。北面校区一座指挥楼平地而起，操场也正在翻新，三幢新学员宿舍楼样子格外帅气。院内学员与地方生加在一起大概有几千人吧，每天步行在化院，到处都是带着红肩章的学员。那些脸上如灿烂般朝霞一样的青春气息让人心生羡慕。有时当你静下来，耳旁经常会传来院校里学员的歌声和口号声，那声音仿佛是特别的旋律产生出的一种别样的美。特别是当我站在三尺讲台上看着下面那一张张学员的脸，以及听课领导的笑容时，内心总会升起一种自豪感。

南边的家属区新盖起的十幢家属楼，无论是外观还是内部设施都美观合理，我们这些住在老宿舍楼中的人戏称那里是“富人区”。每到傍晚，石鹰头下的音乐喷泉总有各种美妙的旋律变幻出各种形状的水柱，那里也成为大人们闲聊和孩子们嬉戏的场所！

以往总去爬的石鹰头也发生了巨大变化。前些天因大学同学过来，与他们一起上去过。过去那片杂草丛生的地方也变成了一个美丽的花园，山上那崎岖的小路也被整齐的石头砌成一条绕山的捷径。站在石鹰头上，放眼望去，新化院尽收眼底，道路笔直，楼房排列整齐，两边一片绿树成荫。同学都说这里美极了，听到他们的话，那心中久违的自豪感不禁油然而生。

在宿舍楼前停车时，正好遇到与父亲同期的一位化院老教员，他这一生可以说都在化院度过的。从建院之初到现在，他的青春，他的中年，都倾注在脚下这片土地。如今他退休了，闲聊时随口问起他准备在哪里买房子，他竟略带感慨地说:“哪里也不去了,就在化院吧,这一辈子都在学院里生活,与这里有感情了,听惯了号声,习惯了学院夜里的宁静,进了城怕会睡不香的。”

望着他远去的背影,我不禁蓦然想到:这位老教员、我和我的儿子,正好是化院的三代人,我们经过了化院的不同时期——诞生、成长、未来。在这个过程中,时代变了,化院变了,化院人变了,可以说一切都在变,但惟一不变的是那份对化院依恋的情结。这份情结会在老教员的生命中保存,会在我与化院成长的经历中积淀。我们这两代人可以说与化院已密不可分,那么我的儿子呢?这份情结会在他的记忆中延续吗?我想会的。即使他将来长大,无论他是否会像我这个第二代防化兵一样作为第三代再回学院服务,无论他将来身在何方,走向何处,那份情结会深深地留在他的记忆中,并且记忆会随时为他打开时间之门,牵引他的脚步,重回化院!

(作者系基础部语言教研室副教授)

缘　　起

■ 魏小军

我记得很清楚，第一次听到“防化指挥工程学院”这个称谓，源于十几年前中央人民广播电台对“巾帼建功标兵”钟玉征教授三次率团参加“国际实验室间化学裁军核查对比测试”事迹的持续报道。

那时，我还是一个刚入伍不久的懵懂青年。从钟教授担纲力挫群雄，连续三年荣膺“世界第一”的感人故事中，我知道了被誉为“降魔神兵”的我军防化兵摇篮的些许情况。

因为仰慕英雄，所以对英雄所在的化院也充满了好奇。正所谓“爱屋及乌”吧。

2003年，又一个响彻寰宇的名字——郁建兴，让我肃然起敬。为维护世界和平，为维护中国政府和中国军队的荣誉，“和平卫士”郁建兴异国捐躯。

从“巾帼建功标兵”女将军钟玉征为国争光，到“和平卫士”郁建兴血染巴格达，再到“防化兵形象大使”陈海平在处理日本遗弃化武作业中令东洋人敬畏……英雄的名字耳熟能详，英雄的事迹如甘醴直沁心脾。我想，一个英雄辈出的集体一定有培植英雄所需的沃土。

与化院的第一次亲密接触，源于2005年12月份军训和兵种部的综合检查。当时，军训和兵种部组成四个联合检查组，对所属单位的全面建设情况进行综合检查。第四检查组负责对包括防化指挥工程学院在内的驻京单位进行检查。我作为检查组成员，除负责检查学院的政治工作开展情况以外，还承担着检查组与化院之间的协调工作。

2005年12月13日7时10分左右，我随检查组进驻化院。检查组的车被化院引导车带到了招待所（后来才知道是石鹰山庄）。

刚一下车，身上残留着的一点热气被隆冬的严寒骤然驱散。我接连打了几个冷颤。

搓手，跺脚。跺脚，搓手……

无意间的一瞥，我的目光定格在招待所对面的一块巨石上。巨石高十余丈，在冬日的晨曦里似鹰击长空前的蓄势待发，美轮美奂。

检查组刘参谋见我看得入迷，笑着问我那块大石头像什么？我不假思索，说像个老鹰头。刘参谋点头，告诉我这个老鹰头俗称“石鹰头”，是古“燕平八景”之一，已有近千年的人文历史。

我不禁咋舌。

经过13日、14日两天紧张的检查，我们完成了检查任务，学院全面建设的脉络清晰明了，我们初步摸清了学院全面建设的底数。

在向化院通报检查情况的交底会议上，带队的宋举浦主任总结学院在九个方面有新的突破或进步：第一，学院党委班子的理论学习有突破，被推荐为军训和兵种部先进党委，同时还推荐为总参先进。第二，党委全会实行重大决策投票，委员用投票方式对学院的重大决策进行表决。第三，第一次获得了国家科技进步二等奖。第四，获得了博士学位的授予权。第五，学院首次尝试了基地化的训练。第六，争取到了国家社科基金的非军事学类研究项目。第七，学院的文化工作有特色，除参加了总参的歌咏比赛外，自编小品在军训和兵种部获奖。第八，经济适用房建设的地点首次获得优化。新增清河永泰经济适用房建设项目。第九，学院在阳光采购方面也取得明显成效。

听着宋主任如数家珍的讲评，我作为一个“外人”，也不禁为之击节赞叹。这些成绩的取得，凝聚着学院党委、领导和全体教职员工的辛勤汗水。正如明代《草庐经略·一众》中写道：“千人同心，则有千人之力；万人异心，则无一人之用。”

检查虽然结束了，但第一眼看见石鹰时的震撼欲罢不能，挥之不去。冥冥之中，有股神秘的力量迫使我将石鹰视为某种神秘的图腾。石鹰是怎么形成的？它具有怎样的历史内涵？这一连串的问题让我横下决心找资料以晰究竟。

几经周折，从朋友处借到一本《昌平县志》，里面对“石鹰头”略有记载。原来石鹰头又称驻跸山，八百年前的金章宗曾多次到此游玩，并专门在此建亭刻石。此后，诸多达官显贵、文人骚客曾亲临此地，留下不少流传至今的典故和珍贵的墨迹。这么看，石鹰头应该是中华民族历史变迁和荣辱沉浮的缩影。

我还得知，1951年9月，在抗美援朝的烽火硝烟中成立的军委化学兵学校奉命迁至石鹰头前的荒滩，这就是化院的前身。这么说，石鹰头应该是新中国防化事业由小到大、由弱到强的历史见证人和时代记录者。

最令我神往的是能以主人的身份拜谒石鹰。因工作需要，我的这个梦终于实现。当我再次来到心仪已久的石鹰面前，顺着天梯登临山顶，凝视石鹰仰望苍穹、威猛不羁的雄姿。极目四望，学院全貌尽收眼底，一幢幢崭新的建筑拔地而起，规则地分布在学院各个功能区。清脆的口号此起彼伏，整齐的行进队伍英姿飒爽，构成了一幅立体、动感的翰墨丹青。

让历史告诉未来。千年的轮回，石鹰岿然挺立，这不正是我们伟大民族坚贞不屈的真实写照吗？不正是中华民族复兴征程的历史见证吗？

我思绪万千，要想为化院和防化事业做出贡献，必须要像昂首挺立的石鹰一样，志存高远，目光敏锐，勤奋学习，为明日展翅高飞奋发不已。

我珍惜曾经与石鹰结缘的岁月，我更愿为石鹰脚下的这片热土勉力躬耕、长歌不息！

（作者系政治部宣传处干事）

赞石鹰守卫者

■ 魏玉柱

夜阑人静，独对孤灯，往事如烟如缕。四年前老兵退伍期间在北区偶遇两名执勤士兵的形象始终萦绕在我的心间，让我时刻不能忘怀。如今又到了退伍的时节，不知他们在家乡还好吗？

那是 2002 年 11 月中旬，我为军务处制作一组反映全院士兵风采的展板。在一个冷风飕飕的日子，我骑着自行车到北区警卫班拍几幅照片。渐近北区，感到路两边的景色荒凉了许多，风也刮得更厉害了。

登上近十米高的岗楼，我的心倏地颤了一下，是震撼！映入眼帘的是两位全副武装的哨兵，像两尊铁塔，钢枪在肩，双眼炯炯目视前方。

抚着两位战友被冻得红肿的手，看着他们发皴的脸颊，一向自以为坚强的我，流泪了！泪眼朦胧中，我分明也看到了他们湿润的眼睛。紧紧握着兄弟的手，一切无须用语言来表达，一种心灵相通的感觉油然而生。

这就是士兵！这就是化院的士兵！这就是化院担负北区

《荷花》 贺 勇 （训练部教育技术中心教员）

警卫的士兵！

从警勤连连长那里了解到，北区警卫班有七人，一名排长带着六名士兵，担负着整个北区地下库二十四小时的警卫和训练警犬的任务。工作量大，责任重，但他们却毫无怨言。

记得离开北区的时候，我问那位正在执勤的战友："需要我为你做点什么？"哨兵犹豫了半天，才说："班长，我们这里什么也不需要，前段时间，学院专门改善了我们的生活条件，还特批给我们夜餐补助。我们一定会把北区的岗站好！班长，我想麻烦您件事，您什么时候有时间给我拍张照片。最好在石鹰头下，我想给女朋友寄一张好点的照片，我不太上相，您一定要把我拍得好看些！"

这就是我们的士兵兄弟！朴实、淳厚……

其实，化院里有许许多多像北区哨兵那样的士兵，他们为学院的建设和发展，默默地奉献着自己的青春：担负教学和机关车辆保障的战友们，风里来，雨里去；承担通信保障的战友们，苦练业务，力求快捷畅通；搞新闻报道的战友们，加班加点，精益求精……

正是这一群化院士兵的无私奉献，凝聚成了一个共同的心声：有我们的力量，化院的明天会更美好！

我知道，自己的写作基础不好，但我就是想把这些心中的真实感受写出来，让大家了解我们的士兵兄弟！

还有，我要去找那位战友，给他照张相片，我一定要把他拍得英俊、洒脱、帅气……

（作者系教勤大队五级士官）

照片里的故事

■ 解张伟

一幅老照片珍藏着一串动人的故事，定格了一段美丽的回忆，激荡成洁白的浪花……一堆老照片串在了一起，编织成五彩斑斓的生活。我喜欢打开相册，领略一番逝去的风景，抚摸一下成长的痕迹，而我最喜欢的便是那几张不同时期的化院的老照片！

印　象

掀开相册，打开记忆，第一张便是一组喷洒车在天安门前进行洗消作业的场景，这是我冲洗的来自互联网上的一幅新闻图片。这幅图片新闻就是我对防化兵、对化院人的第一印象。

时针指向2003年春。一场没有硝烟的战争席卷中国大地，十三亿中国人民笼罩在前所未有的恐怖当中！笑容从人们脸上坠落，爬上去的是那惊慌失措的迷茫；歌声从人们周围消失，取而代之的是撕心裂肺的哭嚎；和谐从社会生活中逃走，剩下的是白色灾难带来的惶恐……

第一时间，是你们出现在“战争”的最前沿，与全国人民携手，众志成城抗击“非典”。天安门记住了你们英勇的名字——降魔神兵；中南海留下了你们与毒魔“战斗”的足迹；小汤山医院也将你们的风采定格！人民不会忘记你们，祖国不会忘记你们！再次抚摸这张照片，我献上了一个崇敬的军礼！

加　入

相册第二张照片，记录的是我站在巍峨的居庸关上庄严宣誓的情景。谈起报考化院，还有一段尘封的记忆……

在“非典”肆虐的悲恸日子里，学习之余，我便从互联网上搜索一些最新的信息。点击率最高的是一群特殊的群体，他们默默地与毒魔作战，拯救着惶恐中的社会。

同时，他们也被社会关注着，因为，他们是最可爱的人！关于防化兵抗击“非典”的报道深深打动了我。在填报高考志愿时，我放弃了就读重点大学及推荐就读国防科大的机会，心中有了新的打算……

然而，就在这时，家中出现了不和谐的音符，不想让我失去推荐去国防科大的机会。母亲甚至亮出了“底牌”：如果我再“一意孤行”，就让我完全自立……怎么办？我到底应该怎么选择？不！我一定要有自己的追求，我相信母亲以后会理解的。

当年最热的时节，我来到了期盼已久的北京，加入到化院这个火热的队伍。因为我心中的那个梦想，不管多苦多累，我都认真去融入这个青春方阵……当拉练队伍浩浩荡荡地到达雄伟的居庸关时，我们带上了鲜红的肩章，高唱着军歌，庄严宣誓，成为了一名实实在在的“降魔神兵”。飘扬的军旗把那庄严的时刻定格，誓言在山谷间久久回荡……

感　动

第三张照片是一张“纪念郁建兴烈士逝世一周年晚会”的全景。读大一的我永远忘不了那一幕。

礼堂发出一种配乐诗朗诵和啜泣声合成的奇异交响。台上大屏幕正播放由著名播音艺术家雅坤朗诵的长篇原创散文诗《和平执子》。诗歌对英雄的传神刻画，深深地触动了我一个热血青年的心弦。

特别是那悲壮的收尾：“啊，战友！你为崇高的和平事业而献身，全世界人民都将铭记你的英名……听——校园莘莘学子在给你说‘郁导师，天上星星最亮的一颗，那就是你！’”我再也抑制不住自己的情感闸门，和全场观众一样，泪水也不由得夺眶而出！于是，我按下了快门，用相机记录了那感人的一幕……

那份感动化作了我四年军校生活的活力之源，为我的航船扬帆，激励着我奋发向前。每当我学习缺少动力时，一个和蔼的笑容、一种精神立刻使我振奋；每当我五公里越野累到极点时，路旁灯箱中，马文科主任专门为纪念郁教授创作的《赤子祭》，会激励我大步向前……

融　入

我不禁爱上了这个火热的青春方阵，慢慢地也融入到了其中。现在，回首三年多来走过的路，留下的是一串踏实的脚印，一串爽朗的笑声。相册的第四张照片是我今年喷火实喷考核时的情景。

四月的一个星期三，晴空万里。综合训练场内，烟雾弥漫，一场激烈的“战斗”打响，三十九名大三学员正在参加烟火装备课程实喷考核。

轮到我了。说时迟，那时快。“一抓，二挑，三背，四系……”仅仅用时十秒，我便麻利地背起被形象喻为“罐子”的喷火器，持枪向敌碉堡跃进。看！一个漂亮的卧倒、有力地出枪，喷火手开始瞄准、扣下扳机，一条“火蛇”霎时从枪口呼啸而出，猛地向敌人碉堡扑去。

还没等敌人反应过来，火龙已将碉堡换了张“黑脸”。93分是给予我这次考核最好的评价。

翻着相册，一股股暖流注入我的体内。我们的生命，我们的信仰，我们的青春和我们的追求！渐渐的都被定格在这些相片中的一幕幕。相册中还有很多照片。现担任“神鹰新闻社”社长的我，摄影更成为我生活的一部分。我喜欢摄影，更是因为想记录下来化院日新月异的变化，定格每一个动人的石鹰故事；想让石鹰精神永远伴我成长……

这一幅幅老照片里的故事像一支支火炬照亮了我脚下前进的道路，它们闪耀出的石鹰精神将永远伴我成长……

（作者系“神鹰新闻社”第三任社长、2007届毕业学员）

石鹰之情

■ 徐克强

在提笔写这篇文章时，我不知心中到底是个怎样的心情。离开化院已有数月了，此时的我已经脱掉了稚嫩的外衣，摘掉了红肩章，挂上了中尉衔，意味着肩上的担子更重了。白驹过隙，四年的军校生活转瞬即逝。回首这走过的一路，我怎样也无法忘记这四年生活的点点滴滴，那其中有苦有甜，有欢笑也有动情的泪水。

忘不了与化院的第一次亲密接触，一切都是那么的新鲜：偌大的校园，沿大路走着，不知何处是尽头；高高的树木，不知今年“贵庚”；绿色的军装，穿起来总是神采奕奕。忘不了强训时的摸爬滚打，忘不了那句常记在心间“掉皮掉肉不掉队，流血流汗不流泪”的口号，忘不了长城脚下的铮铮誓言，集体照上大家黑黑的脸上流露出的最纯真的微笑。更忘不了的是第一次看见矗立在学院南方的那座雄伟的石鹰山，是那么的神秘、巍然！

时间静静地逝去，逐渐成熟的我也慢慢有了变化。对化院的一切不再新鲜，而是感到平淡无奇；闲逛时不再东张西望的看个不停；打扫道路时看见地上的落叶，只觉得怎么扫也扫不完；再看看身上的绿军装，有时甚至感到厌烦至极；还有那石鹰山，也不再觉得神秘。

毕业前去内蒙古朱日和进行最后一次淬火，怀抱着对草原美好幻想的我们，到最后不得不被那残酷的现实所征服。恶劣的环境，艰苦的训练，我也曾动摇过，可不经历风雨，怎能见彩虹？不经一番寒彻骨，怎得梅花扑鼻香？是军人就要经受住磨练，为了让雏鹰长出丰满的羽翼，我们必须经受住严峻的考验！忽然想起学院里的那座石鹰山，似乎已将她搁置在那个角落太久了。在化院，我们就像是她的孩子，但她并不将我们庇护在她温暖的羽毛之下，而是任我们自由地飞翔，哪怕是暴风骤雨、电闪雷鸣，她也只是静静地守护着我们，寸步不离，但却不曾上前帮助我们，因为她知道，雏鹰终有长成雄鹰的一天，终有独立的一天，终将独自“称霸”一方天地。

生命中总有些事情，过去了，却又无法忘记！生活中总有些东西，逝去了，却又不能放弃！我多想再回到化院，再去看看那石鹰山。在那里，我学到了很多，收获了很多，我最珍贵的情感，就存放在那里……

（作者系“神鹰新闻社”原素梅组组长、2006届毕业学员）

石鹰印记

■ 余向锋

两年的化院生活，如风般一飘而过。与鹰相守的记忆时常像电影一般，在我脑海中不断闪现。几回回梦返化院，记忆深处那一张张熟悉的面庞，一段段难忘的记忆，一切的一切都是那样的亲切。

曾经的故事早已写入了我绿色的年轮，任凭时光打磨，永远也无法淡去。

2004年的那个深秋，我走进了“神鹰新闻社”。最初的我只是一个三天打鱼两天晒网的社员，干啥事，都只有三分钟的热度。有时候新闻社里安排给我的事情，有头无尾，从来没有认真完成过。但一次难忘的经历，却改变了我……

记得那时候，我往编辑部投了一篇稿子，编辑老师浏览了一遍说:“角度新颖，不错，有新闻眼，拿回去再修改一下。”回到宿舍后，心里总想时间还有好久呢！编辑部一打电话，我就找N个理由来搪塞。等我把那篇稿子再次送到编辑部时，报纸都已经印了出来。没有想到，自己辛辛苦苦熬了一夜赶出来的稿子，却错过了一个上稿的绝好机会。“小余，你的那篇稿子，不是很有把握吗？怎么就没上啊？”室友们也投来了关注的目光。

于是，我就暗下决心：我一定要干出成绩让他们瞧瞧。

有了那次败走麦城的经历后，我再也不敢怠慢，像加满了油的汽车，劲头与日俱增，天生的那股不服输的犟劲，让我不再甘心平庸，拼命地狂写。那时候自己真像一只三天没有进食的饿狼，见了新闻理论书籍就想啃。有时候书瘾发作了，半夜里，还悄悄地遛到宿舍前的路灯下，一个人去品味书中的精彩。一抬头，天已亮，脚早冻麻了，但我却从未后悔过那段披月而归、埋头耕耘的日子。

从此，我不但摸进了新闻的大门，也找到了努力的方向。每每看到自己思想的碎片，链接成一篇篇散发着墨香的铅字的时候，或者收到校外编辑部寄来的印有自己文章的报纸时，我就像老农看到自己的庄稼丰收了一样，有着说不出的喜悦。

文字写到这儿，我的心豁然开朗，“神鹰新闻社”从无到有，从稚嫩走向成熟，培养一大批新闻写作人才。而如今，被石鹰庇护的他们，已成为了化院一道独特的风景，活跃在化院的每一个角落。石鹰啊，石鹰！是您用双手为这群可爱的雏鹰烙下了一个个鲜明的印记，为他们的青春留下珍贵的痕迹，为军队的未来注入了一份搏击的动力。

（作者系“神鹰新闻社”特约记者、首批“2+2”学员）

将石鹰精神传递

■ 陈文娟

“本台刚刚收到消息：4 月 11 日中午 11 点 30 分，靶场后山突发火灾。火情就是命令，我院官兵闻讯而至，在有关领导的现场指挥下，自发组成灭火小组进行扑救。经过三个多小时的奋力扑救，大火被及时扑灭……”

听着那熟悉的声音，我的思绪又回到了两年前那个火魔肆虐的星期天。后山突发的火灾打乱了周末的休闲与静谧，全院官兵在事先没有组织，没有命令的情况下，圆满完成了一场保卫化院的特殊战斗。那时，刚加入“神鹰新闻社”不久的我第一时间赶往后山，用相机和笔记录下了诸多感人故事，以新闻特写的形式及时进行了报道。源于后山对面那天然巨石堆砌而成的石鹰头所产生的灵感，我为那篇报道取了个至今铭记于心的题目——《将石鹰精神传递》。

或许是受到了那场人与火的较量中涌现出的无形力量的感染，我忽然觉得，那饱经风霜的石鹰头似乎蕴藏着无穷的活力与激情，在时代的变更中逐渐融合成一种力量，促使一代代化院人革故鼎新。

而我又能为化院的发展做些什么呢？成长中的化院离不开精神力量的支持与推进，而拥有较好文字功底的我也需要一条提升自身能力和素质的发展之路。进入了神鹰新闻社这个充满青春与活力的集体，这不正是一个很好的契机吗？带着一颗炽热的心，我开始了宣传报道之路。

和平年代，并不缺少英雄。讴歌英雄，是宣传报道工作永恒不衰的主题。于是，我开始关注校园里英雄的身影：两赴巴格达执行化武核查任务英勇牺牲的郁建兴教授、在没有硝烟的国际赛场捧回化武联试三连冠的巾帼英雄钟玉征将军、为处理日本遗弃在华化学武器多次与死神擦肩而过的“中国防化兵大使”陈海平教授……我兴致勃勃地满心指望着这些洋洋洒洒的文字能成为铅字或声音，撒播到校园各个角落，可它们却犹如石沉大海，杳无音讯。

一位班长的建议给了我一片“生机”：“因为你对英雄了解不深，所以写出的稿件也只会空洞浮夸，没有实质的内容。纵使文笔再好，也是不会被采用的。倒不如写写生活随笔、真实感受。女孩子心思敏感、文笔细腻，说不定会出美文。”一番话立刻激起了我的写作欲望。于是，我便开始将女孩儿那多愁善感的敏感气质挥洒到稿纸上。今天悲秋，明天葬花，俨然一个现代林妹妹。然而结果却依然是“石沉大海，杳无音讯。”但所幸的是这些由华丽词藻堆砌，却没有什么内涵的文章引起了编辑老师的注意。她在一次社员大会结束后找到我说：“文章只有写实了才会有其内在的意义，才会让读者有所收获，好好加油吧！”我恍然大悟，空洞的文章哪怕文笔再好，也只是昙花一现，没有实在的意义和价值。

从那以后，我便像脑子开窍了似的，开始了真正的新闻创作之路。从一名普通的小记者到《化院报》编辑，再到涉足院三大媒体，我开始在宣传报道的殿堂里吮吸知识的养料，并通过实践锻炼将理论融会贯通。部队与院校共育人才座谈会，我全程追踪，将会议精神及时反馈，使全院官兵受益；履约事务办公室的典型宣传，我参与了前期素材的收集撰写，展现了“降魔神兵”冒着生命危险，长年为处理侵华日军遗弃化学武器而转战神州，上演了一幕幕惊心动魄的“世纪降魔之战”的风采；学院第二十一届田径运动会上，我作为新闻中心主任，带领着“神鹰新闻社”的小记者们，记录下了赛场上一个个感人瞬间……可能是因为兴趣所在，在三大媒体之间徘徊的我好像永远有使不完的劲，写完稿子做策划，做完策划搞编排，忙得不亦乐乎，日子难忘而又充实。

光阴荏苒，岁月轮回，还有一年我就将离开化院，融入到社会的浪潮中。蓦然回首走过的路，再次仰望那威武的石鹰头，我似乎读懂了为什么这片绿色的土地会孕育出那么多英雄。或许，是因为那在化院人骨子里所传承的一种精神——石鹰精神！是它形成了某种巨大的力量，指引着化院人不断勤奋进取，开拓创新，用实际行动将石鹰精神传递！

（作者系“神鹰新闻社”报纸新闻部第二任部长、2007届毕业学员）

石鹰，我的老师

■ 吴　昌

我喜欢放假的时候在家中穿着军装，不是我故意展现自己作为一名军人的光环，而是喜欢看父母眼神中那无限欣慰的自然流露，喜欢他们抚摸着我的红肩章说：“我们的坏小子现在是个大人了”，喜欢他们幸福的微笑。回想在燕山脚下，陪伴在石鹰头旁的两年军校生活，是石鹰带给了我一个又一个醉人的时刻……

强化训练，练就了鹰的坚韧

“天将降大任于斯人也，必先苦其心志，劳其筋骨……”为让我们成为合格的军校大学生，石鹰设置了第一个拦路虎——为期四十五天的强化训练。顶着骄阳，踏着烈日，我这只尚未展翅的雏鹰开始了成长的洗礼。枯燥乏味的队列训练，让我明白了纪律的真谛；强度极大的体能训练，让我在接近虚脱的情况下继续前进；紧张刺激的紧急集合，使我懂得了时间的珍贵；残酷的战术基础训练，摸爬滚打摔出了我全身兵的韵味……在登上万里长城宣誓成为一名军人的那一刹那，我体会到了石鹰的良苦用心。虽然我们变瘦了、变黑了，但是我们拥有了鹰一般强壮的体魄，更学到了鹰的那种不怕困难、敢于挑战极限、坚韧不拔的品质。

课程学习，养成了鹰的踏实

在上军校之前，我曾幻想着自己的大学生活是如何的舒适，是如何的自由。然而在正式上课之后，我才发现军校的学习原来有如此多的条条框框。虽然曾经也有几多埋怨，但我最终明白，生活因学习而变得充实。没有一盘散沙的各自为战，没有喧闹嘈杂的教室，没有上课肆无忌惮的话语，更没有自习课上震耳欲聋的呼噜……只有安静无声的自习室，只有上课认真听讲的专注，只有课后激烈的讨论……当坐在宽敞舒适的多媒体教室，听着教员生动讲课的时候，我终于明白，石鹰用她的纪律约束着我们这群稚嫩的雏鹰，是为了让我们学习她的踏实勤奋，学会怎样去忍受寂寞……

第二课堂，成就了鹰的多才

我知道，石鹰是不会让她的孩子们成为死读书的“孔乙己”的，所以各种大型活动的开展，让我们有了一个展翅翱翔的舞台。以鹰命名的“神鹰新闻社”便是这样一个华丽迷人的舞台。在这里，有学习课外知识的执著与乐趣，有自己文章变成铅字的惊讶与喜悦，有采访将军的兴奋与拘谨，有晚会舞台上散发的青春与激情，有活跃在新闻第一线的忙碌与充实，有受到表扬时的自信与自豪……“主动才有市场”、“学员唱主角”等理念的提出，无一不说明了石鹰的育人宗旨：全面发展，整体提高，长成能够独挡一面的复合型人才！

石鹰用其独特的魅力熏陶着我们这群她膝下的孩子，用她的精神食粮强健着我们的骨骼，坚实着我们的翅膀，并希望有朝一日，我们能够搏击长空，翱翔于九重天宇！

（作者系“神鹰新闻社”原常务秘书长、三系七队学员）

鹰的召唤

■ 张　建

群山怀抱，长城脚下，一只雄鹰在这里昂首挺胸，守望着这片蓝天碧水。在这里，有群人在鹰的精神激励下不折不挠，开辟了戈壁中的一片绿洲。

半个世纪前这里还是沙与石的天地，偶尔有风侵过，只有雄鹰在孤独地等待，日复一日，终于盼来一群怀着赤子之心的人们，他们战严寒斗酷暑，开山劈石建房铺路，从无到有从小到大，一代一代的传承一代一代的努力铸成了今天的辉煌。

这里是人才的摇篮，这里有绿色的天空、红色的家园，这里猎猎军旗随风飘展。成千上万的爱国志士从这里走出，他们之中有冲锋陷阵的勇士，也有统率雄师的将军；有知识渊博的教授，也有科研前线的攻关者；有守护边疆的国门卫士，也有维护世界安定的和平执子。

或许你不知这是怎样的精神，不理解这种精神的内涵，但她却激励了这群可爱的鹰之子勇往直前，并带着她的印记走遍祖国的大江南北。也因为她的存在，填补了祖国军事力量的一片空白，在战场上展现了无限的风采。

当你走进这片绿洲时，这种精神就会把你包围。嘹亮的军歌唱出了石鹰人的襟怀，震耳欲聋的番号声喊出了石鹰人的胆气。她伴随着我们的生活，唱响在你我的身边。听，那是开饭时的坐下起立，看，那行进间的步伐多整齐。训练场上的高昂斗志，课堂中的聚精会神，这种精神传承了一代又一代，延续出一种特有的文化底蕴，激励了一批又一批莘莘学子，让我们永不言败地走在人生路上！

快听，那是石鹰在召唤我们了，她嘹亮雄厚的声音在我们面前打开了一个出口，神奇的未来之光投向我们，向我们展现着一个有关防化兵的梦境。那是在召唤我们，去开拓进取，去为祖国尽心尽力，去实现这个梦，打造未来的新天地。

（作者系“神鹰新闻社”第二任副社长、四系十队学员）

奇 缘

■ 黄佳鑫

走过人生的岔路口，穿过懵懂的迷雾森林，我为这沿途的风景所感动。走走停停，我迈着沉重的步伐走出了一条属于自己的路。可当我来到这片土地时，放下背包，注视着这片被一种莫名的人文情怀所笼罩的土地，立即被一种馥郁的文化气息所包裹。空气中传来一丝感应，牵引着我，来到一座貌似鹰头的石山下。那浑然天成的气势，带给我的是鬼斧神工的震撼。

闭上双眼，我张开全身的毛孔，用心去与这里的一切交流。我的神思随着清风，漫步在校园内，流连于那杨柳依依的胜似仙境的美丽之中。我问那墨绿色的冬青草，这里是一个什么地方？它告诉我，这里是一块享誉世界的土地，曾孕育出了许许多多的赤子英才，而那源源不断的养料，便是你面前的石头山所蕴涵的石鹰文化；我问那缀满白花的刺槐树，这里真有那么神奇、那么美丽吗？它告诉我，这里的四季犹如画家手中流转的笔锋，应情而动，三月艳阳照地生辉，五月槐花诗意浓浓，九月红叶染尽繁华，腊月白雪情景旖旎，洋溢着纯净的圣洁；我问那沧桑历炼的鹅卵石，这里真的就从骨子里透着股刚毅的精神力量吗？它告诉我，对啊！你看我这在沙石堆中呆了千年的身躯，也为这精神力量所动，挪出一片宽阔的土地。

累了，我便坐在花园中的石凳上，缓缓呼吸着这里清新的空气。此刻，四周的景色像一群扑扇着翅膀的精灵，争先簇拥在我身旁。溪水潺潺流过，给我娓娓道来“巾帼建功标兵”钟玉征、“防化兵形象大使”陈海平及“和平卫士”郁建兴的英模事迹；喜鹊盘旋头顶，唧唧喳喳地向我描述着“降魔神兵”处理日遗弃化武、守卫国家边境线的艰难岁月；柳枝摇曳着身躯，在我眼中描绘着化院学子勤奋学习，苦战实验室与知识海洋的日日夜夜。

睁开眼，已晃过了些许光阴，而这一切就像是在看尽繁华后，突然来到幽静山涧中一不见世事的古朴村舍。心中的躁动，渐渐地，平息在这宁静的夜色中。我不懂，不懂这驻跸山下的土地上，为什么会有那么多英模的传奇，会有那么多的犹如发生在童话里误闯桃源的奇遇。

我想问问这像鹰头的石山，或许它能告诉我，这一切的根源所在。“嗨！你好，能和您说说话吗？”我小心翼翼地询问着这位历经沧桑的老者，可他只是轻转眼珠，用一种澹定的眼光看着我，轻轻地，用一片红叶，抚摸了我的前额。一瞬间，背包落地，而我则被一种透悟这风蚀雨打、岁月东流的触动定格在那里，被那澹定的眼神攫走了思维，脑中久久萦绕的只有那苍鹰凌空的犀利身姿……

流年飘逝，我在这里的生活渐渐走上了正轨，漂泊的心也似在这里找到了一个安定的港湾，停泊靠岸。渐渐喜欢上了这种稳定的人生，这对于我来说，或许是一种新生的蜕变，发生在这别样的年华里。我知道，带给我这一切的是他，是他那不经意间的一瞥。也只有生活在这里，在这片带着千年积淀的文化底蕴的土地上与时空交融，才能慢慢去参悟那石鹰所承载的厚重文化，才能体悟这驻跸山底脉中涌动的源源不断的人文力量。我爱上了这片土地，那情感，随着积淀在昔日陪我走过山山水水的背包上的尘埃，与日俱积。

（作者系“神鹰新闻社”特约通讯员、三系七队学员）

翱翔吧，雄鹰！

■ 房思成

迈入化院的那一刻，我就被这里的一草一木所感染，走在两旁充满绿色的大道上，旅途中烦躁的心情立刻舒爽了许多。抬头望向远方，那形似鹰头的山石顿时吸引了我，来到她脚下，那具有象征意义的外貌更带给我强烈的震撼。

从学院的史册上，我了解了她，并在脑海中烙下了她的名字——石鹰山！她哺育了一代又一代具有石鹰精神的优秀儿女，如血染灰色巴格达的郁建兴烈士；三次率团参加国际化学联试并荣获“三连冠”的巾帼英雄钟玉征将军；为处理日本遗弃化武而不辞辛苦地辗转于神州大地的“防化兵形象大使”陈海平教授；连续跨越三个学历层次，被总政授予“全军十大学习成才标兵”的刘平……石鹰山，她散发着一种气息，鼓励着每一名化院学子；石鹰山，她坚定着一种精神，感染着每一位化院人！

望着远处的石鹰头，我为自己能成为化院的一分子而深感骄傲与自豪，但也备感肩上的责任重大。怎样才能将石鹰精神继承延续下来？我努力地思考着，执著地追寻着……

就在强化训练快结束时的拉练途中，一个个忙前跑后为我们加油鼓气的身影让我们感动，一句句豪迈雄壮的话语给足了我们继续前行的力量。是她，一定是她！眼前“神鹰新闻社”几个大字让我浑身一颤，原本耷拉的双眼顿时发出了亮光，我仿佛看见她那昂首挺胸、振翅欲飞的姿态，那眼神似乎告诉我：这就是你一直想要寻找的答案。

怀着执著的理想，我进入了鹰的行列，成为了“神鹰新闻社”的一员。到现在，一年多的时间里，我一直都在为使自己成为一只展翅翱翔的雄鹰而奋斗着。开始时，我怀着自己已成为雄鹰般的豪迈努力奋斗，写稿、修改、整理……可一次次的失败和挫折连连向我招手。我曾产生了放弃的念头，可当我抬头看见她那焦灼的神态，像是要告诉我一只真正的雄鹰在困难面前是永不退缩的。就是这种精神，让我从一名普通的实习记者到特约通讯员，再到报纸新闻部实习生，每走一步都是时间和汗水的积淀。现在，每写一篇文章，我都会有新的进步；每做一次采访，我都会有新的收获。

那一次，我作为院里仅有的两个学员记者参与了“化院与清华共建二十周年座谈会”。会上，为进一步促进合作，两院领导相互交流、共同探讨，简明扼要的概述、精彩生动的发言，深深吸引了我，是他们给我上了一堂生动的讲话艺术课。那次座谈会让我为石鹰山而骄傲，是她的儿女与清华人共同成就了一番事业；那次座谈会让我为“神鹰”人而自豪，是她的精神使我们有了一次次锻炼自己的机会。

如今我再一次来到了石鹰山脚下，仰望着上面“灵秀独钟”的摩崖石刻，此时的心情已与刚入学时看到石鹰山时的感觉有所不同，或许那时只是好奇，而现在的我将它看得更加深刻！这让我明白了一个道理：要想成为一只真正的雄鹰，就必须要从一只雏鹰开始做起，磨炼出鹰的意志，锻炼出鹰的精神！

现在，我们还有许多事要做，还有许多路要走。重担仍在我们肩头，化院的明天将在我们手中。摄取知识的营养，炼就健壮的体魄，让我们早日成为雄鹰，从化院这片热土展翅，展翅盘旋于天际，展翅飞向美好的明天。

（作者系“神鹰新闻社”第四任社长、三系七队学员）

恋之风景

■ 夏　凡

还记得当我拖着行李第一次穿梭于这个陌生的校园的时候，充斥我眼球的是错落跳跃的绿。我不由得放慢了自己的脚步，任凭每个毛孔张开嘴巴贪婪地吮吸夏日余留的清凉。

听接待我们的班长说，夏末的化院其实很少下雨，而那天，我们的到来却正好赶上这样一场温柔的雨，让泥土也多了一份新鲜的气息。

第一次感受北方的夏季，心中的烦躁让雨水渐渐冲刷干净。站在寝室的窗口，闯进视野的是远处层层叠叠的山峦，苍翠挺拔，阳刚十足。我突然想起了小时候看过的一部电影《超人》，因为他们有着同样的魁梧。

初秋，这个原本收获的季节。在历经强训，磨平了稚气，完全融入化院生活之后，我喜欢和战友们相约爬上石鹰山头，去赏秋叶的飘零。在山的臂弯里，我们嬉戏，读懂了春华秋实的含义。

转眼间，军大衣开始在校园弥漫，厚重的棉袄轻而易举地抵挡住了凛冽的寒风，却怎么也遮盖不住我们挺直的腰杆，这是军人与生俱来的气质。正如化院的山，她是化院的骨，挺拔刚劲，沉雄高古，支撑着化院走向一个又一个辉煌。

春天的化院是最美的，石鹰山上那原先的一抹绿开始变得妩媚起来，点缀在山间的小花努力地绽放着，他们都珍惜大自然给予的生机，用绚烂多姿来回报哺育着他们的大地。每每走过山角，我都情不自禁地放慢脚步，继而变得悠闲从容，我觉得再匆忙的一个化院，也应容得下这样的脚步。

石鹰山，就在一年四季的变更中坚持与守望，沉默与驿动。坚持的是美丽，守望的是同一种精神；不动的是父亲一般的深沉，流动的则是那看不见的血脉在我们躯体内奔腾不息。

恋之化院，因为她美丽的风景，更因为她自强不息的精神！

（作者系“神鹰新闻社”报纸新闻部副部长、研究生管理大队二十九队学员）

石鹰颂

此志书同载驻跸山也。其石如垒，其色如墨，迥异于群山

——洵千古之神岭，万载之屏翰。故从古至今，无不景仰。

——清光绪十八年驻跸山勒铭

灵秀独钟。

——民国十五年摩崖榜书

赫赫军声，山铭其志，史炳其勋！

——丙戌碑刻《石鹰头记》

和平使者

——记代表中国履行国际《禁止化学武器公约》的军事专家

■ 马文科

诗人惠特曼说：“没有信仰，则没有名副其实的生命和国土。”同样，没有规则，没有制约，也便没有名副其实的和平。

盗火的普罗米修斯为了人间的温暖和光明而舍身，成为“哲学历史中最高尚的圣者和殉道者”（马克思）；而为了驱逐和消灭核生化武器，这群和平使者以高山般的坚强意志、以大海般的深沉情怀、以天空般的宽广胸襟，不求闻达，甘愿默默地为和平奉献着自己的青春、才华和热血。正因为有无数个像他们这样的人的存在，才矗立起令世界肃然起敬的钢铁长城。

——题记

在人类文明的几千年历史中，中华民族经历了太多的兴衰荣辱。

遥想当年，华夏文明巅峰时期的强汉盛唐中国，曾风光无限地引领世界科学文化的发展；而自从清末鸦片战争失败，中国便一步步沦为侵略者的奴役对象，百年的历史是一段血泪斑斑的屈辱史；伴随着新世纪的钟声，虽然和平与发展已成为人类社会的主题。但是，人们迎来的却并非都是繁荣和安宁，霸权主义和恐怖分子燃起的狼烟，已不容阻挡地进入我们的视野，从而使中国军人背负着前所未有的富国强军的使命感。

北京西北郊，居庸关长城脚下。

中国人民解放军防化指挥工程学院静谧的校园。一幢外形普通的小楼，门前却高高飘扬着三面旗帜：一面鲜红的五星红旗迎风招展，一面蓝色的联合国旗猎猎作响，一面绿色的世界环保组织旗恣意飞扬。

三面非同寻常的旗帜，为这幢小楼披上了一层神秘的面纱。楼房内虽然只有二十多名军人，却是代表中国履行国际《禁止化学武器公约》和处理日本遗弃化武的技术核心机构。特殊的使命、特殊的任务、特殊的职责，造就了一支群星灿烂、享誉世界的“降魔神兵”。

防化指挥工程学院履约事务办公室自组建以来，这个以“降魔神兵”著称的英雄群体，为履行维护世界和平神圣使命，拼杀在没有硝烟的战场，谱写出一曲曲民族精神和时代魂魄的深情颂歌。他们中有两次赴伊拉克执行联合国武器核查使命，血染巴格达，得到联合国安南秘书长“忠于职守、深受赞誉”八字盖棺定论的“和平卫士”郁建兴烈士；有身许清室贵胄，毅然在抗美援朝炮火硝烟中携笔从戎，在军事化学教学科研领域默默耕耘半个世纪，三次率团参加“国际实验室间化学裁军核查对比测试”荣获三连冠的“巾帼建功标兵”钟玉征女将军；有年过花甲却长年为处理侵华日军遗弃化武转战万里神州，令东洋人为之折服、被国人誉为“防化兵形象大使”的陈海平教授……

2006年4月26日，解放军总参谋部发布通令，为履约事务办公室荣记集体一等功。

看似平凡的小楼不平凡！

每一个爱好和平的人都会记住他们，将他们的名字写进蓝天白云。

底格里斯河奔腾的浪花作证：他们以中国的名义，履行了神圣的国际义务

“对个人是小小的一步，对人类是一个伟大的跳跃。”

——美国宇航员阿姆斯特朗·尼尔

这是一篇在国内刚刚获奖的报告文学《和平执子》。封面上，一顶中国军人的军帽安放在巴比伦神庙石柱上。

“死生契阔，与子成说；执子之手，与子偕老。”作家用先秦典籍《诗经·国风》中的著名爱情誓言，来比喻中国军人对和平的执著与赤诚。

军帽的主人叫郁建兴，他是履约事务办公室“中国10kg实验室”第一任设施代表。

2003年3月13日，郁建兴在参加联合国重返伊拉克执行武器核查任务中不幸遭遇车祸，献出了年仅三十八岁的生命。

底格里斯河奔腾的浪花将永远记住：郁建兴和他的战友们以中国的名义，履行了神圣的国际义务。

流年似水，物换星移。早在1847年，由十五个国家联合发表的《布鲁塞尔宣言》就明确提出禁止使用毒质兵器；1899年和1907年，国际社会在海牙召开了两次和平会议，特别提出禁止使用有毒武器；1925年，日内瓦会议通过了关于禁用毒气或类似毒品及细菌方法作战的议定书，当时有三十八个国家签字，这是世界史上第一个有效的禁化武公约，但遗憾的是它并没有禁止发展、生产、贮存、获取、转让化学武器的条款，也没有对违约行为建立相应的制裁措施和执行机构，

因而它未能阻止化学武器的发展和在第二次世界大战及其他局部战争中使用；进入上世纪70年代，化学裁军谈判成为日内瓦裁军谈判优先议题之一；直到上世纪90年代初期，包括中国在内的世界六十五个国家在巴黎共同签署了《禁止化学武器公约》，1997年4月，该公约正式生效，这是国际社会为了维护世界和平迈出的坚实一步。过程虽艰难困苦，但其价值却弥足珍贵。《公约》规定：中国作为缔约国，可以在单一小规模设施以外建立一个用于防护目的的10kg实验室，每年合成10kg以内的高纯度化学试剂，用于教学、科研等公约不加禁止的防护目的的研究。实验室建成后必须经过联合国化学武器专家视察组的多次核查，对精度要求更是“零误差”。

建立这个实验室，关乎泱泱大国向世界证明维护人类和平、立足防护的信心和实力，关乎中国军人在维护和平的世界舞台上崭露“神兵”风采。

“10kg化学品合成实验室”，因其科技含量高、技术标准严、操作规程复杂令人瞩目，更何况，它的建立，涉外性极强。因此，国家决定，将这个重要而特殊的实验室建立在防化指挥工程学院。

以郁建兴为首的一批青年专家被院党委提名担纲此重任，用三十万元起家，发起向这一世界性特殊高科技领域的冲击。这群年轻人虽初生牛犊不怕虎，但人人感觉万钧重担压在肩头：所谓“零误差”，也就是说即便出现万分之一的误差，所造成的国际影响和损失也是不堪设想的。当年，西方发达国家为攻克这一难关，曾经动员十几个国家的数百名科学家，花费十几亿美元。目前，只有少数国家掌握了这一高科技尖端技术。

“我十分明白这项任务的重要性，也十分清楚它的艰巨性。这是一场国际考试，我以党性担保：考100分！少1分，请院党委处分我！”——这就是时年三十二岁的郁建兴的铮

《和平卫士》 蔡春明 （基础部副主任）

石頭記

铮誓言，这声音凝聚着中国军人赤诚的报国之心，高翔的万仞之志。

时不我待，郁建兴在实验室支起了一张行军床。

大禹治水，三过家门而不入。此后四个多月，尽管实验室和宿舍近在咫尺，郁建兴却是再也没有跨进家门一步，而是将自我全身心地交给了实验室建设。对一个真正的战士来说，挑战充满了无穷的魅力，是展现智慧的舞台。

立志之远，方知行动之艰。郁建兴为了这个实验室的建设，倾注了全部的心血，甚至性命。那天晚上，他一头扎进实验室，一直忙到凌晨。路线不行，换！方案不通，改！观察仪表、记录数据、校正参数……超负荷运转尚能使机器骤然停歇，更何况血肉之躯呢？体力严重透支的郁建兴头晕、眼花、腿软、手抖，不经意间，手触了电，强大的电流将他重重地击倒在地，他的身体往后倒下，那一瞬间，带出电源插头。失去知觉的郁建兴躺在冰凉的地板上，不知过了多久，才慢慢苏醒，左手上留下一个永久的刺目疤痕。事后想想，真惊险啊！幸亏身体向后倒下带出电线，这才与死神擦肩而过。

实验室白手起家，设施没有参照，也无法引进。攻关小组组织专家强强联合，集智攻关；实验程序没有资料，他们论证实验；毒剂合成、分装、加热、冷却、搅拌、萃取、提纯，他们反复几百次甚至几千次，其中每一秒钟都有可能通向“死亡之旅”。

经过一百二十个昼夜的艰苦孕育，项目组终于趟过“死亡之旅”，一个堪称一流的“10kg综合实验室”呱呱坠地，它包括两个合成室、一个分析室、一个清洗室和一个临时保存库。

走进10kg实验室，令人眼界大开：一排计算机转瞬之间把化学毒剂种类变成信息模块；质谱仪大屏幕上，公约禁止的毒剂分子结构变幻尽收眼底……实验室的成功实践，记录着这支降魔劲旅的光荣使命与和平梦想，实现了中国防化兵的历史性跨越。

1997年7月，实验室通过国家主管部门验收。这是亚洲第一个10kg实验室，也是国际禁化武组织一百七十个缔约国建成的十七个10kg实验室之一。为了向国际禁止化学武器组织提交初始宣布，郁建兴从国家和军队利益出发，准确领会上级意图，反复推敲，十易其稿，拟制了严谨可行的宣布方案，很快得到总参谋部和外交部的批准，经原化工部核准后，送交国际禁止化学武器组织"OPCW"备案，于1998年接受了初始检查，1999年、2000年和2001年又接受了三次例行视察。

根据公约规定，国际禁化武组织要核查该实验室是否有违约行为。面对公约组织视察员的反复盘询，百般挑剔，郁建兴以过人的专业功底和娴熟的公约知识，沉着应对，据理力争，成功地赢得了三次苛刻的核查挑战。

在2000年7月的核查中，视察组长认为我方宣布资料有误，要求更改宣布，察看宣布范围以外的实验室，并表示如不能就上述问题达成一致，将做出未决结论。这是一个关系到国家和军队形象的重大原则性问题，处理不好，会给我军控外交带来被动。郁建兴不卑不亢地指出："组长先生，十分抱歉，对于已宣布设施的例行视察，仅限于我宣布范围，视察组无权进入本设施以外的实验室。这一点，《公约》核查附件第六部分E节有明确规定。设施的宣布，已得到过前几次禁化武组织视察团的充分认可，我这里有他们签字的视察报告。如果组长感兴趣，我可以就这个问题与您进行深入讨论，但这绝不是什么未决问题！"郁建兴的慷慨陈辞，博得了多数视察员的钦佩，视察组长也因此而臣服，最后在视察报告中写道："中方专家具有高超的专业水平！"

最终，联合国化学武器专家的检查评价是："无悬而未决问题"、"高专业水平的设施"。郁建兴因此成为中国第一个经联合国批准的“10kg化学品合成实验室”的首任设施代表。他也是中国化武专家追求和平、消灭化学武器，在国际上树立诚信履约的一个典范。

万物之灵的人类创造着丰富多彩的物质世界和精神世界，没有哪个时代像现在这样拥有如此之多的物质财富，人类是否就有权利藐视自然？化学武器，是人类自己制造出来的比瘟疫更难防范的一种灾难，这种灾难是毁灭性的，它不仅使世人恐怖，而且，更使人们愤怒。制造和使用化学武器不仅是一种罪恶，更是人类的耻辱。

1999年7月，中日两国政府经过漫长的外交谈判，终于签署了关于销毁中国境内日本遗弃化武的备忘录。

2000年，双方围绕选择日本遗弃化武销毁技术进行了磋商。选择销毁技术，首先要准确分析出日本各类遗弃化学武器内填物的主要成分，其中有十一种定性定量标准物质最为关键。这是一项世界难题，如果成功，不仅提炼生产的疫苗可以防止生化武器对人体的侵害，而且所采用的科学方法将会使长期困扰科学家的许多世界难题或迎刃而解或受到启发。可是，由于我国不拥有化学武器，也就没有销毁处理化学武器的技术和经验。2001年9月，郁建兴作为专家，参加了总参兵种部化学武器销毁技术考察团赴德国、比利时考察。他认真观察，深入探究，综合评价，科学归纳，形成了系统的考察报告，为日后科学选择日本遗弃化学武器销毁技术奠定了坚实基础。

这些标准物质国内无人合成过，当时，仅有西方某大国拥有该项技术。如从国际公约组织购买，价格非常昂贵，一个标样就是一万多美金。如果由日本人购买提供，其分析就要受到他们的控制，被动的局面不堪设想。

研制合成分析标样进而选择销毁技术的任务，又一次落在了防化指挥工程学院的身上。

时限——两个月。

面对神圣而艰巨的历史使命，院领导和专家组心急如焚。

郁建兴迎难而上，主动请缨："我来干！"

由三个汉字组成的话语虽然简单，但内行的人们都十分清楚它，字字千钧！

对日本遗弃化武内填物的分析在两国同时进行，最后要进行比较。孰优孰劣，不仅关系到销毁技术的选择，而且关系到国家的声誉。郁建兴的实力和勇气令人钦佩，但任务的难度又令同行们隐隐担忧。

郁建兴自信而又风趣地说，"我就不信外国人比中国人多长了一个脑袋，他们能合成，我们也一定能做到！"

军中无戏言。受领任务的郁建兴像一台开足马力的机器高速运转起来，他一头扎进图书馆查阅资料，没日没夜地泡在里面。图书馆的阶梯看见，有一个青年上上下下几乎把鞋底磨穿；一排排书架看见，有一个瘦弱的身躯来来回回磨臂擦肩；一本本书籍看见，有一双粗糙的大手前前后后掀页揭篇，一双布满血丝的眼睛在知识的海洋寻寻觅觅，一个辛劳智慧的大脑在不断地充电。实验中，每每遇到棘手的疑点，他又马不停蹄地拜访有关专家，像只不知疲倦的蜜蜂，一点一滴地采撷花粉，和着心血和智慧，酿造出最后的芬芳。实验室再一次成了他的家，没有白昼和黑夜之分，没有工作和休息之别；渴了，喝口矿泉水，饿了，啃块方便面。如此超极限劳作，腰椎痼疾常常发作，疼痛难忍，在只有七百米的回家路上，不得不歇息，再歇息。可他，却把医生开具住院四十天的条子藏在兜里，拿了几片药，又匆匆步入实验室。

陀螺在高速旋转，灯光、日光、月光伴着匆匆时光，不知晨昏，遑论节日。

"每逢佳节倍思亲"。千古愁绪伴着新春佳节的脚步款款而来，才下眉头，却上心头。天涯辽阔、关山叠嶂又怎能阻碍得了人间至诚。白发的老母，你的身子还硬朗吗？俊秀的妻子，你的容颜还美丽吗？调皮的儿子，你的个子又蹿高了吗？丝丝牵挂，剪不断，理还乱。

可是，军令如山。国家的荣誉、组织的信任、领导的关爱、同仁的支持，是暖流、是动力、亦是期待。郁建兴明白自己已经被历史和现实两股强大的力量推到了成与败的十字路口，“我只能把这项任务完成好，绝对不能有任何闪失。母亲，请原谅儿子的不孝。”除夕之夜，郁建兴在电话中向母亲表达着深深的歉意。

“操千曲而后晓声，观千剑而后识器。”求真务实的科学态度，严谨的逻辑思维，反复精确的实验，加上拼搏的精神，郁建兴和助手们终于提前合成出达到国际标准的十一种样品，从而填补了我国在这一研究领域的空白，为有效防止生化武器带来的危害提供了科学方法。

谈判桌上，日本专家不得不接受中方提出的销毁方案与技术。

面对同事们的祝贺，郁建兴谦逊地说：“这项工作关系到子孙后代的生命安全，我是学防化的，如果完成得不好，就愧对人民，愧对国家。”

用智慧和汗水做音符，郁建兴与战友们谱写了一曲中国军人扼住化魔咽喉的凯歌。

几年来，郁建兴还作为国家环保总局环境标准协调组的专家，参与了中日两国政府制定相关环保标准的谈判工作，受到了外交部、国家环保总局等单位的高度信任和充分肯定。他牵头负责的芥子气和路易氏剂两项标准，已通过国家环保总局验收和鉴定，并已作为国家标准颁布执行。

郁建兴研究的是世界尖端技术，成果具有很高的学术和应用价值，甚至可以跟诺贝尔某些获奖成果相媲美。但因为从事的科研项目多属国家和军队的重大课题，出于保密原因，尽管研究成果丰硕，却不能公开发表，无法参加军内外各种奖项的评比。为此，他的教授职称由副转正用了整整七年时间，直至牺牲前也未成为博士研究生导师。

子曰："芝兰生于深林，不以无人知晓而不芳。"在寂无声息中诚实劳作，不求闻达，创造出非凡业绩者，不因为无人喝彩而自弃，这是一种完美的人格精神，一种高尚的人生境界，是谓——大爱。

他就这样一直往前走，只把背影留给世界。

在伊拉克危机日趋严重的情况下，中国化学武器专家郁建兴受联合国监核会聘请，再次赴伊拉克执行核查任务。1998年，郁建兴曾作为中国特派专家参加了在伊拉克的武器核查，在短短数十天内，他认真履行了作为一名国际核查员的职责，以其高超的专业素质和一流的敬业精神给国际同行留下了深刻印象。此番是第二次"临危受命"。

曾作为人类文明重要发祥地而今却是战云密布的巴格达，将再度见证中国军人献身和平使命的信念与忠诚。

在美索不达米亚平原那片富庶的土地上，产生了人类历史上最早的文字——楔形文字；诞生了人类历史上第一部成文的法典——汉谟拉比法典；建造出了被誉为世界七大奇迹之一的"空中花园"以及据说令上帝又惊又怒的巴别通天塔。这里，就是巴格达，传说中的伊甸园。

曾几何时，辉煌的文明与残酷的战争如同一对孪生兄弟，严重地困扰着居住在这颗蓝色星球上的人类大家庭。在很多情况下，战争催生了文明，而更加残酷的事实是，一旦文明被运用于战争，那么，它对文明的摧残远远超出了人们的想象，那是疯狂与绝望的咬啮，纪念与向往的纠缠。历史的规律是：再辉煌的文明也有衰亡的一天。而战争，就是导致文明衰亡的最直接的原因之一。

萨达姆称霸海湾的雄心并没有因为1981年以色列摧毁其

核反应堆而消失殆尽，但是，经过十余年的核查，伊拉克确实已经销毁了大规模杀伤性武器，即使有，其数量也只能是极少量的。

联合国核查人员在1991年至1998年年底七年多的时间里，两百多个武器核查小组对伊拉克进行了四百多次核查。

2000年初，联合国检测、核查和视察委员会，简称“联合国监核会”，在全世界五十多个国家内聘请了三百多名化学武器方面的专家，其中，中国专家十三人。

2002年11月8日，联合国安理会一致通过了1441号决议，决定给予伊拉克执行安理会一系列决议的最后机会并随即开始了迄今为止对伊拉克最为严厉的无条件无限制的全面核查，联合国核查人员将在六十天内向安理会就核查问题做出报告。新一轮核查在核查中断的四年后重新启动。

其时，世界正面临着一场随时可能爆发21世纪第一战，四起的狼烟和漫天的黄沙将湮灭萨达姆20世纪的巴比伦之梦。战争一旦打响，其影响将波及世界。各国政府在激烈地争辩，积极地斡旋，全球亿万人的目光空前一致地投向了“黑云压城城欲摧”的巴格达。无疑，针对伊拉克的武器核查成为重要的联合国行动，其结果直接关系到伊拉克战争爆发与否。动荡不安的时局使国际核查人员随时都有战争伤亡和被扣为人质的危险。

飞机降落在萨达姆国际机场，没有缤纷的鲜花迎接，没有欢笑的容颜迎候，郁建兴形单影只打辆计程车直奔距机场一百公里之外、位于巴格达东郊的运河饭店报到，联合国监核会武器核查小组的总部就设在那里。

下了车，刚跨进饭店的大门，一群记者蜂拥而至，这群敬业的记者事先打探了消息，早已守候在门口。伸向自己的话筒，如丛林，密密麻麻。抛向自己的问题，如炮弹，切中要害。郁建兴严守联合国对核查人员的纪律要求，微笑着回避敏感话题。这个黄皮肤、黑头发、风尘仆仆的中国核查员笑容可掬，一位个头高高的西方记者问："凭你充足的专业经验，你能预测伊拉克有无生化武器吗？"

郁建兴温文尔雅地回答："核查需要以精确的数据说话，到时候答案就见分晓了。"

"我们需要知道的是你的感觉，你感觉伊拉克有没有生化武器？"

"核查不能作文字游戏，在科学面前，任何预测和感觉都不起作用！"

即使是最善于捕风捉影的记者，也别想从他的口中探听到蛛丝马迹。

郁建兴被安排在254号房间，望着这个门牌号，他竟有那么一刻的怔忡，继而微微一笑，一股亲切感油然而升，这是他第一次来伊拉克核查时住过的同一个房间。睹物思人，睹物又何尝不思事呢？视野中，总有一些物件点缀在生命的版图上，以此记录生命的踪迹。记忆的闪回，饱含着对往昔的怀念和对职业的虔诚。

门开了，同居一室的中国专家罗永峰忙从郁建兴手中接过行李箱，郁建兴拧开自来水龙头想洗把脸，热水一滴也没有，一股黄色的冷水咕嘟咕嘟地冒着泡沫流淌出来。

"老罗，这还是五星级宾馆吗？"——经年的战争和多年的经济制裁已经将伊拉克的经济拖入了低谷，昔日中东霸主的威风不再，水源污染、粮食匮乏、药品紧缺已让当地人司空见惯了。

郁建兴干脆不洗了，他脱下外套，打开行李，倒出一堆方便面，罗永峰双眼一亮："建兴，这方便面带得真是大大的好。这里别说山珍海味，就是一天三餐填饱肚子都是奢望。如果每天工作结束得早，碰巧赶上西餐，也就是用蔬菜煮一煮，再洒点盐和胡椒。保管只消几天，你就眼睛发绿，身子发飘。"

郁建兴回答：“第一次核查时我就领教了。可女人都爱衣服。叫她多带点方便面，她却说，我在国外代表的是国家的形象，衣服要光鲜。”

此时的伊拉克已风声鹤唳，美国声称伊拉克有大规模杀伤性武器，尤其是化学武器。因此，郁建兴所在的化学武器核查组紧锣密鼓地展开了工作。化武核查任务很重，数量涉及大大小小几百个设施，包括化工厂、水泥厂、食品厂等，有些待查地点路途遥远，距核查人员驻地有四五百公里，即使乘直升机也要三四个小时才能到达。伊拉克公布的所有需要核查的地方没有标志，而且目前仅存的地图都是1998年以前的老地图，方位难辨，核查时需要使用大量的工具，这就需要现场快速判断能力和丰富的工作经验。郁建兴对各种化工原料的特性了如指掌，判断力准确，工作经验丰富，因此，得到联合国监核会的重视，被重新任命为核查小组组长，其职责为：制定核查计划、准备视察报告，协调整体工作，恰当分配任务，此外，自己还要身体力行，以身作则，完成核查相关工作。

核查人员的工作具有机密性，出发前他们自己都不知道去哪里，有可能自己开车，有可能坐直升机进入危险的禁飞区。那些可疑的核查地点，星罗棋布，可能躲藏在巴格达闹市区；可能隐匿于几百公里以外荒无人烟的沙漠之中；可能是萨达姆的总统府；也可能是制造生化武器的工厂。他们既受到伊拉克秘密警察随时随地的监视，也承受着来自美国的压力。核查人员清晨5时即起，携带沉重的防护工具、干粮和水，乘直升机前往。而无论核查地点的远近，核查员都必须当天赶回驻地，及时向联合国总部汇报核查情况。

化学，一门神奇的科学！通过化学反应，能魔术师般将丑小鸭变成白天鹅，亦可将原本普普通通的元素合成为威力无比的杀人武器。而与可疑的化学物质打交道，就像与一个身份不明的蒙面人周旋，稍有闪失，就可能造成对身体的伤害，甚至，有生命危险之虞。因此，气密性很强的防护服以及沉重的头盔就成为化学武器核查员必备的工作装束，可想而知，在环境摄氏30多度的高温下，防护服内已是摄氏60多度，一场核查结束，头晕目眩、恶心呕吐、气喘吁吁等一系列中暑缺氧症状接踵而来，汗水更是浸透了衣服，像从水里打捞出来一样。

艰苦和危险是核查的伴生物。伊拉克的化工厂，生产设备简陋，后期处理差，污染严重，浓烈刺鼻的气味弥漫四周，方圆几里人迹罕至。每每到核查地点，一般人员都分成两拨，一拨进入内部核查，一拨在外防护，郁建兴次次坚持进入内部核查。

那一次，按照核查程序，核查人员分成两个小组，郁建兴带两个人先进入现场。剧烈的刺激性气体使其中一人立刻感到恶心，继而呕吐。郁建兴当机立断，果断地换了另一个人进去，在此后的两个多小时里，他安排同事们轮流工作，自己则一直坚持到最后。两个小时的时间，度量起来有多长呢？能够沉醉一台华美的音乐会；能够品味一顿丰饶的盛宴；能够欣赏一部精彩的电影……是的，当人们从容不迫地尽情享受着美好的生活时，总是遗憾时光的短暂。两个小时，同时又是一百二十分钟，七千二百秒，高温密闭的环境、厚重致密的服装，刺激有毒的空气，这种境况下度过的两个小时，便不再是浪漫的，而是艰辛的；不再是陶醉的，而是冷峻的。所以，每天发往联合国总部的一张张记录着密密麻麻数据的报表，那是核查人员饱蘸心血的记录、忠于职守的印证！别小瞧这小小数据，它们举足轻重，甚至可能关乎战争的触发和生灵的涂炭。

坐在颠簸的直升机上回程，感觉就像一叶小舟在山呼海啸中起伏跌宕。郁建兴双目紧闭，疲惫不堪，心中翻江倒海，长期的超负荷工作，使他原本已严重的腰椎间盘突出症更加严重了，走路直不起腰，只能侧着身体蹒跚而行，对常人而言一个普通得不能再普通的生理姿势，站立五分钟，他都难以坚持，实在忍受不了了，便趴在硬板床上工作。宾馆提供的是沙发床，郁建兴申请换一个硬板床，就是这样一个微不足道的要求，也一直没能得到满足。

回到驻地，郁建兴无力言语，一下瘫倒在床上，几乎虚脱。罗永峰连忙请来医生，郁建兴匆匆吃完药，抱起材料就要走，罗永峰拦在门口："你要拼命吗？缓口气的时间都没有吗？"郁建兴边走边说："挺一挺也就过去了。"便一头扎进茫茫黑夜。办公室离旅馆还有十多公里，但是按规定当日的核查报告必须当日完成，纽约总部每天都要等待前线的核查结果，一个报告中就要核实几十页的数据，工作量之大，由此窥见一斑。

如果说有毒气体是人为制造的祸害，那么，沙尘暴便是自然的灾害了。有一次去矿山，刮起了沙尘暴，狂风夹着尖利的呼啸，旋转着，漫天沙尘狂舞。核查员们佩戴着防尘设备，步履维艰。这里的平均地表温度最高达70摄氏度，山石被阳光烤得滚烫，脚踩其上，就像踏在烧红的鏊子上，热辐射阵阵袭来，人人心头好像揣着个小火盆，人在露天下暴晒一天，就可脱掉一层皮。矿山上寻不着一丝阴影，带去的矿泉水很快见了底，郁建兴决定控制饮水，实在渴得熬不住了，就用几近见底的矿泉水润润嘴唇。这次取样工作进展缓慢，核查结束任务比预定时间推迟了两小时，晚上9点多才回来，接着写核查报告。伊拉克没有复印机，所需的东西必须用数码相机拍摄下来，再输到电脑里打印，巴格达时间和纽约时差五个小时，写完后必须等纽约总部上班后再发，并要得到总部核实准确的信息后才能休息。

当晨曦初露，万里之外的祖国，温柔而恬静，恋人在呢喃低语；婴儿在甜蜜安睡；花朵在悄然绽放；星辰在荧荧闪烁。而暗藏战事的巴格达却忧心忡忡，郁建兴的办公室内，灯火通明，又是一个不眠之夜！

工作的艰辛自不必说，身处核查一线的郁建兴还要承受着另一层精神的压力。

联合国关于化学武器方面有两个组织，一个是监核会，一个是国际原子能机构，这是联合国的两个常设机构。2003年，联合国安理会成员国在伊拉克问题上的争论已达到白热化程度，国际斗争形式日益复杂。监核会被要求在短时间内向联合国提交两份核查综合报告。2003年2月，关于VX和芥子气两种毒剂的讨论异常激烈，一直悬而未决。制造这两种毒气的几十吨原料突然消失了，伊拉克对此向联合国做出的解释是归因于管理的混乱和使用消耗等因素。联合国便决定在伊拉克举行高级别的科学家会谈，进行辩论。郁建兴以其在化武领域的深厚功底，应邀参加这次世界顶尖级专家会议。会上，联合国邀请的专家和伊拉克的专家面对面就生产工艺、配方等细节问题进行了辩论。在化学视察组中，绝大多数核查员都是搞工程的，真正搞毒剂合成及生产工艺研究的只有郁建兴一人，因此，他的发言举足重轻。某西方专家判断伊拉克将这些原料藏匿了起来，郁建兴面对压力，从合成路线、工艺参数等方面详细分析，始终坚持主张用事实说话，实事求是，凡事要有依据，不带任何偏见。辩论的结果，矛盾双方达成了少有的一次“一致”。

联合国武器核查员的身份在一般人看来，是神秘而又荣耀的，殊不知其中的酸甜苦辣。郁建兴在所有参加核查任务的人员中，是乘飞机出去核查次数最多的一位。在伊八十七个日日夜夜，他行程十万公里，进行了六十多次设施检查，撰写了六十余份近三十万字的核查报告，为联合国监核会提供了大量公正详实可靠的数据，更重要的是，这些资料为我国政府与有关国家协调立场提供了重要依据。这是中国对世界的贡献！这是中国作为和平之师、文明之师的铁证！为此，他没有休息过一个周末，休息日这个概念已经被大脑所删除。

改善生活时最大的享受就是吃从国内带去的二十多包方便面，到3月初时，方便面基本吃完了，为了节省，郁建兴和罗永峰便每次两人合吃一包。晚上执行完核查任务后，能吃一包方便面，感觉就像过年了。在金碧辉煌的华厅里，觥筹交错的宴席上，面对珍馐无处下箸，人们啊，你可曾意识到拥有这种挑剔的机会是一种满意的幸福，这种幸福是以一部分人的默默奉献为代价换来的？

从江苏靖江到首都北京，从中国北京到伊拉克巴格达，郁建兴的人生历程仿佛是艰难跋涉的和平之旅。

在家乡，郁建兴有着“少年神童”的美誉。十二岁那年，父亲因胃癌溘然长逝，使这个原本贫困的家庭雪上加霜。郁建兴每天上学时都背着自己用树藤编织的箩筐到教室。下午上完两节课后，同学们在教室里复习功课，他便向老师请假，到山上边放牛边打草。中小学十年，郁建兴也算不清究竟打了多少牛草，只有那三十二只用破了的箩筐记载着他艰难的漫漫求学路。

壮丽的人生，源自对崇高理想的执著追求；人生的职业选择往往出于偶然原因，但偶然里面透着必然。

郁建兴的家乡地处苏北平原，抗日战争期间日本侵略者曾在这里用化学武器屠杀中国人民。孩提时代，耳闻老一辈控诉当年日本侵略者的罪行，郁建兴幼小的心灵受到极大震撼。

在中学读书期间，郁建兴看到一篇反映日本侵华战争时731部队对我军民实施生化战、用中国人体做试验的文章，这不仅使郁建兴的心灵再次受到震撼，也促使他对生化武器产生了理性思考。“一定要消灭这种害人的东西！”抵制生化战、维护人类和平的种子在小建兴的心中开始生根发芽。

若干年后，当郁建兴作为中国防化专家，参加处理侵华日军遗留化学武器工作时，家乡的父老乡亲无不为之自豪。

这时，他的老师和同学才明白了郁建兴当年的选择。十六岁高考那年，老师、同学和家人都纷纷劝他报考北大、清华等名牌大学，郁建兴却毅然在第一志愿栏内写下“解放军防化学院”。1980年9月，郁建兴以靖江市高考总分第一的好成绩被录取。

铸造防化盾牌的和平之旅，自此正式启程。四年防化专业知识的学习，郁建兴不仅初步掌握了防化专业基础知识，更树立了向防化更高目标攀登的信心。1984年，他以优异成绩毕业后考入本院工程系攻读硕士学位；1987年7月，郁建兴以全优成绩获硕士学位并被学院留校任教；1989年9月，他又以优异成绩考入北京医科大学攻读博士。

1992年底，郁建兴获得博士学位。博士头衔及专业潜在的巨大经济价值，使郁建兴再次面对人生抉择的十字路口：一些地方大学许以帮助出国留学、高级职称的条件，想邀他到校工作；一些地方公司以高薪、汽车、别墅为价码，千方百计来“挖”他；家乡一位办化工厂的同学得知消息后，专程跑到北京，开出年薪上百万元的天价力邀他加盟。

面对分居多年妻子的转业“动员”，郁建兴却始终不点头，他平静地对爱人说：“美好富裕的生活人人向往。但作为一名军人，祖国的需要、军队的需要、和平的需要，永远是我惟一的选择。”

此时，两伊战争中使用化学武器的毒烟还飘荡在这位防化专家的心头。郁建兴把研究方向选在了防生化课题的前沿——化学防护试剂的研究。郁建兴和他带的五名研究生，跑遍北京大小图书馆，并用因特网查找了世界各国有关文献和资料。据他的研究生单力华介绍，十年来，仅郁建兴摘抄的资料便达八百多万字，足足可装一麻袋。为得到第一手资料，郁建兴经常冒着生命危险进行各种试验，身上不知留下多少被化学试剂灼伤、腐蚀的伤疤。每到冬天，因长期接触化学试剂引起的皮肤过敏症，更让他奇痒难忍，痛苦不堪。

在郁建兴赴伊前夕，该项课题已进行结题报告，取得阶段性重要成果。就在他遇难前十天，他还通过E-mail询问课题进展状况，催促课题组向最后成功发起冲刺。

向着世界防化前沿冲击，郁建兴申报了多项科研课题，完成两项国家标准课题，并获一项军队科技进步二等奖，参与编写和翻译多部防化书籍近百万字，在国内外学术刊物和学术会议上发表学术论文三十多篇。

这一项项成果，成为郁建兴参与国际维和事务的“通行证”；这一项项成果，正是郁建兴在和平之旅的艰难跋涉中留下的一个个脚印！

“作为一名军人和科学工作者，如果能够以自己的渊博学识和公正立场避免一场战争，就是对人类和平的贡献。”伊拉克之行前，郁建兴向党委的表态音犹在耳。郁建兴工作效率出乎其类，拔乎其萃，其他人写报告往往要花很长时间，他却速度快，质量高。化学武器核查组的领导非常器重他，希望他能再续签三个月。此时，美、英、澳等国核查人员均已提前撤离，郁建兴不顾个人安危，服从国家外交部和联合国监核会的决定，延长了在伊工作时间。

郁建兴没有辜负自己的诺言。他在日记中写道：“在伊拉克核查，极其艰苦，极其困难。需要智力、体力，更需要毅力。中国不再是一个抽象的概念，而是生动具体的。我必须经受任何考验，因为，我在这里工作的一举一动，代表的就是中国的形象。我的工作和一场战争有关。每天睁开眼，看见第一缕晨曦，暗暗告诫自己，坚持、坚持、再坚持！……”

在困境、压力、艰苦、危险等等诸多负面环境面前，最大的“救生”能量是爱。人类的爱心，无论是施之于物还是用之于人，都有力量维系文明的延续，都有力量保障世界的生动和活力。

生活中的郁建兴待人亲和，充满爱心。这爱中，有对老人的敬爱，有对妻儿的挚爱，有对同志的友爱……说来令人难以置信，郁建兴和徐新艺结婚十六载，夫妻分居长达十四年，牛郎织女般的生活，千辛万苦。两年前，妻儿虽调到了身边，可是，夫妻团聚的日子不到六十天，爱子的学习成绩也从靖江中学的前几名落为后几名。为此，他在异国他乡，曾多次在电话中向亲人表达愧疚之情："作为研究生导师，却不能培养自己的孩子，博士父亲名不符实啊！"

更令徐新艺难以忘怀的是丈夫为她过的第一个生日也是最后一个生日：那个深夜，有人敲门，开门，映入眼帘的是郁建兴那张透着温情透着疲乏的脸庞还有他手里那一大束娇艳的红玫瑰。

"哪阵风把你吹来了？"

"猜猜看，今天是什么日子？"

"哦？"

"2月14日，情人节！献给我的娘子，数一数，够不够九十九朵。"

"我是你妻子，可不是你的情人啊！"

"别人是有情人终成眷属，我们是成了眷属的情人。"

刹那间，徐新艺的眼泪夺眶而出。作为一个女人，她真切地感受到了丈夫那份深沉浪漫的爱。情人节的意义，绝不仅是瓦伦丁为爱殉难、催人泪下的纯情……爱得自然才能展示爱的情怀，理解可以使爱情不老。与其说纪念日是个奢侈华丽的日子，倒不如说它是一个契机，它为有情人提供了表达绵绵爱意的机会，它使平淡无奇的岁月有滋有味，它使朴实无华的情感熠熠生辉。生活如砂轮，日复一日，磨砺了人的激情。是啊！一个富于爱心的伟岸男儿，一定是个对世界

《降妖除怪》 贺 勇 （训练部教育技术中心教员）

充满温情并且有能力为世界承担责任的人。所以，当世界和平需要他献身的时候，他才能够大义凛然，他才能够义无反顾，他才能够无怨无悔。

伊拉克战争最终还是无可避免地爆发了。通过电视屏幕传送的远程战略轰炸机、航空母舰投射的巡航导弹和精制制导炸弹的巨大爆炸声再次充斥了人们的耳鼓，重型坦克、装甲运兵车和“阿帕奇”直升机往来穿梭等等极富动感的战争画面代替了世界各国反战人士汇集而成的浩浩荡荡的游行队伍。伊拉克大量无辜平民和文明遗产遭受杀戮抢掠的消息，令每一个善良的人为之黯然神伤。

诚然，大爱未能熄灭引发战争的火种，可战争同样未能给当地人带来幸福与和平。

战争不能征服人心，大爱能使地球转动！

2003年3月13日，巴格达晴空万里。

清晨，联合国武器核查人员驾驶四辆通用越野车，在一辆伊拉克军车的引导下，次第前行，前往巴格达以南约五十公里的努曼尼亚番茄罐头加工厂执行核查任务。

下午二时，核查任务顺利完成，汽车飞驰在返回运河饭店的途中，来自斯洛伐克的核查人员斯特凡驾驶其中一辆车子，郁建兴坐在副驾驶的位置上。郁建兴以其识图用图的出色，被同事理所当然地视为向导，副驾驶的位置非他莫属。

高速公路上一辆二十多米长的大货车横亘在核查人员的越野车前，这个庞然大物笨重地爬行着，为了争取时间，越野车队开始超车了，一辆、两辆，第三辆，突然，“砰！”惊天巨响，斯特凡驾驶的越野车撞上了大货车的尾部，这无异于以卵击石，巨大的惯性将越野车掀翻到公路旁一个干涸的水塘中。

郁建兴不幸正是在这辆车中。

斯特凡只受了轻伤，而郁建兴却伤势严重。

随行的第四辆车目睹了这一悲剧，他们紧急停车，医务人员以最快的速度进行现场急救。郁建兴双目紧闭，任凭千呼万唤，没有反应。

万分焦急的同事们马上与核监会总部联系，请求派直升机救援。

很快，直升机轰鸣着飞来。

昏迷的郁建兴和斯特凡被送往巴格达的拉希德军事医院抢救，然而，半小时后，郁建兴终因头部重伤，抢救无效，壮烈牺牲。

他没有留下任何遗言，却用生命诠释了追求世界和平的深刻内涵，在世界人民心中矗立起一座巍峨的和平丰碑。

郁建兴是自1991年联合国对伊拉克进行武器核查以来第一位因公殉职的优秀核查员。

太阳西沉！

天妒才俊！

3月16日9时30分，在塞浦路斯机场，联合国对伊武器核查人员为郁建兴举行了送别仪式。不同国籍、不同肤色的核查人员都在默念着“JJ——JJ”。联合国对伊拉克武器核查化学组组长、波兰人查理斯手握步话机，朝着安详地睡在灵柩内的郁建兴大声呼喊：“JJ，我是31号查理斯。听见了吗，我在叫你！”

“你不能够汇报最后一次核查的结果，但是我们相信你会像以往一样，又做了一次出色的核查。”

“今后每一次的化学武器核查报告上，依然要签上你的名字。你不能走！”

“你不能走！”

声声呼唤在地中海上空久久回荡、盘旋。

“男儿有泪不轻弹，只是未到伤心时。”铁塔似的核查员们泪流满面，泣不成声。

六名不同国籍的核查员将郁建兴的灵柩轻轻抬上了专机，

晨风中，送别的人们不约而同地用目光向灵柩行最后的注目礼，渐渐远去的机翼扯去了他们无尽的思念。

3月19日12时30分，北京首都国际机场，大地含悲，春风呜咽，气氛肃穆。天公动容，丝丝春雨终于忍不住从沉重的天空飘然而落，和着泪水模糊了人们的双眼。

一架奥地利航空公司的飞机，载着郁建兴的灵柩缓缓降落。此时距离郁建兴完成核查任务返回北京的日期只差六天。

郁建兴的兄长手捧弟弟的遗像缓缓走下舷梯，每一步都有千斤之重。遗像上一身戎装的郁建兴微笑着，然而人们却再也听不到他爽朗的笑声。

八名接灵礼兵将覆盖着联合国旗和中华人民共和国国旗的灵柩轻轻地从机舱移至地面。灵柩前端镶着蔚蓝色的联合国徽章，白色的橄榄枝和地球标志在无声地赞颂着这位为世界和平献出三十八岁年轻生命的中国军人。

痛不欲生的妻子徐新艺伏在棺木上，撕心裂肺地呼唤："建兴，到家了！我和儿子来接你了。"

所有的军人脱下了军帽，向战友致以崇高的敬礼。

……

底格里斯河在呜咽！

联合国秘书长安南在郁建兴罹难的次日给徐新艺发来一封饱蘸人情味的唁函，称赞郁建兴是监核会一位忠于职守、深受赞誉的成员。

中共中央总书记、国家主席胡锦涛称赞郁建兴是我国一位优秀的武器核查专家。

我国常驻禁止化学武器组织代表团在发来的唁电中指出：郁建兴和他的战友们几年来为我国驻禁化武组织前方代表团提供对策研究报告千余份，成为前方代表团的"技术智囊团"，为我国履行公约工作做出了突出贡献，在禁化武组织几次视察中获得好评，维护了国家诚信，赢得了国际赞誉。

中国四百多家媒体对郁建兴作了高达数千篇的报道。

科学无国籍，科学家高尚的人格和自我牺牲的精神是人类共有的财富。

在大洋彼岸，毛峰，郁建兴的博士学友，现在美国一所大学就职，他目睹到，有人将烈士的巨幅照片悬挂在实验室。那几天，来自不同国家的专家学者每每走进实验室，都要向这位为世界和平事业献身的人行注目礼，目光中充满了崇敬。科学家们甚至建议瑞典皇家科学院授予郁建兴“诺贝尔和平奖”。

2003 年岁末，中央军委追授郁建兴烈士一等功殊荣。

郁建兴当之无愧！

郁建兴用生命叩响了最后一个爱的音符，加倍偿还了人民的恩情。

大爱无言，大德不朽。

而且，不同凡响的是，他做了一般中国人很少做的事情：中国为数不多的被联合国特别委员会特聘的化武核查视察员之一；中国军人被联合国邀请由国防部派往伊拉克执行化武核查任务的十三名军用化学专家之一；中国第一位担任国际化武核查小组的组长；中国第一个接受国际化武核查的设施代表——诚如美国宇航员阿姆斯特朗·尼尔曾这样评价他的月球之行的第一步：“对个人是小小的一步，对人类是一个伟大的跳跃。”郁建兴的工作对他个人可能是小小的一步，对中国人民参与维护世界和平而言，却是大大的一步。

英雄归去，匆忙，匆忙得没有留下只字片语；英雄来兮，辉煌，辉煌得令生者景仰追慕。

郁建兴，他站着，是巍巍高山，铁肩担大义；他倒下，是峨峨丰碑，挚爱恒久远。

日内瓦银白的勃朗雪峰作证：西方科学界三次向她伸出大拇指“中国人，名副其实的世界冠军！”

无论风暴将我带到什么岸边，我都将以主人的身份上岸。

——贺拉斯

在纽约联合国总部大厦前的绿草坪上，矗立着一尊雕像——一位魁梧的男子挥臂扬锤，正在锻打一柄利剑，那柄利剑的锋刃正在变为耕地的犁铧。雕像以凝固的语言展示了人类对于和平的热切期盼。

“死亡工厂”奥斯威辛集中营旧址二战后被辟为殉难者纪念馆。1979年，联合国教科文组织将其列入世界文化遗产名录，以警示世界“要和平，不要战争”。

这是一个悖论——尽管人类虔诚地祈求和平，可是战争的魔影却没有离开过人类片刻。上个世纪的二次世界大战，是人类历史上的一场空前浩劫。在这场决定人类命运的生死大搏斗中，先后有六十多个国家和地区参战，波及二十亿人口，占当时世界人口的80%，因战争死亡的军人和平民超过五千五百万，直接军费开支总计约一点三万亿美元，占交战国国民总收入的60%至70%，参战国物资总损失价值达四万亿美元。

新的世纪，战争也一天没有停止过。曾几何时，一种无色气体、核子辐射和白色粉末——这些恐怖袭击的魑魅魍魉，使整个世界陷入一片惊恐。

人类将目光聚焦在防止核化生扩散与恐怖上。

9·11事件后，恐怖袭击接二连三。先是印尼巴厘岛大爆炸、摩洛哥卡萨布兰卡爆炸、印尼雅加达万豪酒店炸弹袭击，后来又是马德里爆炸案、伦敦连环爆炸案、埃及连环爆炸案。这一切都似乎在提醒人们，和平之梦是多么飘渺而遥远。

资料显示，目前，全世界军事人员有二千六百万，直接从事军工生产的人达一亿之多。每年全球军费已逾万亿美元，军火贸易额达三百多亿美元。此外，还有相当于一百五十亿吨梯恩梯炸药的核武器能量，使全世界六十亿人，平均每人坐在两吨多的炸药上。

珍爱和平，这是人类生活永恒的主题。对于饱经战争创伤的人类来说，没有什么比和平更珍贵的了，人们对和平的渴望也似乎从未像今天这样强烈。

履约事务办公室军事专家们人人深知，他们所从事的每一项工作，都肩负着维护世界和平的神圣使命。

女将军钟玉征，凭借大半生的信念、学识和坚毅，用高超的智慧和惊人的毅力，铸就了一段新东方女性的完美传奇。

1990年春天，联合国裁军委员会化学武器特设委员会邀请中国组团参加第二轮中际“联试”。

这个邀请来之不易，跨越了四十年的漫长等待。而人生，又经得起几个四十年呢？

就在一年前，在确定第一轮联试参与国的名单时，特设委员会内掀起了激烈的争论，某些西方大国摆出枭雄的强悍姿态，极尽藐视和诋毁中国的化学分析技术之能事，再次冷酷地将中国拒之门外。

面对邀请，中国军队是否参加呢？为此，外交部致函总参谋部，总参防化部立即召集专家征询意见。身为我军第一代防化兵，年逾花甲的钟教授自然被列为“首席”咨询专家。

钟教授处于矛盾的漩涡中。

一方面，中国人受压制、受排挤的往事历历在目，不堪回首；另一方面，一个不容回避的现实是我国的化学分析仪器装备远远落后于发达国家，这就好比人家使用了飞机大炮，我们却挥舞着长矛大刀；至于参赛经验，更是一片空白。正所谓“知之难，不在见人，在自见。”去耶？万一败走麦城，如何向人民交待?!不去耶？又如何对得起自己的良心？

与军事化学打了一辈子交道的钟玉征，心潮难平，思绪仿佛一下子冲破时空局限，跨越历史长河，展现出遥远的从前——

在我国，有文字记载的战争多与毒剂有关。

史书《左传》有春秋时用毒的记载：“秦人毒泾上流，师人多死。”

三国时期，蜀将关羽在攻打樊城战斗中，被魏将曹仁毒箭射中，毒液入骨，神医华佗为关公“刮骨疗毒”，因此成为千古佳话。

第一次世界大战，化学武器突然地大规模地集中使用，致使作战双方坚固的防御阵地顷刻之间土崩瓦解，据不完全统计，至少酿成近四百万人员中毒身亡。

在第二次世界大战期间，德国法西斯把大量的毒气使用在平民身上，上百万犹太人在集中营被无辜毒死。

1945年7月16日，在美国新墨西哥州的荒漠上，随着一声惊天动地的巨响，一个硕大无比的蘑菇状烟云翻卷着冲向万米高空，一种具有神奇力量的“绝对武器”——核武器问世了。从此，人类的战争形态由热兵器时代跨入到核兵器时代。

近年来，化学武器在世界范围呈扩散趋势。20世纪60年代，美国在侵越战争中，先后共进行了七百余次化学袭击，使用了将近七千吨毒剂，造成越南军民大量人员伤亡；80年代的两伊战争中，伊拉克对伊朗军队实施火力突然袭击，弹药爆炸后，天空飘荡出奇怪的烟雾，士兵们先闻到了淡淡的水果香味，接着就出现了恶心、呕吐、流泪、流涎、瞳孔缩小、肌肉收缩、角弓反张、意识丧失、直至死亡。这种被称之为杀人于无形的“微笑杀手”，就是化学武器塔崩。

化学武器的扩散还有另外一个不容忽视的后果，那就是恐怖组织或反政府组织也运用化学武器搞突然袭击，从事恐怖破坏活动。日本奥姆真理教制造的东京沙林地铁事件就是一例。

化学毒剂已给全人类带来巨大的心理压力，对世界和平构成了严重威胁。以致人们只要一提起“毒气”二字，便毛骨悚然，不寒而栗。因此，世界上有化工基础的国家在呼吁全面制止化学战的同时，又发展化学武器，以期达到足以抗衡的能力，这又从另一方面引发了化学武器在一定范围的扩散。

血与火的惨烈，促使世人在恐慌中深思，在战火中呐喊，在死神面前乞怜……

爱好和平的人们多么需要一个全面禁止和销毁化学武器的国际公约！

陷入深沉思考中的教授心在颤动：为了人类的和平事业，我们必须选择参与，退路是没有的。不去，自己将可能因此而抱憾终生！

“皮之不存，毛将焉附？”国家的尊严受到了挑衅，个人的尊严又能于何处置放？钟教授最终决定：参赛！

这是一场国际对抗赛。参赛国家实验室在同一天开启试管，一个月后同时报告实验结果。逾期未上报者，“红牌”罚出赛场。之后半个月再同时上报书面报告，逾期同样亮“红牌”，痛失比赛名次。

1990年11月13日，专家组接到外交部通知：样品已由中国驻堪培拉大使馆委托信使带回。钟教授以为样品体积可能较大，特意要了一辆大面包车。不料取回的样品仅仅是个大信封，信封里面是个两副扑克牌大小的金属盒，金属盒里装着二十九支比香烟稍大些的玻璃管，玻璃管内或是一支棉签，或是几滴水，或是几粒活性炭……掺在里面的毒剂，或许只有几十亿分之一克，或许仅有百亿分之一克！

世界级的考题的确不同寻常！犹如将一勺毒剂洒入大海，要分析出毒剂成分，就好比从大海里把一根针捞出来；二十九支卷烟大小的玻璃管，攻克难度毫不亚于二十九座坚固城池。钟玉征率领的专家组，人人都感受到一种前所未有的压力，仪器的差距，经验的匮乏，以及不可抗拒的人生自然规律，呈现在大家面前的是一幅“山重水复疑无路”的抽象画卷。

一场没有硝烟的战斗拉开了帷幕。

钟教授在动员会上恳切地说：“我们的仪器虽然比外国差，但我们的脑子不比别人差。外国人能做到的，我们也一定能做到！”

在难题面前，参试人员头脑清醒，他们拥有热情，更重要的是拥有科学的方案——痕量分析法。

所谓“痕量”，是指物质中被测成分在百万分之一以下的化学分析方法，经常被用于对各种生物体、纯金属和各种超纯物质中的杂质及环境保护工作中有害物质的测定。比赛样品中的毒剂就属于百万分之一行列，要想大海捞针般将它们从茫茫物质中“捞”出来，需要：一，首先做预实验，没有一定的把握绝对不得开管；二，兵分多路，分头捕获样品中尽量多的信息，拟定出开管后的痕量分析方法。

已是隆冬。北国风光，千里冰封，万里雪飘。化学实验楼里，灯火通明，彻夜不灭。

说不清遇到了多少困难，记不得攻克了多少隘关，多少次彻夜不眠，多少次精心实验，多少回花明柳暗，多少回峰回路转。

“萃取实验”、“色谱实验”、“质谱实验”、“激光拉曼实验”……各项测试一一展开，有条不紊。专家们神色凝重，聚精会神地捕获“预实验”的数字和信号。

11月14日，第一个样品管被打开了，里面是一小块黑乎乎的橡胶样。为了考核各参试实验室的样品处理能力，配样国特意掺入了与待测违禁品性质相似的柴油、机油等杂质。钟教授与同仁们采用多种手段，终于成功地从样品中分离出待测的违禁品，从而获得了该纯品的核磁共振谱图。比赛结果证明，这是十多个参试实验室惟一提供的纯样品谱图。

第二个样品管开启了，里面是一支小小的沾有液体的棉棒。沾在棉棒上的违禁品，只有几十亿分之一克甚至几百亿分之一克。微量样品，稍微处理不当，将一无所获。负责该样品处理的是张玉芝。在预实验时，她就模拟该样品，摸索了多种处理方法，但均不理想。一天，在洗衣服时，洗衣机在甩干衣服时，高速旋转，响声隆隆。她眼睛一亮——“高速离心”！洗衣机甩干衣服的原理启发了她，何不用这种方法一试？她扔下衣服，径直来到实验室，一试，哈！成功了。沾在棉棒上的微量液体成功地分离了出来。厚积薄发，便是所谓的灵感。

实验室核心成员是一位精明能干的女同志，熟悉物质性质，当实验人员在另一个样品中查明含有三氯乙醇时，她马上指出这是合成DDV的原料。钟教授由此断定，这个样品来自一个有机磷农药化工厂。神经性毒剂毒性虽然比有机磷农药的毒性大上千万倍，但它仍然属于有机磷化合物，专家们顺藤摸瓜，将测试工作范围缩小到寻找神经性毒剂上。

这个“统帅”不好当。既要高屋建瓴、运筹帷幄；又要事必躬亲、细致入微。没有白昼与黑夜之分，也没有工作与休息之别。钟教授像一颗高速旋转的陀螺，穿梭往来于各实验室之间。

从实验室到她的家，两头相隔三里多地，中间还要绕过一座小山包。山包不高，但是上面怪石嶙峋，周围林深树密，夜深人静，行者寥寥。更兼寒风伴着悲鸟啼叫，令人不寒而栗。人们把这里叫做“野猪林”。花甲之年的钟教授，每晚做完实验，打着手电筒，骑着自行车往家赶。过度的劳累加上雪天地滑，钟教授曾重重地跌落在地，右腿摔得青一块紫一块。同仁一再恳请护送她回家，她却坚决地拒绝。从此，她改骑车为步行，天天蹒跚在熟悉的小路上，直到实验工作全部完成。

光阴似箭，“交卷”的时间到了“读秒”阶段。

二十八个样品相继开封，取得了初步结果。惟有最后一个水样品没有开封。

这是一个只装了0.8毫升水的试管，一滴比小米粒还小的油珠漂浮于上，只见那油珠似现非现，朦朦胧胧。在这粒神秘的“小不点儿”面前，有人摇头叹息：“难处理！”

钟教授对大家说，看来，配样者在做这个样品时挖空了心思，施放了重重烟幕，不过，这小小的油珠却是打开阀门的关键，那神秘莫测的化学物质，就躲藏在油珠里面。钟教授暂且放下手头的所有工作，全力以赴处理这个样品。她与具体操作人员详细规划了每一个实验步骤，并亲自过目每一个图谱。

操作人员拿出小巧玲珑的注射器，小心翼翼地插进试管，轻轻抽出油珠，凝神分离。经过几个昼夜的紧张实验，通过图谱鉴定，他们终于在水样的油珠中找到了一个辛基沙林降解产物——该种毒剂属于第一类绝对禁止的速杀性致死剂，名列违禁清单之首。

就这样，各实验小组按图索骥，集慧眼以辨疑，探骊珠于幽玄，用已经落伍的仪器，甚至是很原始的方法陆续发现了二十九个样品中的全部物质，破解了一道道高科技难题。

初战告捷，折桂蟾宫。12月13日凌晨3时，“联试”样品鉴定讨论会结束，专家组迅速用电传向联合国化学裁军特设委员会报告测试结果。而此时的钟玉征却没有丝毫懈怠，她把自己关在屋子里，坐在那台老掉牙的德国手提英文打字机前，为国际裁军委员会撰写技术报告。

睹物思情，当她的手按着按键，禁不住感慨万千。这台打字机还是远在香港的父亲留给她的遗物。如今，阴阳两隔，按键“嘀嘀哒哒”响起来，她感觉就像在向父亲报告自己成长成才成功的喜讯。整整一个星期，她在极其简陋的条件下，运用娴熟的英语，“推敲”出一份长达二百零六页图文并茂的技术报告，实验无可借鉴，报告也无样本参考，上百页的报告里面有二三页由连缀的方块叠幛成的塔形图表，老式德国打字机不胜此任，钟教授便手工操作，那些工序繁杂琐碎，却画得跟电脑印出来的相差无几，就连挑剔的外国专家，也未能识别出手工操作的痕迹。

1991 年 3 月 4 日，瑞士，日内瓦。

这是一座风光旖旎的中欧城市，几百年来和平无战事，“世外桃源”处处呈现出一派繁荣昌盛的景象。置身这座天然雕饰而成的花园城市，举目四望，但见烟柳画桥，风帘翠幕，市列珠玑，户盈罗绮。壮美的阿尔卑斯山终年覆盖着皑皑白雪，越发使这个古老的城市洋溢着勃勃生机。

在什皮兹NC化学实验室宽敞明亮的大厅，国际化学裁军第二轮实验室比较测试的评定工作进入尾声。来自美国、英国、法国、德国等十五个发达国家的十七个实验室的科学家，正静静地等待着国际化学裁军委员会官员的最后裁判。

现场气氛肃穆紧张。

“联试”，就是联合国裁军委员会化学武器特设委员会，为了建立一套有关化学裁军核查的技术标准、方法和程序，组织一些发达国家的实验室进行模拟核查实验，通过精密科学的检测方法，从蛛丝马迹中侦破实情。

一个国家要想参与联合国全面禁止化学武器的使用、贮存、生产这一浩大工程，就必须具有相应的技术水准。联合国裁军委员会化学武器特设委员会此次组织一些发达国家的实验室进行模拟核查实验，旨在通过精密科学的检测方法，决出一个国家化学分析的水平高低。另外，参试国之所以对“联试”表现出极大的关注，一则希望借此彰显本国对待禁化武谈判的积极态度；二则希望借此了解国际核查的技术发展；三则希望展示本国的化学分析水平和实力；四则希望本国的实验室被指定为国际核查实验室，为国家争得直接参与化学武器核查的权利。

1989年，缔结《禁止在战争中使用窒息性、毒性或其他气体和细菌作战方法的协议书》的国家虽然已达一百二十一个，但因为“联试”的难度极强，所以，敢于或有能力和资格参加“联试”的却寥寥无几。这是一项竞争性极强的比赛，被圈内人士称为奥林匹克式赛事。

不知是偶然的巧合，还是主办组织的良好心愿，测试地点选定在这座国际会议名城，使得此次竞赛别有一番含意。这里，距离奥委会总部和奥林匹克博物馆所在地洛桑近在咫尺。这一切，难道说不是为了更有力地突出和平与发展的时代主题吗？

现在，到了揭开谜底的时刻了。当大会执行主席缓步走向主席台时，整个大厅被寂静笼罩了，来自全球十五个国家十七个实验室军事化学领域一批世界级专家学者，都在屏息翘首等待实验比赛结果。惟有大厅一角几位来自美国、英国、法国、德国等发达国家的代表，不时相互交头接耳，笑逐颜开，看样子，他们自我感觉十分良好，好像已经稳操胜券了。西方人是高傲的，在他们的身上和骨子里，都充斥着强烈的枭雄色彩。就拿美国来说，此次派出了阵容强大的代表团，无论人数还是实力都保持着绝对优势，一所著名大学实验室和一个军事科研中心代表同时列席会议。早已习惯于俯视世界、称霸地球的超级大国，分明虎视眈眈地摆出了一副争雄夺冠的架势！

大会执行主席是位颇富戏剧色彩的人物。出人意料的是，她上台后，没有急于宣读名次，却组织大家讨论起给裁军委员会的报告。有人开始窃窃私语："这个女魔头！有意识调大伙胃口啊？"其实，如同大会主席秉性一样，整个联试，从一开始，就披上了一层神秘的外衣，上演着一幕幕充满悬念的戏剧。联试在规定的时间开场，规定的时间收尾，又在规定的时间向公约组织提交实验报告。为了显示公开公正公平，公约组织秘书处为各国实验室用数字编了代号，不暴露参试国家域名。所以，虽然现在各国的报告早已登录亮相，张榜公示人手一册。但谁也不知自己是谁？更不知究竟"鹿死谁手"？

等待，时间似乎停止了脚步。然而，此时的钟教授却面色沉稳，胸有成竹：我们中国人为了登上这一国际组织舞台，整整等了四十年啊！从红颜等到了白发！这最后的一时一刻，还有什么等不了的呢？我们，没有必要慌神！

下午三时整，大会执行主席用低沉而有力的声音宣布联试名单："现在，我宣布，本次测试第一名：6号——中国！"

顷刻间，雷鸣般的掌声响彻在什皮兹NC化学实验室宽敞明亮的大厅："OK！中国！"

"中国人，OK！"

几乎所有人的目光，都投向钟玉征。自恃高傲的某些西方大国科学界，在遭遇猝不及防的心灵震荡后，不由地心服口服道："中国人的军事化学分析水平已遥遥领先！"

作为亚洲惟一的专家代表，钟玉征用流利准确的英语宣读学术论文。这个个头不高的东方女子以她的才智征服了与会同行。在结束语里，她激情四溢地说："朋友们，我们头顶同一片蓝天，脚踏同一个地球，为了人类的和平事业，我们希望和世界一流的组织、一流的实验室联袂合作，为在地球上彻底销毁化学武器做出应有的贡献……”

掌声再一次雷动，赞美如潮水般涌来，钟教授感慨万千：“真没有想到中国的军事化学竟是以这种方式走向了世界！”

摘取了这个不亚于诺贝尔奖项的桂冠，只是这位巾帼英雄“晚年丰收交响曲”的优雅前奏，而高潮迭起的华彩乐章随之来临！在联合国化学裁军特设委员会下发的综合技术报告中，收进的三个典型处理样品方法都是中国的，而收入的图谱中来自中国的就占了22%。委员会还要求在今后的实验中，以中国的做法为榜样，并将中国的报告印成专页推荐给其他参试国。钟玉征用比赛这面镜子，让西方人照见了他们不曾了解的中国。

“功到自然成，有缘门自开。一日太久，十年不长。英雄不争朝夕。举大白，听金缕！”

钟玉征，1930年出生于广东顺德，幼年时代，随父母在广州、香港、澳门度过。

她无法忘却，五岁那年，她与父亲路过一户外国人的院门，看到草坪戏闹的孩童，活泼的她也禁不住对着大门里的孩子又唱又跳，父亲却惊恐地呵斥她：“小声点！”钟玉征不理解了：“他们能唱，我为什么就不能唱？”“中国人受欺负啊！”父亲叹息着摇摇头，难过地领着她快速离去。她不解，常常想，我什么时候能在外国人面前大声说话呢？

她无法忘却，在南国那片热土上，曾发生过虎门销烟的壮举，翻滚过三元里抗英的怒涛。日本鬼子宣布无条件投降的那一天，祖母对着天，一连叩了整整一百个响头，叩得满头满面鲜血直流，少女钟玉征目睹这一切，潸然泪下，祖母，成了她心中崇拜的第一个偶像。

她无法忘却，她先后就读澳门培正小学、协和女中、金陵女子大学，全是清一色的教会学校。“我父在天，愿尔名圣，儿子得成，在地着天……我免人负，人免我负。阿门。”学生餐前，都要背诵《圣经》。春风秋雨，润物无声，宗教的美好、安详造就了她善良的天性。

她无法忘却，1950年，她正在南京金陵女子文理学院求学，美国发动了侵朝战争，生灵涂炭、哀鸿遍野，她震惊、迷惘。随着“抗美援朝、保家卫国”运动的开展，她在思索中渐渐明白，一个国家只有自强自立才能不受辱挨打。她没有跟随父母去香港，而是果断地应征入伍，成为光荣的中国第一代防化兵。从此，她与家人天各一方，直到父母去世也没能见上一面。七姊妹中，三个在大陆，四个在海外。

她无法忘却，1961年，正值中国三年困难时期，她加入了中国共产党，决心将青春和智慧奉献给祖国的国防事业。三十一岁，正是韶华岁月，英气逼人。

然而，造化弄人，在史无前例的浩劫中，因为海外关系，她被戴上了“女特务”的帽子，遭到了长期放逐，甚至被剥夺了从事教学工作的权利。但是，即使在惨遭游行批斗的日子里，她也没有顾影自怜，仍然潜心研究资料，向远在香港的父亲提出邮寄一本英文版《西行漫记》，以巩固英文水平。

往事，不堪回首！时光的沙漏不会放过丝毫的细节，现在，回过头来看待那段历史，她没有将伤痕捡起，却平静地说：“我们的事业走过弯路，有过失误，但更多的是成功。我觉得，这符合历史发展规律，如同我做化学实验一样，有失败也有成功。难道我做化学实验失败了，我就从此放弃从事化学事业？因为我热爱化学，所以我不惧怕实验失败；因为我爱我的国家，所以我不计较她曾经的失误。”

1975年，她从“五七”干校回到阔别十年的讲坛，打开教材，令人难以置信的是：中国的防化水平原地踏步，竟还是十年前的样子！她在震惊的同时，更是焦灼万分：化学科学的发展日新月异，而我们却在闭关自守，如果不与国际接

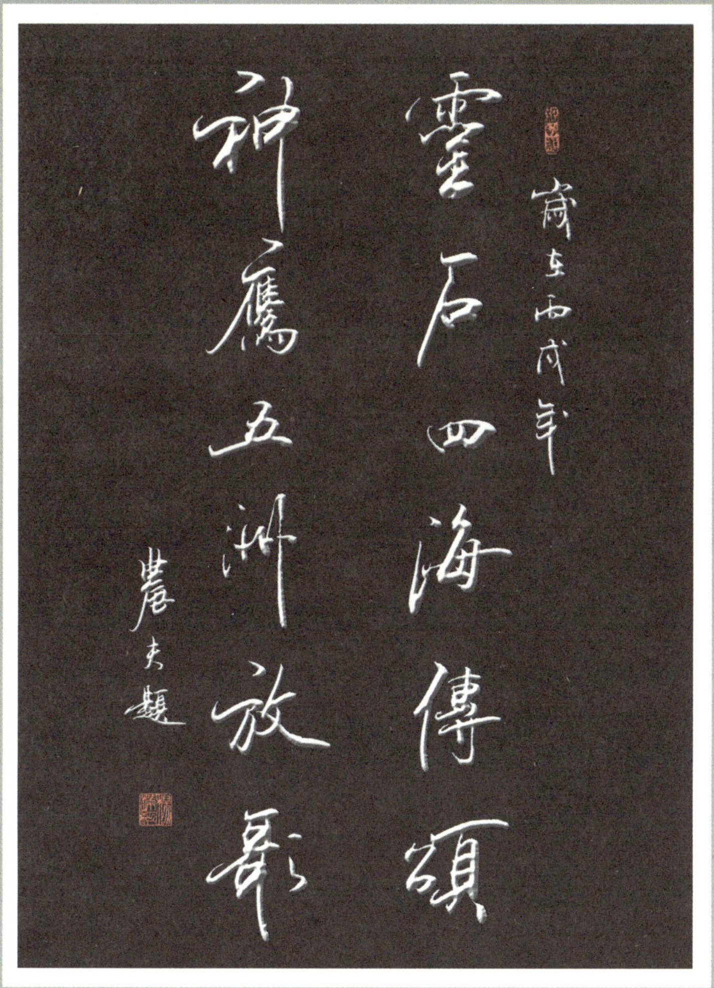

《对联》 杨满红 （政治部组织处副处长）

石鹰颂

轨，将面临着被淘汰出局的危险。危机感压迫着她，更激励着她，在极短的时间里，她与人合著了我国军事化学防护专业的第二本教材《毒剂分析》。

为了获得更多的资料，她每周的必修课就是跑几趟北京图书馆。从学院到市区有四十多公里的路程，她披星起床，戴月而归。为了节省时间，午饭，就啃几口自带的干粮。就这样，她系统查阅了美国1971年以来出版的《化学文摘》，摘录了一百多万字的资料，运用分子轨道、量子化学等理论进行研究，撰写了十多万字的讲义。此外，她又与人合著了《毒剂侦查分析》一书，建立了我军毒剂分析化学新体系。近年来，她将目光锁定"毒剂亲核取代反应"、"配位化学在毒剂侦查中的应用"等前沿课题，尽快使我军的毒剂研究水平向发达国家接近。

信念决定高度！这位外表柔弱的女性，用内心蕴藏的坚定信念迎接着人生中的风雨，无怨无悔。

冬去春来。1992年2月28日，第三轮"联试"拉开了帷幕。

大隐隐于市。这一次，钟教授想退居幕后。她向领导力荐年轻人出任专家组组长："几位年轻人都已经成熟了，让他们在世界舞台上锻炼吧，我在后台为他们撑腰。"她有她的理论："我崇拜美国教育家戴尔·卡耐基那句名言'一个人事业上的成功，百分之十五源于他的专业技术，百分之八十五源于他的人际关系和处世方法。'"

言辞铮铮。

教授提携后生的"人梯精神"是出了名的。平时，她经常帮助和鼓励年轻同志，大胆地接受任务，放手工作，不拘泥于条条框框，勇于在实践中探索，从探索中提高。同时，鼓励他们将自己的工作和学术水平拿出来与国内外学术水平相比较。分析化学这个专业，经常接触化学药品，所以很多人有顾虑，怕影响健康。钟教授对此总是朗朗一笑："是吗？我都六十五岁了，身体不是挺棒的吗？"

任何事业都不是哪一个人的事业，而是千千万万个人的事业，是整个人类的事业。在知识私有观念占据个别人心灵的时候，钟教授却甘当"人梯"，她说："千金之裘，当非一狐之腋；聚沙合璧，乃成汪洋大观。"几十年间，不少年轻教员在她的热心指导下，有的获得军地科技成果奖，有的考上了硕士和博士，有的学术论文在国际上拿了大奖，她培养的学员遍及全军防化部队，不少人已成为栋梁之才。

教授有句口头禅："一个人，只有把个人的名看得淡一点儿，将党的事业看得重一些，那么一切困难和问题就都会迎刃而解了。"

教授是大家公认的军用化学领域的学科带头人。平时，她与同事共同参与的研究成果，按常规，应该将她的名字署在前面。可是，一到这时候，她总是往后缩，有时坚决不让署上她的名。同志们过意不去，她却耐心解释说："别难为我了啊，你们年轻人来日方长，我，一个老太太，要啥名要啥利呢?!"

这年秋天，组织上考虑到她在参加国际核查第二轮"联试"中成绩突出，拟为她报请二等功，钟玉征得知后，先后两次给上级党委写信，再三恳请组织不要给自己立功，主动要求把功让给别人。她说："功劳是集体的，我虽然是专家组组长，只不过是做了一点应该做的工作。"

她曾非常诚切地对新闻记者袒露心声："作为女儿，我欠父母的情；作为妻子，我欠丈夫的情；作为母亲，我还欠孩子的情啊！"

钟玉征，作为我军一位专业技术少将，在别人的眼里无限风光，实际上，但凡身为女子，谁不具有水样的温柔、阳光般的慈爱？

1950年参军后，她再没有见到父母，更别说报恩了。1990年，丈夫去日本工作，生活条件十分优越，他邀她，她也想去，可是，“联试”正在紧张进行，赴日只好化为泡影。对于儿子，她说没有尽到责任。她和丈夫都是教授，为国防建设不知培养了多少合格人才。可儿子在高考时，却因为成绩不合格被“刷”了下来，后来只好当了个普通工人。儿子埋怨说，假若父母把十分之一的爱心给我，我也不至于到现在这个地步了！将军也是常人，每每听到儿子的抱怨，她说：她在心里流泪。

对于丈夫，她坦言自己欠的太多太多，没有尽到“义务”。传统式的中国女性，都是贤妻良母型的。结婚几十年，丈夫没穿过一件她织的毛衣，平时也很难吃上她做的饭菜。当她工作紧张时，丈夫金连瓒还得为她准备饭菜，晚上加班时，老金常常摸到客厅的沙发上睡觉。

将军与爱人曾是一个单位的教员，两人一个爱拉手风琴，一个爱跳集体舞，都是俱乐部骨干分子。两人互相倾慕，日久情深。那时候谈恋爱都带有“革命色彩”，没有现在这么浪漫。

但是，患难见真情。

丈夫的身世不同寻常，他是满族，还是清朝肃亲王爱新觉罗·善耆的孙子。这在当时被视为清王朝的遗少，在批斗之列。于是夫妻二人同时被发配到了“五七”干校进行劳动改造，还经常被拉出去批斗，身心受到了极大的伤害。乌云翻滚，路在何方？他们惟有互相鼓励，常常是，坐在一起分析查找自己是不是真的有问题。最后得出结论：自己是清白的，相信乌云终究遮不住阳光。

提起这段如烟往事，将军感慨颇多：那可真是太苦了，真正的“劳其筋骨”呀！就说那桶猪食吧，一百多斤，肩膀上都磨出老茧了。其他的就更不用说了。但这些我们都能熬，因为我们身边毕竟有另一半在支撑着，这感情也是一种精神力量。

都说一个成功男人的背后站着一个伟大的女人，而钟教授的背后却站着一个伟大的男人。

将军说，要是没有丈夫的支持，我是完不成这些研究的。在钟将军搞研究最繁忙的时候，他为了给钟将军腾出一个好环境，自己抱着被子睡到沙发上。白天上班的时候，他怕闹钟铃声影响钟将军休息，就将闹钟放在被窝里，连电话也给包了起来。

谁说这不是一种无言的爱呢！

然而，当上级决定仍由她担任专家组组长时，她服从安排，又风尘仆仆地慨然领军出征了。

这一次，芬兰人出的考题又有新的难度，测试样品附于橡胶、油漆片、混凝土上，要想分离出其中的化学物质绝非易事。

钟玉征调兵遣将。顾惠芬，这位刚从加拿大留学归来的女将，因其一流的分离技术被钟玉征慧眼相中，还有另一位女强将也被钟玉征邀请加盟。

谁说女子不如男？三位女将迎难而上，分离、失败，再分离、再失败，循环往复，锲而不舍，在一个东方破晓之时，她们终于冲破芬兰考官布设的层层迷阵，找出了全部的芥子气及其同系物，就连混淆视听的杂质也被一个不落地俘获了。

这一回，中国又拿了个世界第一。

赛后，一位芬兰教授对钟教授感慨道："你们中国有一项政策，叫做'独立自主'，我非常欣赏。"

翌年，开始了第四次"联试"。这一次，样品由美国科学家配制。到底是超级大国，荟萃了各路科技精英，一流专家的配样确实不同凡响，刁钻古怪，变幻莫测，似乎摆出了一副向各国科学家叫板的架势：同行们，你们有谁能从这一滴滴废水、一块块腐殖土、黏土、泥土中查找出毒剂的储存总量？又有谁能识别出化学弹的品种？盛气凌人的美国人早已习惯居高临下，唯我独尊。他们信奉“众人皆醉我独醒”的哲学，不大懂得“天外有天”的基本常理，好像别人在他们这道题面前一定会出丑栽跟头。

全世界十七个实验室在同一时间同时展开奋战。

夜凉如水，中国联试专家组会议室灯火通明，专家们正对一个环境样品会诊：费了九牛二虎之力找到了失能剂一个降解物，眼看就要突破了，谁知，一进仪器，它自己又分解起来。

这，到底是降解产物还是分解产物呢？

分析会上，善于融分散智慧为智慧金字塔的钟教授指挥若定，她静静地聆听着大家的发言，脑海在快速思考：正常情况下，在酸性物质中，降解产物是不会再分解的。惟一的可能是——碱！只有出现了碱，一切才变得反常。那么，碱又在哪里呢？是在样品配样里还是躲藏在曾经受到碱“污染”的仪器的记忆中呢？

钟教授抛出了自己的想法，这一下，却引发了一场“头脑风暴”，原先沉闷的空气一扫而空，大家智慧的火焰一经点燃，便成燎原之势。思路，直朝问题的核心逼近。

“不言愁恨，不言憔悴，中恁寄相思。”这群和平卫士将自己的相思寄托在中国的军事化学上。工作量突然增加了好几倍，过去进十次样品才清理一次仪器，现在为了确保仪器一尘不染，及时消除不良记忆，必须每进一回就得清理一次，重新建立质量系统。

这一准确的判断不仅加速了实验的进展，而且极大地提高了分析质量。钟教授坦诚地对同仁们说：“科学道路上没有什么神话之说，也没有绝对权威可言。古人说得好，‘三个臭皮匠，赛过一个诸葛亮’。这就是集体智慧的力量。”

第四轮“联试”结束了，在张榜公布的比赛成绩单上，只有五个国家的实验室完整无缺地提供了“质量保证和质量控制系统报告”。而荣登榜首的依然是——中华人民共和国！

自负的美国人也不得不俯首称臣：“中国同行把我们的‘密码’完全破译了，简直令人不可思议！”“中国人，名副其实的冠军！”

三年连续荣膺“世界第一”桂冠，这是中国的精彩！

面对掌声、鲜花和纷至沓来的各种荣誉——“全国三八红旗手”、“巾帼建功标兵”、“全国人大代表”、“一等功”、“少将衔”……钟玉征始终保持着一颗寻常百姓心，因为她早已练就了宠辱不惊的胸怀，简约质朴，洒脱深沉。当有人赞颂她是国际化学裁军技术领域“居里夫人”时，她总是摇摇头，淡淡一笑，因为她始终坚信，浮华总会凋谢，大地铭刻的必将是奉献者的青春。

然而，联试“三连冠”确实具有不同寻常的时代意义，中国的军事化学分析水平似乎一跃稳居世界一流水准。钟教授却冷静地说：“这没有什么值得沾沾自喜的。成功与失败，荣耀与平凡就像化学元素似的，变化多端。今天第一，如果躺在功劳簿上，明天可能就是末尾。”

人们可以轻而易举地将和平安全与领土、经济联系起来，因为，当一个国家出现战火纷飞、分崩离析和工商凋敝的景况，那么，可以这样判断：这个民族和国家已处于非安全状态。

而文化与精神安全问题呢？它们不易察觉，隐藏在所有表象的背后，但是，它们却是一切表象的源头和归宿。

人有性格，放大至民族，则成文化。中国人民，中国清贫的知识分子，历经坎坷与磨难，却依旧秉承坚韧、顽强、不屈的精神，对于多灾多难的祖国母亲，依旧怀着一股深沉的爱。正是这些中国的脊梁，挺立着这个古老之国使之屹立不倒。

“心有所系毫发重，心无旁骛一身轻。”钟玉征，就这样亦重亦轻地运行着她的人生。

华夏神州的山川做证：他们在锁定毒魔的特殊战场，捍卫了祖国和人民的利益

甚至在烈火中能种植金色的荷花。

——《摩诃婆罗多》

一个春光明媚的下午，在总参某部礼堂，不时传来阵阵掌声，似春潮涌动一般动人心魄。主席台上的发言人，是位年近古稀的学者，六十五个岁月春秋，在他的两鬓染上斑斑银霜，他的个头不高，看上去十分硬朗，面部皱纹密布，双眉稀疏，微微弯垂，眼神清澈似水，深藏着一种超人的睿智和热忱，给人第一眼印象，这是一位才华横溢的学者。

他名叫陈海平，六十年代初毕业于被誉为“红色工程师摇篮”的哈尔滨军事工程学院。近半个世纪过去了，他始终铭记着毕业典礼会上院首长的那句勉励话：“同学们不要忘记，国家是用五百两黄金把你们培养成军事工程师的！”四十多年来，他一直默默耕耘在三尺讲坛，早已桃李满天下。先后荣立二等功二次，三等功三次，两次被评为优秀教员、优秀教学工作者，荣获总参人梯奖，享受国务院政府特殊津贴。论外表，他由于年事已高，功成业就，养成了醇厚的气度，虽垂垂欲老，仍意态悠闲，风度慈祥，待人和善，极富涵养，性格平易近人。然而，透过那副深度近视镜片，便知是善于察言观色、深思熟虑、待机而动、眼观六路、耳听八方的人物，他头大胸阔，似乎蕴藏着惊人的智力，就像一个身经百战的

人凭经验体会到用他那份腕力跟一般人握手就会伤了人家，因此，同他接触打交道，不得不小心翼翼。临界退休之时，这位年逾六旬的老教授，又接受了一项新任务，以中国国防部技术专家身份，参与处理日本遗弃在华化学武器工作。

今天，他应邀给参加党委扩大会代表讲述中日两国防化专家如何联手挖掘回收日本遗弃化学弹，上演了一幕惊心动魄“世纪降魔之战”活剧。故事本身鲜为人知，加上他执教四十余载练就的极佳口才，整个演讲中，掌声此起彼伏，沉浸在如痴如醉状态中的将校军官们从心底感慨万千：站起来富起来的中国人情感深处保留的，是渴望“屹立于世界民族之林”的浪漫主义情怀！以至于连最普通的老百姓，对“扬眉吐气”之类的词汇都具有超常的敏感。老教授绘声绘色的讲演，无疑已满足了不仅仅是坐在台下听众们的心愿。

故事是从一份鲜为人知又让人颤栗的历史资料开始讲述的。

拂去半个世纪的尘埃，展现烽火硝烟的历史。自1931年九一八事变起，日本军国主义对中华民族进行了大规模的武装侵略、经济掠夺和精神奴役，开始了对中华民族主权和民主的野蛮践踏。战争期间，侵华日军曾在我国发动两千多次毒气战，战败后又把大量化学炮弹和几百吨毒剂遗弃在中华大地，仅已查明的化学弹就有二百万枚以上。对于没有任何防护知识和经验的中国老百姓而言，化学武器犹如潜伏的狰狞恶魔。目前，至少已造成上千起中毒事件，伤亡超过两千人。

日本遗弃化武数量之巨、种类之多、分布之广、危害之猛，都是人类战争史上所罕见。要全面彻底销毁并非一件容易之事，必须有一整套完善的销毁设施，销毁过程也相当复杂，需要花费巨额费用。有专家计算过，销毁日本遗弃化武，需耗资数百亿人民币，而且至少要用十多年。

这恐怕是世界反法西斯战争所遗留下来的最难解决的一大难题。

履约事务办公室临危受命，投入到这场“未闻硝烟炮火声、历尽千辛万般苦的后抗日战争”第一线。

年逾六旬、临近解甲卸任的化学武器专家陈海平，被组织委以国防部技术专家重任，参与处理日本遗弃在华化学武器工作，且一身兼任两职：一是“中国处理遗弃化武首席顾问”，二是“国际禁化武公约组织指称使用专家”。

将受命之日，这位在南京大屠杀的尸山血海中的侥幸存活者，不敢有一丝一毫的懈怠。

接到任务的当天夜里，他难以入眠，脑海中不时浮现出一幅幅刻骨铭心的画面——

那是丁丑年的隆冬，还在襁褓中尽情享受着母亲的抚爱的他，全然不知自己身处的六朝古都，正悄然迎来亘古未闻的灭顶之灾，当日本法西斯的屠刀刺破婴儿熟睡的甜梦，当隆隆开过的坦克轰然轧碎窗前咿呀儿语，金陵故园的花团锦簇浸在血水汇成的河流，十里秦淮的桨声灯影被狂呼和哀号所代替，乌衣巷口王谢堂前的燕巢在火海中化为灰烬，江南贡院的孔圣人像前升起滴血的膏药旗，已有两千四百多年历史的华夏名城，几乎一夜之间毁灭殆尽，三十万以上手无寸铁的无辜市民，惨遭灭绝人性的虐杀屠戮。

咿呀学语的童龄，本不是记事的时候，然而人间地狱的惨变，足以让一草一木永远铭记同胞的呻吟。孩提时代，每当他听到父辈悲愤地追忆起石头城上演的种种骇人听闻的惨剧，幼小的心灵就像被放在油锅中煎熬。多少年以后，当他怀着洗雪国耻的夙愿，从南京考入哈尔滨军事工程学院，在松花江畔这片曾饱受侵略者蹂躏的黑土地，首次近距离接触到日本516生化部队和731细菌部队的罪证，面对那一幅幅惨无人道的图景，特别是军国主义强盗在中国同胞身上注射毒剂，将人当动物做化学和细菌武器活体实验的照片，滴血的内心伤痛，使他对日寇产生了“执著如怨鬼”的忿恨，奇耻大辱化为仇恨的种子，在心中发芽：

作为一个中国人，我永远不会忘记这一天——1937年12月13日；我永远也忘不了南京1937，东方的“奥斯威辛”！

历史这本大书，总得不断翻开新的一页，但那充满硝烟和血腥的历史，似乎总是挥之不去。回眸那饱蘸着血腥与痛苦的一幕，是祭奠，更是刻骨铭心。此时的陈海平，激越难平的胸中，涌动起四百多年前著名抗倭英雄戚继光的豪迈诗句：“封侯非我意，但愿海波平。”

“请鬼容易送鬼难！”老教授仰天叹息。他静默地凝视着那份皱巴巴的《禁止化学武器公约》，思绪像电影的片头，开启了难忘的一幕幕——

1997年4月29日，《禁止化学武器公约》正式生效，有人宣称，化学武器开始了走向坟墓的旅程，实际上，这只是热爱和平人们的善良愿望，人类要彻底告别化学武器，还有漫长的路要走。世界上总有“张口信誓旦旦，闭口自打嘴巴”的主儿，美国政府打着反恐旗号，秘密建立生物实验室，人工合成世界上最危险的细菌和病毒武器，从而导致许多国家争相开展秘密生物武器研究，这将使得整个世界更不安全。

半个多世纪以来，由于日本政府一直没有向中国提供其遗弃在华化学武器的任何信息，加上没有完整的资料记录，因此日本遗弃在中国的化学武器数量很难准确统计。

根据有关资料显示，日本陆军和海军二战期间，在濑户内海的大久野岛生产芥子气、路易氏剂、苯氯乙酮等毒剂共计七千多吨。其中化学武器绝大多数运到了中国。

神秘小岛可谓名副其实的毒气岛！

大久野岛上绿树丛生，是个美丽的小岛。1929年，日本裕仁天皇亲自下令在这里建设秘密的化学武器生产基地。之所以在这里选址，因为大久野岛离本州岛很近，坐船只需十多分钟，便于联系和运输。同时，岛上原来的居民就很少，便于对他们进行迁移。天皇一点也没有意识到，他是在用丑恶和肮脏来玷污美丽和善良。

当时为了保密，在大久野岛的四周都设有“严禁入内”的标牌。工厂的六千多员工每人都写了保密保证书，如将秘密外泄，就要被逮捕法办。从1938年起，大久野岛便在日本的地图上消失了！

十六年间，该厂制造的毒剂和毒气弹竟然可以杀死全人类！

虽然战争已经过去半个多世纪，可是这里的土壤严重污染。从1998年开始，政府派人分三次将被污染的土壤收到大袋内，再运到秋田县的处理工厂进行净化处理。至今岛上的水还是不能饮用。六十年来，由于毒气污染，岛上已有两千多人中毒后得了不治之症，相继死去。所以岛上还建立了一座纪念死难者的慰灵碑。

直到今天，日本对516、731部队在中国掩埋的毒气弹数量以及具体的埋藏地点仍然三缄其口、讳莫如深。迄今为止，已在中国十四个省(区)六十个地点发现当年侵华日军遗弃的化学武器，其中吉林哈尔巴岭是目前最大的埋藏点，据中日双方专家探测，这里约有近七十万枚化学炮弹。已知的日遗化武都是在人民群众日常生产生活和城市建设等过程中偶然发现的，目前发现并经过临时安全化处理的日遗化武，很可能是当年侵华日军遗弃在中国的化学武器总量的“冰山一角”。

新中国成立以后，我国政府投入了大量人力、物力和财力用于消除日本遗弃在华化学武器带来的危害。

然而，仅仅中国单方面的努力成效是非常有限的。

1990年，中国政府在日内瓦裁军会议上首次提出了日军遗弃在中方领土上的化学武器问题，1991年日本政府迫于事实和中际社会压力承认了这一事实的存在。随后，我国政府就“化学武器问题”同日本政府举行了长达类似八年抗战的曲折谈判。党和国家领导人多次指示：“要请有关方面的化学专家参与谈判”，“这件事我们一定要为我们的子孙万代着想”。在一轮又一轮的外交谈判桌上，经过无数次有理有利有节的唇枪舌战，中日两国政府终于签署了《关于销毁中国境内日本遗弃化武的备忘录》。根据联合国《关于禁止发展、生产、储存和使用化学武器及销毁此种武器的公约》规定，各缔约国应承担以下义务：“销毁本国所拥有的化学武器及其生产设施，以及销毁本国遗留在他国的化学武器。”“所有销毁和核查费用均由化学武器拥有国负担。”同时规定日本遗弃在中国的化学武器必须在十年内即2007年4月前彻底销毁完毕。日方在备忘录中明确表示要诚恳履行国际公约义务，在内阁府中设立处理遗弃化武担当室，为处理和销毁化学武器提供一切必要的资金、技术、专家、设备及其他物资。中国政府在外交部设立了处理日本遗弃在华化学武器问题办公室，专门负责协助处理日本在华遗弃化学武器问题及有关事务。

历史老人的脚步，有时要朝前跨出哪怕是小小的一步，也会显得多么的举步维艰！

1998年3月，古城南京，燕舞莺歌，柳暗花明。

六十年前那场惨绝人寰的悲剧，留给世界的是渐行渐远的背影。和着《相约九八》的欢快乐曲，绿色的心灵沉醉在习习春风里。然而一千多万南京市民，谁也没有想到，自己居住的石头城外，竟然再现魔影。黄胡子山上一座砖窑源源飘出了刺鼻黄烟，原来是地下埋藏的各种毒剂弹药在作祟。

一纸电令，陈海平被派遣前去协助日方清除遗弃化武。

回到阔别多年的故里，踏上长江之滨这座本不知名的小山，原本已做了充分心理准备的老教授，却仍惊诧于这里景象的诡异：被污染的黄土，裹着鳞次栉比严重锈蚀的金属筒，夹杂着异样的气息，望着被挖掘出的毒剂筒上依稀可见的“昭和某某年制造”的字样，匆匆赶来的日本专家只能报以沉默，而在这场大屠杀中的幸存者心中升腾的却是仇恨的烈焰：半个多世纪了，当年的侵略者从未向我国主动提供任何遗弃化学武器埋藏点资料，而待到遗祸已经无法遮掩之时，仍不放弃哪怕是只有一线希望的争辩。历史老人也许难以理解，是什么样的心理驱使这些被迫乞降的兽性入侵者，在六十年前溃退时的短短数天之内，竟然把几百万吨剧毒化学武器悄无声息地掩埋在中国。如果说这还可以解释为战败者的丧心病狂，那么半个世纪后，面对自己国内当年制造毒剂的大久野岛上一些一息尚存受害者的如潮般地索赔怒吼，日本政府却只给每人每月发放十几万日元的补助金。意味深长的是补偿却是以生活困难的名义，绝口不提毒气受害之事。至于遗毒继续祸害邻邦人民，他们更是装聋作哑百般推卸极力否认。当日本的法庭驳回中国战争受害者的诉讼要求，某些极端民族主义者在钓鱼岛修建标志性建筑，个别历史学者宣称南京大屠杀是虚构事件，更有甚者，有的执政者不仅不反思历史，反而一意孤行，乐此不疲朝拜供奉着包括制造南京大屠杀战争狂人在内的臭名昭著的靖国神社，宽宏大量与人为善的中国人民不得不拍案而起，齐声谴责！我们不渲染仇恨，但要捍卫尊严；我们不寻求报复，但要还原历史。

老教授暗暗发誓：再不能让毒魔继续玷污祖国大好山河，再不能让故土继续承受侵略者的罪孽，更不能让九泉下的三十万含冤尸骨继续蒙受法西斯遗毒的羞辱。

他顾不上探亲访友，带领战友一头“扎”在作业场，清除毒害，净化国土。

由于黄胡子山的日遗化武长期掩埋在泥土里，炮弹筒体腐蚀严重，普通弹和化学弹鱼龙混杂，炸药成分复杂，性能极不稳定，稍不小心就会造成毒剂的泄漏和连环式弹药殉爆，从而酿成大范围的人员中毒和环境污染。

4月的南京，虽说气候宜人，但是，挖掘作业须在有滤毒通风的密闭负压帐篷内进行，全体作业人员顶着34摄氏度的高温，身着密不透风的隔绝式防毒服，如同在桑拿室里蒸熏，缺氧胸闷，好像上了青藏高原，连呼吸都感到困难，仅仅几分钟，汗水便浇透全身。出来后防毒服中的汗水足足倒满两茶缸！手脚浸泡在放毒服内聚集的汗水里，又疼又痒。几天下来，全体人员全身出现湿疹，脸上也层层脱皮。

就是在这样艰苦的环境下，化武处理工作小组在黄胡子山挖掘了三万枚毒烟筒，出色完成了任务，得到了上级部门的一致好评。

当第三万枚毒烟筒被挖掘出来时，老教授禁不住热泪盈眶，喃喃自语道："我们终于把悬在故乡人民头上的定时炸弹排除了！"

告别了金陵故园，陈海平带领战友们又马不停蹄地踏上当年从军求学的热土，用足以令东洋人折服的业绩，为东北父老献上深情的反哺。

2000年秋末，黑龙江省边陲重镇北安市，天高日丽，广袤无垠的黑土地上空，一朵朵柔白的云彩静悄悄地飘动着。远山层层桦林尽染成金黄色，大自然充满宁静的秋光。

一天下午3时，随着一长两短警报骤然响起，中日两国防化专家首度联袂作业的大规模日本遗弃化武挖掘回收工作，就此拉开了帷幕。

此前的1997年5月，北安市老百姓在自家门前的菜地挖土时，发现大量日本化学炮弹，有的还带有极危险的引信。在中国政府的强烈要求下，日本人花了四百万日元，聘请西方专家实地考察，结论竟然是太危险，不能挖！日本人没辙了。但中国政府坚持必须挖。面对联合国《禁止化学武器公约》和《备忘录》，日本人只好点头同意，承诺为此提供一切必要的条件。

这才有了五十五年后中日防化专家的同台博弈。这无疑是一场高科技领域的合作与竞技，更是中国军人又一次庄严的亮剑。

智者不惑，仁者无惧。

陈海平被指派担任中方技术总顾问和挖掘组领队，此时此刻，他那矮小、结实的身子里的全部精力好似一个看不见的电池充满了电。他清醒地意识到，在这次由中日两国防化专家首度联袂作业中，双方站在同一起跑线上，同台对弈，合作较量，必将既有联合，又有对抗；既是比赛，又是竞技。

对于首次联袂作业，中日双方均予以高度重视。日方派出的挖掘调查团由自卫队及有关公司专家八十八人组成，总理府遗弃化武担当室室长须田明夫担任团长。同时，《时事社》、《朝日新闻》、《读卖新闻》等十六家新闻媒体的三十多名记者进行随团现场采访。中方派出由外交部、环保总局、总参外办、国防部防化专家、沈阳军区防化团官兵、北安市政府等十余个单位的二百余人组成协助团参加协助作业，外交部处理日本遗弃在华化武问题办公室主任刘智刚大使担任协助团团长。这是处理日本遗弃化武以来规模最大，参加人数最多的一次。不言而喻，这次联合作业，既是一场围绕技术合作展开的激烈竞赛，又是一场以技术较量为支撑的政治外交斗争。

中日作业人员刚一抵达北安，日本《时事社》记者便抢先向世界发布了中日联合挖掘回收日本遗弃化武的消息。

偏僻宁静的北安，立即引起世人的瞩目。

这里，分明要上演一场“世纪降魔之战”。

这里，是只有甘愿为祖国舍弃一切的人才会凛然步入的生死擂场。

合作与较量，始于作业之前的技术谈判。

战胜于庙堂，是东方军事哲学经典中的杰作，同样奉兵圣孙武为精神鼻祖的两国专家，在谈判桌上演了别具一格的精彩活剧：心平气和的磋商，寸步不让的争斗。文雅的谈吐，绝不是为了树立彬彬君子的形象；激烈的交锋，完全为的是各自国家的权益。

为了确保挖掘作业的安全系数，风险评估不容许有半点差池。围绕风险评估，中日代表团举行了一轮又一轮磋商，谈判桌上，一时间唇枪舌剑，刀光剑影——

[镜头回放之一]关于化学弹和普通弹有无可能殉爆？殉爆的威力有多大？如何保证周围居民的安全？一开始，中日双方的意见便大相径庭。日本人出于自身利益的考虑，不愿在安全措施上多花钱。陈海平查阅了几十万字的外国资料，又从《消防大全》上发现一则惊人的实例，当年，在销毁两千四百发日本旧弹时，曾发生一千九百发炮弹殉爆的惨剧。经过一个星期的演算，陈海平终于彻底掌握了殉爆距离的计算方法。谈判桌上，他以不容置疑的口吻指出，北安炮弹埋藏坑中只要有一发普通弹或毒气弹爆炸，就可能引起整个埋藏弹药的爆炸，这就意味着有1.5吨TNT和苦味酸的瞬时爆炸，散发出二百三十公斤的芥子气和路易氏气，其后果将不堪设想。

“哪怕有百万分之一的可能性，我们都必须正视！中国百姓的生命同日本人的生命一样宝贵！”陈海平的话，掷地有声。

因此，中方提出三点意见：一是将市民和作业人员的安全放在首位，二要保护环境不受污染，三是必须用定性和定量的科学方法进行风险评估，制定有效的安全措施，力求万无一失。

日本人震惊了，他们没料到中方人员如此内行，便回国另花钱请公司评估，证实了殉爆的可能性。日本硫弹专家近藤先生拉着陈海平的手动情地说："让我们在最危险的挖掘点指挥，保证不发生任何意外爆炸。"

陈海平郑重地说："让我们以考古挖掘古董的方式来挖掘每一发炮弹。安全就是胜利！"

[镜头回放之二]在危险源强度的计算上，中日双方也有分歧。发生爆炸时的炸药总量是多少？资料上记载一发九十毫米迫击炮弹有两个炸药装填量：0.58千克和1.07千克。计算时，日方总是取小数据，而我方则取大数据。到底谁是谁非？为了令人信服，陈海平找来九十毫米日本迫击炮弹图纸，精确计算弹腔旋转体的体积，结果证明不是0.58千克而是1.07千克。陈海平用坚定有力的声音宣布了这个结果："贵方计算的弹药总装炸药量1.2吨是不正确的，应该是1.57吨。"在科学的数据面前，日方首席代表不得不接受了中方的结论。由此，中方计算的冲击波、地震波杀伤半径在有防护壁的情况下为一百一十米，弹片杀伤区二百米，都被日方接受。这就意味着日方必须花巨款在炮弹挖掘点建造巨大的防护壁。弹药埋藏点周围一万平方米内的居民必须全部撤离，日方须给中方出一百多万元人民币的居民撤离费，为中方作业人员每人投保二十五万美元。

日本军国主义过去曾用化学武器残害中国人民，现在，它必须为此付出代价！

[镜头回放之三]关于毒剂云团的伤害范围和程度，中日双方也存在很大的分歧。日方的观点是，万一发生事故，毒气的平均浓度尚未达到伤害浓度。为了驳倒对方的谬论，陈海平查阅了原苏军毒剂弹爆炸的起始尺寸资料，特别是查到了日本不二出版社1990年出版的《毒气战史料》中记载的日本毒剂弹爆炸的起始云团直径数据，计算出北安埋藏化学弹殉爆时，初生云扩散的危害纵深达1.9公里，可能危害北安市一半以上的面积。在谈判桌上，中方代表以此为依据，理直

气壮地质问日方："二百三十公斤芥子气、路易氏气散发在大气中，怎么可能对人没有一点伤害？"对方无言以对。

[镜头回放之四]在弹药向托管库的长途运输问题上，双方意见不一。日方主张用普通卡车，垫上塑料布进行运输。中方认为这是一种不负责任的行为，"如果从东京到大阪用卡车运送毒剂弹，你们日本人会答应吗？"一句话，说得日本人张口结舌，他们不得不花百万美元，从西方购置两台耐爆炸、具有自动消毒功能的运弹车。

从谈判桌上败下阵来的日本人心里很清楚，他们"栽"在了坐在对面的那位头发有点花白的中方技术权威脚下。

这是一种何其艰难漫长的历史回归，它不禁使人想起一千两百多年前，来自江苏扬州的大唐鉴真和尚，已是六十六岁高龄而且双目失明的他，经过六次东渡终于到达了扶桑，作为中国文明的传播者和日本律宗的创始者，他用自己的坚韧和厚博，将日本的唐学热推向了完美的痴狂。由他主持建造的唐招提寺至今巍然屹立，见证了这个一衣带水的岛国是怎样吮吸着来自华夏大陆的乳汁，一步步完成了从小鱼儿到巨无霸的千年沧桑。

然而，曾几何时，邻人谦卑的目光变作了鲸吞的贪婪，虔诚的弟子呈现出浪人的骄狂；曾几何时，他们以为凭借船坚炮利和武士道就可以实现征服世界的梦想；曾几何时，他们以为腰缠万贯富甲一方就可以冒天下大不韪拜鬼跳梁；曾几何时，他们以为科技发达就能足以证明自己才是智慧的化身。但是，昨日的美梦已成泡影，今天的梦想又何日能圆？！

围绕北安作业所进行的一百五十余次双边技术谈判，使得一群以经济强国傲视一切的东洋学者，充分领略了面前这位防化宿将的厚博学识。

他，就是这样用知识的魅力征服了对方，使他们由当初的嫉恨、害怕到后来的喜欢、尊重，直至心悦诚服。许多时候，当双方磋商陷入僵局后，只要他站出来“发了言”，对方便有人无可奈何却又是习以为常地迎合道：“那就按陈先生的意见办吧！”

中方代表团和作业人员无不备感扬眉吐气：“陈教授真不愧是我们防化兵的形象代言人！”

挖掘作业全面展开后，各项技术较量与竞赛可以说是高潮迭起。

挖掘，是这次作业的重中之重，选择什么样的技术，直接关系到整个作业的成败。日方提出“全面开起，分层挖掘”的方法；以陈海平教授为首的中方挖掘作业组，提出采用“分区、分层、一端开启、挖探结合、快速分析、梯次推进、逐区清除”的方法。双方一摆，日方不得不承认我方方案细致可行。

挖掘在继续，中日双方围绕探测技术展开了又一轮比赛。

探测，是整个挖掘作业的关键一步，因为只有通过探测，才能发现化学武器的埋藏范围和深度。如果探测结果比实际结果多了，日方会轻视我方技术，进而影响我国声誉；如果探测结果比实际少了，就亏了自己，便宜了对方。中日双方经过认真探测后，得出的结果却并不完全相同，日方探测出炮弹埋藏范围和弹层厚度略大于中方的结果，由于这一结果对我方有利，磋商谈判会上，我方主动提出按日方的探测结果实施挖掘。从后来的挖掘结果看，中方的探测结果更接近实际，从而显示了中方的探测技术和水平。作业中，双方使用各自的仪器，同时对同一区域进行探测，判明挖掘是否干净、彻底。2号埋藏坑挖掘完毕后，日方认为已挖掘干净，但中方探测后对此持有异议，认为坑底仍埋有零散炮弹，挖掘组又对2号坑继续挖掘，结果挖掘出了四枚炮弹。面对事实，日方无话可说。

置身这场没有硝烟的化学条件下的战斗中，陈教授脑海时时刻刻绷紧一根弦:“处理日本遗弃化武,事关国家和人民利益,千万不能错判一枚毒剂弹,不要让日本人钻空子!”这是临行前上级首长千叮咛万嘱咐的话。作业开始后,他不厌其烦向中方作业人员传授挖掘技术,讲述识别要领,使每个人都成为行家里手,共同演绎编缀“铁将军把门”的故事。

故事之一:亦真亦假见分晓。一天,外观鉴别组接到从挖掘区送来的一枚表面锈蚀严重的炸弹,从外观形状和尺寸上看,它既不像普通的炸弹,也不像化学弹。中日双方专家鉴别了很久,也没有统一看法。这时,一名日方作业人员不耐烦了:“这枚弹没有化学弹的明显特征,肯定是普通弹。”负责外观鉴别的杨晓军副教授立即反驳:“这枚弹也没有普通弹的明显特征,为什么不可以说它是化学弹呢?”后来,这枚弹被送到X光鉴别室作“体内透视”,果真是一枚化学弹。每天,杨晓军和朱贵高都要鉴别几百枚炮弹,从未出现过失误,还从大量炮弹中查出了五十七枚不明弹,送交X光室通过“体内透视”确认,再见分晓。

故事之二:锻造魅力照妖镜。一次,中日双方共同鉴别一批日本遗弃弹药时,发生了激烈的争论:中方认为那些弹药全部是毒剂弹,而日方则一口咬定其中的九十八枚是非毒剂弹。孰是孰非?自以为是的日本人专门从西方购来X光机,由双方专家联合对弹药进行最终判定,陈海平奉命担任中方判读员。弹种区别关乎国家利益,根据《禁止化学武器公约》规定,日方只负责处理化学弹,中方则负责处理普通弹。如果鉴别稍有不慎,就可能使一枚化学弹“沦为”普通弹,而漏网的化学弹无疑是一个重大隐患,将给国家带来巨大的损失。

为了验证这些不明身份的炮弹,陈海平阅读了所有能搜罗到的日军遗弃化武的资料,研究、分析、识别,“为伊消得人憔悴”。几天后,他与日本专家一同坐在X光机显示屏幕前,对弹药进行体内“透视”。突然，眼前的一枚炸弹内部出现了一截又细又短的炸管，好可疑啊！他赶紧将尺寸记录下来，晚上，翻开《化学弹药识别手册》一对照，眼睛蓦地一亮，脱口而出：“一模一样，简直就是一对双胞胎！”狐狸的尾巴露了出来，陈教授拿出标尺，一遍又一遍反复测量数据，终于找出了符合光气弹特征尺寸的八组数据。

次日，中日两方磋商时，陈海平胸有成竹地提出：“这枚弹是光气弹！”

日方代表百般狡辩：“陈先生，说话可要有根据啊！你凭什么说它是光气弹？请问，你有图纸吗？”

看来，日本人是不见棺材不掉泪啊！

陈教授微微一笑，笑容里蕴含着自信，更夹杂着一丝轻蔑。没有金刚钻，怎揽瓷器活？他不慌不忙地掏出一张数据表，上面密密麻麻地记载着八组数据。日本专家一看，懵了。铁证如山！他们当然知道，这八组数据就是光气弹的证据，倘若再抵赖，传出去将遭到全世界防化专家的嘲讽。

经X光机鉴别，九十八枚弹中有九十六枚是地地道道的化学弹。

一位日本专家诚恳地对陈海平说：“陈先生工作认真，佩服！佩服！”科学是没有国界、种族之分的，在知识和事实面前，尊重科学的科学家们表现得十分恭顺。

故事之三：真假“猴王”现原形。如果说外观鉴别是第一“关”的话，那么X光鉴别就是第二“关”，也是让“真假猴王现原形”的一道“关”。用X光鉴别遗弃化武，是一个全新课题，要求作业人员既要掌握仪器的操作要领，又要熟悉日本遗弃化武的构造特点和内部原理。一天下午，负责X光鉴别的王百荣副教授遇到了一个不明弹，在X光机的投影屏幕上，显示的内部结构跟普通弹一样，但弹体内有液体。日方专家说：“这肯定是普通弹，里面的液体可能是后来渗进去的水，不是毒剂。”王百荣据理力争：“里面的液体很多，不可能是渗进去的。”甲乙双方争论不休，最后只好将这枚弹暂时放在了一边。没多久，作业人员又发现了一枚同样结构的弹，内有相同的液体，双方经仔细鉴别一致认为是化学弹。王百荣脸上露出了微笑，对日方人员说：“既然这一枚是化学弹，那么上次和这枚一模一样的0662号弹怎么办呢？”日方人员只好同意将前几天已运到普通弹包装点的0662号拿回来作为化学弹处理。

故事之四：打肿脸充胖子。一天，中方分析组从挖掘区取回一份土壤样品，经孙海龙测定，发现样品中的总含砷量严重超标，但是，仅从这一点还不能断定这些污染的土壤是由于化学弹泄漏造成的，必须用质谱仪进一步测定是否有毒剂原体或毒剂原体的降解产物存在。刘国宏仅用两个小时便检测出芥子气降解产物和路易氏气原体，这说明埋藏点有化学弹泄漏。通报日方后，日方提出质疑，他们不相信中方的分析结果：“我们想看一下你们是怎样用质谱仪分析的？”中方专家彬彬有礼地回绝了：“我们只交流分析结果，不交流分析方法。”碰了一鼻子灰的日方只好向我方索要了一份同样的土壤样品。

面对样品，日方分析人员感到无从下手，急得像热锅上的蚂蚁。当天下午，日方分析专家藏野先生跑到中方实验室探头探脑，声称他们的天平坏了，想借用一下我方的电子分析天平称量。

显然，日方人员在窥探情报。我方工作人员虽然在不动声色地干活，但眼睛却警惕地瞄了过去。只见藏野点头哈腰地打完招呼，坐到天平前，拿着小勺装着土样就往天平里杵，“当”的一声，勺里的土样洒了一桌面。原来，心怀鬼胎的他由于紧张，连天平的小门都没推开，就往里杵。重新秤的时候，由于刚才出了洋相，他的手抖得更加厉害，一勺土样洒在天平里。这一细节被站在旁边的曲刚莲和周建梅尽收眼底，她俩拼命忍着，才没笑出声音。

藏野先生也许不知，陈海平率领的七名分析专家都是钟玉征教授的高徒。他也许更不了解，中国防化事业经过半个世纪的自主发展，已跻身世界降魔劲旅之林，形成观测、侦察、洗消、发烟、燃烧等现代防化装备体系，质量建设成绩显著，不仅在国内核化救援、抢险救灾中发挥不可替代的独特作用，而且在世界舞台上崭露“神兵”风采。从1990年起，连续十年应邀参加联合国“化学裁军国际实验室对比实验”，连续十次名列前茅。不少西方大国惊呼：“中国军事分析化学测试技术已稳居世界前列！”

十五个不寻常的日日夜夜过去了，坑内只剩下最后三枚炮弹，日本人主动提议，为了感谢中方真诚协助，共同分享首次联袂作业成果，由日本专家近藤和中国专家陈海平、王学锋亲自将弹取出，并合影留念。当陈海平教授抱出最后一枚，也就是第三千零八十枚时，他的心情十分激动，喃喃自语：我们终于把悬在北安人们头上的定时炸弹全部排除掉了，圆满完成了祖国交给防化专家的光荣任务，我们所有的设想、计划、方案都圆满实现了，西方人不敢做、做不了的事，我们做成了，这是中国的胜利！

这是一幅少了色彩干扰的黑白照片，瞬间的形象定格在画面上，分明的轮廓和明暗适宜的对比，或许能在双方作业人员的脑海中留下持久的印记。但是，陈海平却感到，欢庆祝贺的理由似乎不多，惟有纪念的意义无穷深远，因为它能唤起亿万国人凝重的回忆，引发更加深沉的思索。

北安联合作业结束了，日本媒体向世界公布了挖掘结果，共计挖掘出三千零八十枚炮弹，其中八百九十七枚属于化学炮弹，带有芥子气等致死性糜烂毒剂的“黄弹”七百三十三枚，带有呕吐毒剂的“红弹”一百五十四枚，其它化学炮弹十枚，密封包装污染物六十二桶，约三千公斤。据国外资料记载，一次化学战使用五百枚毒剂弹规模就很可观了。从这个意义上讲，这次作业是一场没有硝烟的化学条件下的战斗。在挖掘作业总结大会上，日方代表团团长须田明夫衷心感谢中方的大力协助，强调如果没有中方的支持与合作，日方是无法完成此次挖掘作业的。日方作业人员也都感慨地说："中方协助是真诚的，是全心全意的。"

从樱花之都飘来的《北国之春》旋律，带给人的感觉，似乎总是乍暖还寒。

2003年夏秋之交，国人刚刚送走"SARS"瘟神，锦绣大地不少城乡又拉响了处置日本遗弃化武的警报……

江西上高告急

牡丹江告急

河北鹿泉告急

伴随着三伏天的滚滚热浪，一个个火烧火燎的消息接踵而至。

8月4日清晨4时，齐齐哈尔市兴计开发公司一台挖掘机在北疆花园小区工地施工时，从地下挖出五个金属罐，除两个已破损外，剩余三个中的一个被当场挖破，罐内油状物喷溅到挖掘机和司机身上，并渗入土中。9时，五只金属罐中的四只被两民工转卖给一小贩。这名小贩将金属罐拿到附近居民区内的废品收购站，收购站负责人来自河南的三十一岁的李贵珍一家对金属桶进行了切割。这一天，对李贵珍一家而言，是噩梦开始的一天。在进行切割时，罐内油状溶剂外泻，现场多人被沾染。随后，多人相继发生头痛、眼痛、呕吐等芥子气中毒症状。随后的十几个小时内，中毒人数上升到四十九人，住院四十二人，重伤八人，其中一人奄奄一息。更令人揪心的是，受污染的泥土、毒气桶被辗转运输，造成十一处场所污染。我国近年来最严重的一起芥子气中毒伤人事件就这样发生了。

以陈海平为技术顾问的降魔神兵，在完成上高、牡丹江任务后，奉命星夜赶赴齐齐哈尔进行紧急处置。

人命关天！可是，日本媒体反映异常冷漠，日本政府处理更是滞后，面对没有显著外观标识的五个毒剂桶，日方调查组以“毒剂桶封口上没刻印、其高度及残留物的重量也与日军遗弃化武有差距”为由，认为在现阶段认定是日本遗弃化学武器有困难，证据不足。

霎时，国内外舆论一片哗然。

时光，有如沙尘漫天而坠，所有的物事，眼泪与欢笑、死亡前的哀鸣与婴儿嘹亮的啼哭，无不被细密如尘埃又广阔至无垠的时光缓缓覆盖积淀为历史。

但，覆盖并不能抹煞。历史永远不会衰老，更不会死亡。

一切有正义感的人们再次把希望的目光投向中国防化专家。

老教授不由得拍案而起，怒发冲冠：近代以来，中国曾三次向日本赔付了不下于六亿多两白银，正是这笔巨款为其经济腾飞注入了活力；相反，抗战后，我国放弃了数千亿元的战争赔款，这笔天经地义的巨额赔款，必然会让千疮百孔的中国在新一轮经济发展中获得巨大成功。然而，令人不可思议的是，中国政府的这种善意与宽大，并没有获得部分日本人的理解和感激，反倒成了他们抹杀战争罪行的口实、拖延处理遗留问题的砝码。这不正是东郭先生与狼、农夫与蛇的现代翻版吗？这就是他们在《中日友好条约》缔结二十多年后对待友好的暧昧态度！说白了，矢口否认背后隐藏着妄图把责任推卸给苏联红军或国共内战的阴谋！从1997年《禁止化学武器公约》生效已经过去八年时间了，可是迄今为止，日方所做的工作仅仅是与我们联合进行了十四次调查，并在遗弃化武较为集中的吉林敦化哈尔巴岭修了一条路，累计只投入了约四百八十五亿日元用于遗弃化武，距离日本内阁府估计实际需要两千亿日元的经费还有很大的缺口。另外，成果只限于十处小规模的挖掘和回收设施，总计挖掘和回收了约3.7万发。在埋藏着遗弃化学武器90%的吉林省哈尔巴岭的处理设施也迟迟未取得进展。这次发现的五个毒剂罐只不过是二百万件遗弃化武的“九牛一毛”，更多的毒剂罐、毒气弹随时都可能“发作”，如果他们依然采取我行我素的“蘑菇战术”，这一“历史遗留问题”就会对中日关系造成远大于那几罐芥子气的实质性伤害。

泰山绝顶屹苍松，岂畏浮云遮望眼。

他不顾长途跋涉的劳累，立即投入到“零误差”的鉴定工作之中。孰是孰非？他要用铁的事实说话。

由于毒剂桶埋藏地下半个世纪，早已严重锈蚀变形，这给鉴定带来了高难度，也让日本人抱有侥幸的心理。为了不给对方留下任何推卸责任的借口，他带领专家组认认真真、仔仔细细进行了三次科学鉴定，最后认定五个毒剂桶是货真价实的“侵华日军遗弃在华的、有毒剂之王之称的芥子气化学毒剂”。

成竹在胸的老教授，信步走进中日磋商会议室。谈判，是温文尔雅的；交锋，却是异常激烈的，犹如平静水面下的湍流。

对方仍搬出那几条证据不足的“理由”，教授则用所掌握的事实和科学检测结果逐条驳斥，侃侃而谈，鞭辟入里，掷地有声：

“这五个毒剂桶，其尺寸、形状、容积、重量等一系列外观参数，与国际公认的日军毒剂装置一致；其桶内毒剂成分、浓度，与日本政府已承认的在华遗弃毒剂桶一致；其埋藏时间、地点，与侵华日军当年军事部署一致。有目共睹的一致、一致、一致，何以断言认定证据不足?!”

谈判桌上，一边是言之凿凿一语九鼎，一边是三缄其口鸦雀无声。

在实事求是这个总裁判面前，日方代表哑口无言了，不得不步入富拉尔基的托管库，对毒剂桶进行再次测量鉴定。几天之后，日本外务省代表川上文博在新一轮会谈中郑重表示，重新鉴定的这些毒剂桶，与已发现的装有日本遗弃毒剂的容器基本一致。

至此，“8 · 4”事件的处理才开始朝着有利于中方的方向发展，日本政府迫于国际社会压力，外相和首相分别在公开场合向中国人民表达了致歉之意，并采取顾及脸面的方法，决定向中国政府支付三亿日元的补偿。但，这一事件严重伤害了中国人民的生命安全和民族感情，是任何数量的金钱都不能补偿的。正如外交部发言人所指出的，中方要求日方充分认识到侵华日军遗弃毒剂伤人事件所产生的严重后果和政治影响，尽快履行所做出的承诺，杜绝类似事件的再次发生，同时加快销毁日本遗弃化学武器的进程。

据《中国青年报》一项有关“8 · 4”毒气泄漏事件对中国青年影响程度的调查报告显示：97.9%的青年关注“8 · 4”事件，83.2%的青年由此对日本印象变坏，83.2%的青年表示不能接受日本政府所谓的“慰问金”。

受调查者纷纷表达了自己的看法——

“对日本政府这种极不负责任的态度感到十分反感和痛恨，对受害同胞的遭遇表示同情和难过。”

“历史学家郭廷说得好：两千年来，中国施之于日本者甚厚，有造于日本者至大，百年来日本报之于中国者极酷，为祸中国者独深。”

“‘慰问金’总让我想起‘嗟来之食’，无论如何不能接受。”

“《中日联合声明》只是结束敌对状态，实现了邦交正常化。然而，没有诚信，没有合作，何谈相逢一笑泯恩仇？何谈世代友好？日本切实应从中吸取教训，尽快兑现承诺，完全彻底清除遗弃在华化学武器。”

两年之后，当陈海平得知《来自苦泪盈眶的大地》，这部由日本女导演海南友子自费拍摄的严正谴责日军遗弃化武对中国人民所犯罪行的纪录影片，在日本各地频繁上映并引起巨大轰动的消息，老教授更加坚定了这样的信念：

历史造成的劫波，终需后人携手渡过；惟有双方的至诚合作，才能消弭世代累积的寒冰。

鲜艳夺目的八一军徽作证：他们临危受命，舍生忘死，无愧于人民的子弟兵

“苟利国家生死以，岂因祸福避趋之。”

——林则徐

在履约事务办公室，既看不到时髦的办公设备，也看不到奢靡的装饰物品，惟有一个个擦拭得干干净净的旅行箱格外引人注目。

石建华主任介绍说：我们常年处于战备状态，为了做到一声令下就出发，每个同志都备有一个装备齐全的箱子。

一年三百六十五天，他们有近三百天战斗在作业现场。天长日久，家庭与事业、个人与工作的矛盾急剧升温。他们不无幽默地说：“我们是不回家的丈夫，愧对妻子；我们是说话不算数的父亲，愧对孩子；我们中的年轻人是不谈恋爱的小伙儿和姑娘，愧对青春……”但每个人都无怨无悔，心中只有一个信念：多挖一枚化学弹，就多清算日本军国主义一份罪行；多清除一袋污染土，就多净化一寸国土；多销毁一

件日本遗弃化武，就多带给人民群众一份应有的安宁！

处理日本遗弃化武，危险系数之高，令人震惊：小米粒儿大的高纯度“VX”微粒沾上人的皮肤，便可立即致人于死亡；水果香味的沙林初生云只要吸上一口，便会达到致死剂量；处理毒剂弹药，稍许不慎，就有被染毒的危险。

常年与毒魔面对面交锋，犹如骑在猛虎的脊梁上。一次次作业，等于一次次与死神擦肩而过。对于有的人，这也许会成为以后借以夸耀的资本、索取名利的筹码；对于有的人，这也许只会在过后留下难以平复的余悸和无法修复的创伤；面对危险和死神的考验、面对生与死的抉择，这些以“降魔神兵”著称的英雄群体，却把战国时代尉缭子的一段千古绝唱挂在嘴边，镌刻在心坎：“将受命之日忘其家，张军宿野忘其亲，援桴而鼓忘其身”，在降服毒魔、净化国土、造福子孙、雪我国耻中争显身手。

前年9月，河北省某中学扩建校舍时挖掘出五十枚日军遗弃化学炮弹。履约事务办公室的专家教授受命火速赶往现场。经专家外观鉴定、侦检和化验分析，发现有的为光气毒剂弹，光气极易挥发，沸点只有8℃，一旦泄漏，其浓度立即达到致死浓度的一千倍！

与时间赛跑，就是与死神赛跑！专家们立即对世界范围内几十种防毒面具功能进行对照，火速采购了最先进的氧气面具，采取高压洗消器先期喷洒消毒。挖掘时，一次他们背负沉重的防护服、氧气设备，犹如蒸“桑拿”。二十多分钟下来，一名专家防护服内的汗水，竟倒了满满的两军用茶缸！

一番苦战他们成功地对五十枚毒弹进行了处置。一位西方化学武器防护专家闻讯称赞：“这是世界上首例挖掘光气弹工程，佩服中国专家！”

有年秋季，在东北某市繁华地带，中日双方人员对一批日本遗弃化武进行挖掘回收作业。

由于这批弹药长期埋藏在地下，化学弹中的苦味酸所生成的苦味酸盐更是易燃易爆，再加上掺杂有大量的地雷、手榴弹、爆破筒和不明弹等易爆物，导致人员自身产生的静电都有引发爆炸的可能，甚至发生大规模殉爆（即爆炸物连环爆炸），而据科学估算，高性能毒剂弹五百枚殉爆，其毒性可危害一个中等城市。日本方面考虑到作业的危险性，曾出巨资聘请西方的一流化学武器专家现场指导，专家到现场勘察后，认为技术难度大，挖掘太危险，不停地说着“NO，NO！”

这真是一次与死神的“零距离”接触，也是世界上少有的大规模挖掘化学武器工程。

对履约事务办公室专家而言，降魔伏毒，虽备尝艰辛，但他们从没有后悔过自己当初的选择。支撑他们一路走下来的，除了作为一名军人保家卫国、服务人民的神圣天职，还有就是在降伏毒魔过程中，所锻造出的“诚既勇兮又以武，终刚强兮不可凌”的美德。

赤橙黄绿青蓝紫，这七色彩虹本是营造着大自然的斑斓秀色。然而，在这些降魔神兵眼里，那些深埋于地下，弹体上涂着各种色彩的日军遗弃炮弹，却是恶魔的象征、死亡的请柬。

该怎么形容呢——那一刻的感觉？石建华主任说：那是一个无法解释的时刻。不，那是人鬼遭逢，那是战争在穿越遥遥时空后与无辜者的相遇。长久地凝视着那些锈迹斑斑的炮弹，色彩近乎诡异，黑，黑得沉厚；白，白得邪恶；红，红得滴血；绿，绿得令人发毛。而一种叫做修炼的人生境界，也同时君临。

有勇气并不表示恐惧不存在，而是敢于面对、无所畏惧。

李录、石建华、周学志、王学锋等专家教授先对炮弹进行侦检，确认无毒剂泄漏污染后，小心翼翼地取出炮弹，先用白色布袋将毒弹包起，然后用铝塑袋进行第二层密封真空防护；再套上专业缓冲材料，用胶带缠好放进特制的绿色专用木箱内，编号后送到临时存放点……

三十多个日日夜夜，他们每时每刻都与死神“亲密接触”，一千多枚化学弹都与他们多次一一“握手”，创造了世界安全挖掘回收与鉴别这些大规模战争遗留化学武器的奇迹。

在中日联合挖掘回收作业点，矗立着一座形似日本富士山的山包，军事术语叫它防爆壁。由于埋藏在这里的两三千枚炮弹，位于松嫩平原地带的边缘与小兴安岭山脉的交接处，属第四纪冲积、洪积物组成的地形，导致弹药严重腐蚀变形，弹头引信的细微结构变化较大，加上掺杂有大量的地雷、手榴弹、爆破筒和不明弹等易爆物，人员进出自身产生的静电都有可能引发爆炸，部分化学弹因锈蚀而有大量毒剂泄漏，稍不小心就会染毒，甚至发生大规模殉爆，造成大面积伤害。为防止弹药殉爆带来的危害，中日双方用近一个月的时间在挖掘点构建了直径十六米、高六米和高强度刚性密闭防爆壁，壁外又垒设厚六米的防爆沙袋墙，这意味着一旦发生爆炸，壁内的挖掘作业人员将会粉身碎骨，甚至完全“蒸发”。挖掘组的成员每一次进入防爆壁，都是一次生与死的严峻考验。

作业开始前，日方人员提出在防爆壁内放置从东京神庙里请的平安符，陈教授笑着说：“要放就放在你们那一侧，我们中国人要放就放毛泽东的像，当年国民党飞机把炸弹投在毛主席院内，硬是变成了臭弹。”日方人员还在各作业场周围撒上盐，他们说这也能保平安，陈海平想，不管是否灵，只要能保平安就好。不过让日本人这么一折腾，本来平静的心倒真有些紧张了。

无畏，是一种博大境界，可以轻易地包容或掰开世界。

防爆壁内不啻于“鬼门关”。挖掘作业开始了，日方人员踌躇不前，陈教授带领中方五名挖掘组人员，义无反顾地迈进了“鬼门关”。奇迹，多么可望而不可即的两个字。谁站到了勇气和信念的最终端，谁就可以去拥吻它。

面对此情此景，日方的八名自卫官才小心地跟在他们身后鱼贯而入。

一排排密集排列的毒剂弹，如狰狞的恶魔，是日本军国主义屠戮中国的铁证，激起了中方人员的强烈愤慨，但凡炎黄子孙，谁能忘记那段苦难而又义薄云天的斗争岁月？这时，只见陈海平变了脸色，额上静脉贲张，两眼迸射怒火，牙齿咬得嘎吱嘎吱响："这就是无可辩驳的铁证！这就是血腥的不争事实！眼前这些锈迹斑斑的毒剂弹，不正是给了日本那些企图掩盖使用化学武器真相、抹杀日本侵华历史罪责少数政客们一记响亮的耳光吗？！"参加作业的全体中方人员从陈教授眼神里都深深感悟到肩上保卫和平责任的沉重，决心在这场降服毒魔、净化国土、造福子孙、雪我国耻的擂台赛中大展身手。

在作业现场，人们看到，日方代表团不仅装备精良，而且作业人员待遇丰厚。据一位日方作业人员透露：他们是冲着每天三百至五百美元的高薪而来的，来前，日本国还专门为每位作业人员进行了巨资保险。一天下午快下班时，联合指挥部通知加班一小时，日方作业人员听后都很高兴，因为按国内惯例，每人将会有一笔可观的补助费进账。一位日方作业人员得意洋洋地问身边的中方专家陈海平："陈先生，你们发不发加班费？"

陈教授朗然一笑："我们是来算账的，不在乎赚不赚钱！"

"嘿嘿！不赚钱？算什么账？"对方好奇地问。

"年轻人，告诉你吧，我们是来算当年日本军国主义屠杀了成千上万中国人民的账！算日本遗弃化武给中国人民带来深重灾难的账！"

"这……这些都是上一辈的事儿，和……我们没多少关

《阳光灿烂的日子》 张 燕 （基础部军队政治工作教研室教员）

石鷹頌

系。”对方尴尬了，诺诺地辩解道。

“朋友，我们中国有句俗语，叫‘父债子还’啊！”对方无言以对，只好悻悻地离开现场。

作业中，每当发现化学弹时，大家的心都好像提到了嗓子眼，陈教授指导大家利用专业工具，借鉴考古挖掘“分层剥离”的方法，小心翼翼地清理每一发化学弹，尽量减少震动，防止由于操作不慎引发爆炸。如果发现有引信的弹药，立即将担任挖土、运弹任务的同志疏散出防爆壁，然后轻轻取出，用专门的包装箱将弹固定包装。

一天作业休息时，一位日方官员在聊天时说，他从东京出发那天，看到一位作业人员的背包上，插着一个十字架，当时他的心情十分沉重和不安，不禁想起家人送别的一幕幕情景。他说，他现在特别想念家人，不知这回还能不能活着回家去？说着说着，便双手合一恭恭敬敬地向平安符再三作揖。看着日本同行这副“也许我告别”的悲壮神情，陈海平想，他的话虽然只表达了日本人的心情，而我们此时此刻，何尝不是如此呢！生命对每个人而言都只有一次，谁家没有妻儿老小？挖掘组的王宁同志走后，妻子怀孕无人照顾，管英强的妻子生病尚未康复，胡伟凡结婚才七天，就告别新婚燕尔的妻子，踏上作业的征程。家人多么需要他们的照顾，他们又是多么思念千里之外的亲人啊！人非草木，孰能无情？然而，这些棒小伙一天到晚无忧无虑，真是难能可贵啊！

“富士山”内，由于密闭，湿度极大，对中日双方携带的毒剂报警器都造成了干扰，加之炸弹在地下埋藏了五十多年，表面水、锈、土混杂在一起，给判断工作带来了较大难度，面对新情况，陈海平教授发挥专业特长，仔细观察分析，指导大家运用自制的侦检纸先后将四枚毒剂泄漏弹和三百多枚苦味酸泄漏弹全部“擒获”。

在挖掘区的入口前，有一个气密检查室，凡是进入挖掘区的防护人员，都必须先进检查室进行严格的气密性检查。过去执行任务，使用的都是氯化苦作为气密检查剂，但这种氯化苦对人的眼睛和鼻子刺激太强，而且易挥发，安全系数不高。在陈教授的指导下，负责气密检查的程振兴教授经过反复试验，精心筛选，在确保检查效果的前提下，以空气清新剂代替了氯化苦。每当中日双方作业人员从气密检查室走出来，都夸口说："芳香怡人！芳香怡人！"日方代表团一位日籍华人常把一句俏皮话挂在嘴边："要问这是什么味呀？那句电视广告词说得妙，'味道好极了！'"

作业中，每当发现化学弹时，大家都进入一级戒备状态，作业人员用塑料铲和竹片清理土壤，直到露出炮弹。他们首先对炮弹科学检测，确认无毒剂泄漏污染后方可处理，再用竹片小心翼翼地取出炮弹，在检查有无引信、有无苦味酸泄漏后，才进行相应的安全处理。在炮弹清理和鉴别的操作台上，他们先把初步清理挖掘出来的炮弹、带引信弹、毒剂泄漏弹等化学弹经过处理。在密封包装帐篷，经确认的化学炮弹，先用一个白色布袋将毒弹包起，然后，用铝塑袋进行第二层的防护，压出袋内的空气，进行密封真空包装，再将密封好的毒弹套上专业缓冲材料，用胶带缠好放进特制的绿色专用木箱内，编号后送到临时存放点。

对于人们最关心的环境安全问题，他们全时空对大气监测，随时对土壤取样分析。对分析超标的污染土进行密封包装，没有超标的土作业结束后将回填挖掘点。

环境监测分析组的周黎明副教授，早在作业前的准备阶段，整个暑假都天天泡在实验室里研究快速分析方法，午餐就是一袋方便面。一个月下来，眼窝深深地凹陷了。可爱的女儿央求他："爸爸，陪我上公园玩吧！"他总是一拖再拖。在北安作业时，战友们经常见他在操作仪器时，用拳头顶着肚子，豆大的汗珠从额头渗出。"老周，你先回去休息一下吧。”“你们都在忙着，我能安心休息吗？”的确，战友的忙碌，让他内心喧哗，无法静心养病。

几天后，医护人员在例行体检时，发现他的血液中转氨酶含量超过了420，呈澳抗阳性。医生严厉地告诉他：“马上住院治疗，否则，将危及肝脏。”

他急得直跺脚：一名战士，怎能在战斗中因病退却？

他央求医生：“我不能离开北安，这里需要我。求你千万替我保密，求你千万别告诉领导。”

医生为难了，拗不过他：“真拿你没办法。你先吃着这些药，多休息，过几天我再来查，一旦没有好转，那就必须住院。”

周黎明竟像个孩子似的欢天喜地。

在又一次的例行体检中，他的转氨酶依然严重超标，此次，不管他如何求情，医生也无法做出让步了。毕竟，医生也要遵守他们的职业道德啊。

当天晚上，指挥部获悉了他的病情。周学志主任奉命找他，神情严肃地说：“指挥部领导研究决定，明天送你回去住院。”

看来，自己的病情已经暴露无遗，现在说什么也无济于事了。但他还想争取一下，打个“擦边球”，便笑着说：“周大主任，看在你我多年朋友的分上，你就让我在这里再呆几天吧，最多也就三五天。等我把手头的活干完，马上就走！”

“副教授同志，咱们朋友归朋友，命令是命令，作为军人，你必须无条件服从。”没料到，他发过去的“擦边球”又被好朋友给挡了回来。

第二天，周黎明怀着遗憾，眼含热泪，依依不舍地离开了北安。

他走后，接替工作的刘国宏在他的抽屉里，发现了几十个洗干净的试管和一张打印好的数据表，表上详细记录了本次作业中需要跟踪监测的十几个毒剂和相关化合物的离子质量数和保留时间。这些数据凝聚着知识、经验、心血和风险，对接替者来说，其重要性就像一张已经标明了敌方各个火力点的军用地图。

俗话说："走的夜路多了，总要碰上鬼。"虽然是谨慎小心，还是险象环生。这天上午，在八号挖掘区，陈海平教授发现一枚毒剂弹因锈蚀而严重泄漏，淌出的毒剂像酱油一样，指挥部闻讯，当即命令全体挖掘人员迅速撤离现场。按规定，处理这类紧急事件是日方的事，但中方专家没有袖手旁观，"明知山有虎，偏向虎山行"，陈海平教授带领中方一名作业人员，又一次冲进防爆壁，冒着被染毒的危险，协助日方很快降服了这个"毒魔"。事后，日方专家感慨地说："现在我才体会到你们中国的那句'一不怕苦，二不怕死'的名人名言！"

"我仿佛常常可以听到深埋在地下的毒气涌动的声音。国之不安，何以为家！"履约事务办公室石建华主任说。

在辽宁省沈阳市挖掘六吨毒剂中，是中青年专家王学锋冲锋在前；在内蒙古呼和浩特市回收三桶芥子气毒剂中，是青年专家周学志勇擒毒魔；在黑龙江省孙吴县，当二百五十公斤芥子气毒剂桶突然喷泄，是年近六旬的老教授李录沉着应战三小时，终于制止大面积污染；当陕西省榆林市一枚航弹突然冒烟，是年轻专家呙畅化险为夷，避免了一场灾难；在广西省南宁市，当一枚燃烧弹发生泄漏并起火时的紧急关头，也是由机智过人的专家管英强利用高科技迅速扑灭毒焰……

祖国辽阔的疆土上，到处都有他们铲除"毒魔"、斩关夺隘的身影。

他们是冲锋陷阵的战士，他们的壮举可歌可泣。

前几年，在某地一幢宿舍楼建筑工地上，机器轰鸣，人声嘈杂。

被推土机平整的房基上，露出一口废旧的枯井，近两米深，从井口望去，隐约可见瓶瓶罐罐，到底是不是古董宝贝？

围观的民工密密匝匝，不知谁喊了声，“发财的机会来了，快下去捡宝啊！”话音未落，两个年轻人“倏”地下到井底。

“什么宝贝？”井上的围观者急忙叫喊着。

井下久久没有回音。

任凭井上围观的工友怎么喊叫，井下仍没有一丝声响。大家慌了，用土块砸下去，还是没有动静。

“坏了，可能出事了！”一位老者焦虑地说。

十万火急！

履约事务办公室接到抢救指令，迅速组成核化应急救援小组，火速赶到事发现场。

三名青年专家年龄最大的只有三十岁。“嘴上无毛，办事不牢”，这几个年轻人能排除险情吗？当地领导和民工不禁满心疑惑。

组长王宁抢先跳到井底。他被眼前的险情惊呆了，这哪里是什么宝啊？这分明是令人毛骨悚然的毒魔！不少遗弃炮弹上还有依稀可见的日文标识。面对眼前这些带有引信的毒剂弹，王宁不禁倒抽一口冷气，顿时，思绪乱了方寸，家有年迈的父母和刚结婚的娇妻，万一炮弹爆炸了，自己连与亲人说声再见的机会也没有了。

“事到如今，我不上，谁上？谁叫我是履约人呢？”他深深地吸了一口气，开始小心翼翼地把毒剂弹一发发地装到木桶里，再由呙畅、周廷一桶一桶地往上拉，然后进行简易密封包装。

年轻的履约专家，他们以奔放的心，不羁的魂，与毒魔进行着殊死较量。

三个小时后，险情终于被排除了。施工作业现场，又恢复了往日的平静与繁忙。

吉林敦化哈尔巴岭，林木茂密，大地丰饶。但是，在次生林海地下，杂乱无章地埋藏着大量的日本遗弃化学武器。

春天，万物苏醒，山上皑皑冰雪开始融化。由于山中无路，防化专家只能肩扛仪器，相互搀扶，在当地向导的带领下，吃力地行走在泥泞的山林间。这里本该是一片肥沃的黑土地，本该呈现万物繁荣的景象，但他们看到在掩埋有化武的地方几乎是杂草不生，甚至找不到鸟儿飞过的踪迹。

到达埋弹点需要翻越两座大山，还要经过一片沼泽地。体力面临着考验，而危险，如暗伏的猛兽，伺机袭击。脚，踩在沼泽地的草垫上，似乎把已蛰伏了整个冬天的腐烂植物踩醒了，一股股难闻的气体咕咕地钻出沼泽地，在水面上爆开。向导在前面小心翼翼地用木棍探一下路，然后抬起脚踩上去试试，感觉踏实了才敢迈出下一步。后面的人拄着棍子，低着头，规规矩矩地循着前面的脚印前行，一点儿差错都不能有。

“红军不怕远征难，万水千山只等闲”，有人吟诵着，脚下，却不敢有丝毫的大意。

“哎哟！不好了！”一名女队员尖叫起来。

循声望去，副教授张文丽的双腿正慢慢地往下陷。

几名男队员急忙把手中棍子递过去，一起用力把张文丽拉了出来，而她的一只靴子却永远留在哈尔巴岭的荒野沼泽中。

经过近两个小时的跋涉，大家才到达了目的地。

早已记不清这是第几次“深入虎穴”的行动了，为保证哈尔巴岭挖掘回收工作的顺利实施，中日双方商定对十五万平方米的地域进行地下一米以上各种爆炸危险物的探测、挖掘。

埋藏在地下的废旧炮弹，好比一枚枚危险的定时炸弹，躲在暗处，狰狞可怖。但有一个人，他用“金手指”往哪儿一指，一挖，一个准。

练就这一神奇本领的，是核探测专家钱建复教授。

那年，一个紧急电话找到了他。某地农民兴修水利时，从地下挖出了深埋的炸弹，因为不懂技术引起爆炸，现场鲜血淋漓。

这事深深触动了上级领导，他们决定把探测深埋危险物的课题交给钱建复。

从此，钱教授在授课之余，搞起了探测研究。他查阅了大量资料，进行了多项试验，结果还是不理想，原因很简单，主要缺少实践支撑。他焦虑、急躁，然而，却丝毫没有动摇信心。

暑假，在一片荆棘丛生的地方，钱教授率领课题组摆下试验场。失败，重来；再失败，再重新开始。经过无数次探索式探测，他决定采用逐步推进法。

他们在地上挖了几个深度不一的坑，然后将炮弹埋藏其中，再用探测器一枚一枚地测出相关数据。最后，将这些数据输入计算机。

磁力线异常分布图出来了！各种线条弯弯曲曲，密密麻麻，如重叠的蛛网，炮弹埋藏在哪里呢？钱教授结合当地的地质结构，将图形分成若干种类，层层剥离。经过耐心细致分析，炮弹在不同土质和深度对地球磁场干扰的规律图形终于水落石出。根据这个规律，不仅可以准确发现各种炮弹埋藏在土层的位置和深度，而且还能够准确计算出它们的当量。

当晚，课题组全体同志喝醉了，醉后的钱教授一直乐呵不停，这一夜，他失眠了。能不高兴么？这项探测新技术的发现，可是填补了处理日遗化武挖掘作业一项关键技术的空白。因为只有通过地面准确探测，才能发现地下化学武器的埋藏范围和深度，如果探测结果高了，会遭日方奚落，进而影响我国声誉；如果探测结果低于实际结果，对方就会占了便宜还要卖乖，最后“哑巴吃黄连”的只能是我方。

在一次中日联合作业中，2号埋藏坑挖掘完毕后，一名日方人员对在旁边探测的钱教授说：“钱先生，别再忙乎啦，弹已经挖完了，来跟我们一起合个影吧。”

话音刚落，钱教授的探测器就发出了警报声。日本人赶紧围了过来，惊异地问：“钱先生，是不是又发现了可疑点？”钱教授摇了摇头，指着手中的探测器说：“有没有可疑点我说了不算，得问问它！”当时，钱教授也不敢断定可疑点有无化学弹，因为周围的铁器都会对探测器产生干扰信号。

在众目睽睽下，这位从不放过任何蛛丝马迹的老教授和他的爱徒王洛国一起手执仪器，反复探测，分析论证，最后断定坑底仍然埋有零散炮弹。挖掘人员按照钱建复探测的位置，果然又挖掘出了四枚化学弹。

在钱建复教授的指导下，白晓波、管英强、聂亚峰、程健、鲁胜利、周廷等年轻人分成几个小组，背负几十斤重的“高精度磁力仪和金属探测器”，奔波忙碌在东北的丘陵密林间。

北方的盛夏，仍酷暑难耐，工作两小时下来，大伙儿浑身上下全湿透了，衣服晾干后，胸前背后处泛起一层层白色的汗盐，因劳动强度太大，人人感觉双臂麻木，双手颤抖，吃饭时端不稳碗，拿不起筷子。

苦点、累点、热点这还不算什么，更怕的是遭受当地俗名为“草爬子”的毒虫骚扰。日本作业人员称之为“死亡之虫”。因为，一旦被这种有毒昆虫咬伤，就有可能患上“神经性脑炎”。

这种毒虫隐藏在乱草丛中，随空气飘散，个头很小，难以被人发现。而一旦你发现时，它早已把嘴深深扎进人的肌肉里，一边贪婪地吸血，一边把毒素传播到人体。你越往外拔，它越扎得深，宁可尸首分家，也把头留在人肉里。为了防止毒虫袭扰，专家们不得不穿上厚厚的长袖衣服，头罩纱布制作的纱帽，一个个武装成“纱面伊人”。

白天在外劳作一天，人困马乏，晚上返回驻地后，还要加班整理数据，常常一忙就是深更夜半。在二千五百平方米的探测区至少采集二千六百个点，运用电脑辅助分析炮弹的分布、数量、深埋度，一点也马虎不得，稍有不慎，就可能给挖掘造成无效劳作，还会遭到日本专家的嘲笑。因为第二天就要“按图索骥”，指导挖掘组进行挖掘。

探测，时刻面临挖掘的检验，责任重，压力大。几天来，挖掘组对他们准确无误的探测佩服得直叫绝。

四十个紧张有序且充满刺激的日日夜夜过去了，履约专家们终于提前十天完成了任务，三百三十发隐藏在密林、沼泽和岩石等阴暗角落的炮弹被他们一一揪了出来，日方专家不由得叹为观止：“中方专家眼观六路，心细如丝，手巧如簧，佩服！佩服！”

外交部一位领导在作业现场问石建华主任：

“同志们经常与毒剂弹打交道，究竟对身体有没有影响？如果有到底会有多大的伤害？”

“短时间内，化学毒剂的伤害不会有明显的反应，但从长远看，毒剂对人体的积累危害不可低估。曾经有一位化学专家在全身严密防护的情况下，由于长时间用芥子气实毒做实验，他的双手发黑，生下的孩子像个非洲人。”石主任笑了笑回答说。

人们从这淡淡的笑意中，似乎一下子读懂了“苟利国家生死以，岂因祸福避趋之”的全部含义，他们以忧心天下之慷慨、惟独忘却自身的满腔赤诚，从而将自己锻造成为风骚独步的时代骄子和国格化身。古人的这首题诗述怀，或许被后人吟咏成篇献礼给他们！

处理日本遗弃化武工作，以“高毒、高爆、高风险”著称，是一个世界性难题。这项工程涉及化学、物理、弹药、工程、机械、气象学等多学科和专业，在国际防化领域是一项全新的前沿课题，它就像一场“猎狐”行动，要想降服狡猾的狐狸，猎人必须有智慧和利器，否则狐狸是不会就范的。

几年来，履约事务办公室的专家们，经过科学论证，建立了日本遗弃化武回收工程理论体系，创建了日本遗弃化武回收工程模式，研究开发安全评价、探测、挖掘、鉴别、环境监测和防护洗消一系列新技术、新方法。

他们将化学防护理论创新性地运用于处理日本遗弃化武的风险评估，他们通过定量分析其物理和化学风险及危害后果，完成了确定源强的混合炮弹殉爆模式和复杂地形上化学危害评估模式，建立了空中球体内分散液滴的沉降扩散及地面液滴在土壤上蒸发扩散的数学模型，构建了冲击波、弹片、地震动等物理危害评估体系和确定危害纵深、危害区域、危害等级等要素的化学危害评估体系，形成了风险评估、探测、挖掘、鉴别、密封包装、防护洗消、环境监测等工程技术模式，填补了国内外复杂地形上高毒、高爆工程风险评估的理论空白，确保了我国国土资源和生态环境安全。

“两弹一星”气象保障专家陶诗言院士说：“履约事务办公室把大气科学成功运用在日本遗弃化武风险评估中，保证回收工程的安全实施，是国内首创，评估模式得到了验证，数据结果可靠，用先进的技术维护了国家的利益。”

杨秀敏院士对此也给予了充分肯定：“课题涉及多学科，技术难度和工作量都很大，实用性很强，有多项创新性技术突破，是国内外首创，在遗弃化学武器挖掘回收技术研究与应用领域具有国际先进水平。”

辛勤耕耘结硕果。在履约办公室取得的四十多项科研成果中，一项荣获国家科技进步二等奖，二项军队科技进步一等奖、一项二等奖、六项三等奖。另有，还有十二项环保标准，已通过国家环保总局颁布。

这些成果已成功应用于六十多个日本遗弃化武点的安全回收，为一百五十余次中日磋商提供了有力的技术支持，切实维护了国家和人民的利益。

老子曰："甘其食、美其服、安其居、乐其俗。"安居乐业，是每一个人追求的理想境界。生命，哪怕千疮百孔，以正义的护佑和爱的救赎为两翼，生命便有了获救的依靠和支撑，直至恢复欢乐的跳动。

在我们生活的地球，上演了多少次的生命轮回，任何一个高明的科学家都未必能够说得清楚。然而，能够以国为怀，心中装着人民惟独没有自己的人，却似乎像黎明的星辰屈指可数。以郁建兴、钟玉征、陈海平为代表的这支履约队伍，他们的头顶上未必有光华夺目的堂皇冠冕，他们的生平中似乎也没有过于显赫的履历。然而，正是这些有着海样襟怀的仁者，用心灵回馈了养育自己的这颗蓝色星球，用行动提供了人类作为万物之灵的证据，才浮起了世间众生如火如荼的生命之舟，也为万类行止提供了广博的终极归宿表率，他们长期默默奉献，出于为国家安全保密的特殊原因，许多科研成果不能参评申报奖励，虽屡建奇勋却只能作为无名英雄。特别是本来早应得到院士桂冠的陈海平，两次都仅因几票之差而失之交臂，当众多有识之士为此种"吞舟是漏"的选举结果扼腕叹息之时，老教授却舒卷如云淡然一笑。在这位仁者的眼中，奔腾的浪花并不能等同于大海的美丽，为万千生命缤纷成长提供广袤的舞台才是海洋真正的风采。他虽早已成为闻名遐迩的技术权威，国际禁化武公约组织"指称使用"专家，却更乐于爱人以德成人之美为国荐贤，默默传承为师的神圣和师爱的伟大。为了莘莘学子能够顺利考研申博，他竟把弟子们的半年授课任务全部承担；为了后来人早日成才后来居上，他在家中建起了公共资料室，将自己大半生积累的近千万字的学术资料和研究成果无偿开放。

从郁建兴、钟玉征、陈海平等履约专家的事迹，让人联想到唐代诗人张若虚的诗句:“春江潮水连海平，海上明月共潮生”，恐怕没有多少人能够想到，《春江花月夜》里的这些超然意境，曾深深触动抚慰过多少躁动不安的心灵，曾带给多少尘世过客纯美的梦境和希冀。师表的光辉，也正如诗人笔下江海上空的一轮皓月，令人仰望，予人梦想，映照心海，荡气回肠!

哪一类事业能让人如此牵肠挂肚、滴血流泪？哪一类事业能让人怀着如此宗教般虔诚的心去探究？是军事科学；哪一类事业能让人激情澎湃、荣辱与共，有如此强烈的社会责任感？哪一类事业能让人如此襟怀坦荡、相互鞭策？同样，也是军事科学。

传说，在茫茫沙漠中，有一种神鸟，为了表达对爱情的忠贞，衔来枯枝堆积在太阳下面。太阳点燃了枯枝，它就在火里翩翩起舞，洁白的羽毛烧得通红，而枯枝被炼化成鲜红的相思豆。履约事务办公室的专家们像不像那只神鸟？尽管这个时代的精彩与躁动，文明与落伍，和谐与争端，早已超越了一切想象，但是，在这个风云际会的年代里，这群防化专家以“不畏艰险、顽强拚搏、团结协作、无私奉献”的精神和“横扫虏廷、雪我国耻”的慷慨气概，忠实履行公约使命，把人生的舞台定位在彻底消灭化武的“战场”上，他们的工作，充满了开创性、挑战性和风险性，他们所弹奏的，是这个时代的最强音。

何曾不知晓？生死契阔，茫茫两不知。

此情为谁浓？万劫不灭，耿耿炎黄恋。

春去秋来，八载寒暑，他们步履匆匆，从白桦荫蔽的雪国到烟雨蒙蒙的江南，从流光溢彩的粤海到牛羊遍野的草原，哪里有毒魔，专家们就到哪里鏖战；哪里发现险情，哪里就会成为他们的下一个人生驿站。

在沼泽密布的丘陵，在蚊虫肆虐的密林，在淤泥深厚的码头，在骄阳似火的江滨，在热闹非凡的市区，在书声朗朗的校园……他们先后六十多次出征，挖掘处理日本遗弃化武四万多枚，被人们誉为“降魔神兵”、“人民的保护神”。

在这篇报告文学即将完稿之时，2006年4月28日新华网传来一则新闻：日本外务省今天凌晨宣布，有关日军遗留在中国的化学武器处理问题，由于无法在《禁止化学武器条约》中规定的2007年4月这一期限前完成处理工作，日本已向禁止化学武器组织提出申请，要求将期限延后五年。

公约组织权威兮？当事者诚信兮？

路漫漫其修远兮，吾将上下而求索。这就意味着，履约事务办公室的战斗任务仍未有穷期，专家们将继续奋战、鏖战、苦战下去，直到目标的终点！

“八一”前夕，中国文联一批艺术家在参观了履约事务办公室工作成果展览后，不少人在留言簿上欣然题写诗文：

赞和平使者

止戈为武先哲训，
熔剑铸犁普世心。
八载风霜锤劲旅，
五洲烽火耀星辰。
睽睽众目锋屡试，
猎猎云旌志犹存。
誓拱吾华重崛起，
不教魔影肆国门。

履约人的胸怀

白天，狠毒的太阳，把我晒得漆黑；
晚上，温柔的月亮，把我洗得净白。
南海，把我的汗水烧到沸腾；
北国，把我的汗水冻成冰块。
五月端阳，暮春初夏的鲜花，我来不及陶醉；
八月中秋，早晨傍晚的清风，我来不及体会。
已经久违了，那亲人团聚的笑声；
已经久违了，那夫唱妇随的浪漫。
流汗，辛苦，我一个人担待；
流血，风险，我一个人承载。
……
我，就是履约人；
我，就是中国人。
今年二十岁，四十岁，六十岁，七十岁。
老中青三代，一样的风采；
老中青三代，一样的胸怀。

（作者系政治部主任）

国门卫士

■ 史聿元　赵铁军　陈　静

在号称“天下第一雄关”的居庸关脚下，有一块静谧和谐的建功沃土——中国人民解放军防化指挥工程学院。在这所书声朗朗的校园南端，矗立着一座颇具古典特色的楼宇，引人注目的是，楼房顶端镶嵌着一只展翅欲飞的雄鹰，与对面一座由数十块硕大无比的巨石天然堆积而成、其外形既似巨人翘首远眺又如雄鹰回眸凝望的奇异山峰遥相呼应。望着这奇特的景观，不由使人想起辛亥革命先驱黄兴气势磅礴的《咏鹰》诗句：

“独立雄无敌，长空万里风，一去渡沧海，高扬摩碧穹。”

这，不正是楼宇内主人公的真实写照吗?!

千百年来，居庸关曾是中原民族和周边少数民族军事争夺与和平交流的重要隘口，被誉为保障中原、沟通南北的神圣国门。如今，驻守在这块热土上的防化学院，凭借雄厚的科技实力和人才优势，派出一支支专业队伍，在祖国千里边境口岸、沿海港口，协助国家出入境检验检疫局开展检验检疫、熏蒸消毒、除害处理，护卫着祖国的生态环境和资源不受侵害，直接服务于国家的经济建设，被人们形象地喻为“国门卫士”。

八年光阴，弹指一挥间。

中国人民解放军防化指挥工程学院科技开发部官兵与国家质量监督检验检疫局（以下简称国家质检总局）团结一心，携手并肩，优势互补，共同战斗在护卫国门口岸第一线，谱写了一曲曲为保卫共和国的经济大门，开展检疫除害处理和技术合成的传奇颂歌……

国务院副总理吴仪在听取了防化指挥工程学院在口岸工作的情况汇报后赞叹道：“解放军为我们国家经济建设立了大功。我们要感谢解放军，我们要向解放军同志学习……”

国家质检总局局长李长江在满洲里口岸观看了学院官兵们的车载原木熏蒸现场工作后，给予很高评价，他说：“做得很好，非常正规，有解放军在，我们就放心……”

国家质检总局党组书记李传卿在绥芬河口岸视察进境木材熏蒸现场时感慨地说：“防化指挥工程学院和检验检疫部门的合作，要向深度和广度开展，要不断提高科技含量，要创新，要为国家的经济建设和社会的进步做出更大的贡献……”

创业伊始，面对艰苦、辛苦、冷遇、嘲讽，他们在心海中点亮一盏灯——

心中若无灰色　面前便是万里晴空

诞生于抗美援朝炮火硝烟中的防化指挥工程学院，是全军惟一一所集核化生防护为一体的高等军事教育院校，拥有一大批在这一领域领军甚至在世界上具有一定知名度的高精尖人才。和平时期，随着全球生态环境日益恶化、国际反核化生恐怖日趋严峻，防化兵的使命得到了拓展，担负起核化生事故应急救援、国际化学武器履约、处理日本遗弃化学武器、反核化生恐怖和护卫国家生态安全等重要任务。

在国门口岸参加熏蒸消毒,同样是一项极其危险的工作。由于面对的是形形色色的疫菌,使用对人体有害的化学药剂,稍有不慎,就可能危及生命安全,甚至导致人员猝死,地方上有的熏蒸公司曾发生过多起人员中毒死亡事故;有的消毒药剂对人体危害潜伏期较长,作业人员中毒后当时没有任何反应,一两个月甚至更长时间才会出现发烧、恶心、休克等症状;最要命的是,长期从事这项工作,表面上看好像对本人身体无较大影响,但婚后所生的子女中不乏畸形、弱智和痴呆者;使用化学药剂消毒,如果操作方法不当,还会诱发火灾。报载,青岛一家熏蒸队使用磷化铝对棉花熏蒸酿成火灾,多人被烧伤,直接损失达八百万元;南通一家熏蒸队对一艘大型货轮实施熏蒸三十九小时后,当大轮行至长江口时突然起火,六个舱位烧毁了五个,十几人被烧伤,经济损失达三百万元。

八年来,熏蒸消毒小分队步履匆匆,足迹遍及二连浩特、满洲里、绥芬河、上海、宁波、福州、厦门、广州、珠海等国检局所辖部分口岸,人员由刚成立时的十几个人,壮大到目前的一千二百多人。一次次出色地完成了出入境物品辐射检测、辐射杀虫、木材及木制品熏蒸杀虫、疫麦熏蒸、入境物品及运输工具消毒等任务。与地方的技术合作还促进了军地双方的共同发展,实现了“双赢”,取得了一定的社会效益、军事效益和经济效益。

在国门口岸执行熏蒸消毒任务,靠什么开拓发展?秦长畦部长一语道出秘籍:“美国人靠法律治国,欧洲人靠素质创新,我们熏蒸消毒工作靠的是人民军队特有的优势,那就是艰苦奋斗的优良传统和作风。在我们每个人的心海中,始终点亮着一盏方向灯标——勿忘‘梅花香自苦寒来’的哲学!

从而使熏蒸消毒事业的路子越走越宽广。”

也许，在旁人眼里，他们住在灯火辉煌的繁华都市、比肩接踵的通商口岸，常年同不同肤色的中外客户打交道，吃香的，喝辣的，手里还挣着大把的钞票，岂不是生活在金窝窝和福窝窝里。其实，从事熏蒸消毒的人员却都是远离闹市，居住在人烟稀少的渔村或山村，与大海、大山为邻，与渔民、牧民为友，生活上极为不便。特别是刚起步的时候，各熏蒸消毒研究所处境相当艰难。吃饭，没有食堂，要乘车到地方检验检疫局的食堂搭伙；睡觉，没有固定住房，哪里有业务就在哪搭顶帐篷凑合睡一宿，要是时间长了，他们就更不能多租房和租好房，经常是几个同志挤在一间破旧的房子里。尤其夏季，在有“火炉”之称的广州、上海，屋里温度高达40多度，即使坐着不动，身上也是汗涔涔黏糊糊的，没有地方冲澡，加上蚊虫的叮咬，压根儿就无法休息。如果遇上下雨天，天上大下，屋里小下；天上不下，屋里还在下。外出执行任务那就更难了，上海研究所当时有辆破旧的八座吉普车，驾驶座上没有靠背椅，谁开车，谁就得去练“军姿”；两个车头灯也不是很好使，有时晚上外出执行任务，得需要有个人专门拿着手电筒照路。

心中若无灰色，面前便是晴朗的天空。面对生活上的困难，官兵们没有一个抱怨的，他们说：“条件再苦，也苦不过红军长征两万五；困难再大，也大不过八年抗战。”他们在与苦相伴中创造出了无限快乐，说起“创造”，各熏蒸消毒研究所“点子”还真多。南方熏蒸消毒作业点的同志们发明了“系列套餐”、“活动房”、“天然浴”。外出执行任务时，饿了，拿出随车带的面包、榨菜和军用水壶，嚼一嚼，喝上一口，大家风趣地说：“这是新世纪的红米饭南瓜汤，味道好极了！”累了，困了，搭个简易帐篷，或者干脆就在吉普车这个“活动房”里凑合一下；完成任务出了一身臭汗怎么办？摘下面具，脱下防护服，跳进小溪、小河里扑腾一阵子“天然浴”。北方熏蒸消毒作业点的同志发明了“铁皮别墅”和“天然冰淇淋”、“火塘浴”。破旧的工棚挡不住草原上的沙尘暴，他们干脆住进了闷罐车；天寒地冻，水龙头冻结了一时无法取水，他们就嚼冰解渴或化雪煮水；工作后汗水浸透了衣衫，寒风袭来，浑身冻得瑟瑟发抖，他们三五成群围聚一起，点燃一堆篝火，有的翩翩起舞，有的高吟放歌。条件虽然艰苦，环境虽说恶劣，但人人自我感觉别有一番情趣，其乐融融！

每当忆起这些往事，二连浩特熏蒸消毒研究所班长刘宏斌深有感触地说：“熏蒸工作苦点累点是众所周知的，但再苦也没有二连这般苦啊！2001年8月的一天，我们几个人没有买到火车票，坐长途汽车进入内蒙境地后，眼前一望无际的沙漠，一两百公里都看不到人烟。到达二连的第二天，大家就投入到紧张的熏蒸工作中，每天工作达十二个多小时，晴天一身汗，雨天一身泥，风天一身土，特别是炎热的夏季，火车车厢铁皮表面温度高达60多度，灼得烫人，药剂的挥发度也高，对人体伤害更大。再说洗澡吧，经常是身上擦上肥皂就没有水了，只能用毛巾把肥皂擦净，有时洗一次澡要费好多时间。”官兵们面对高温高毒，无所畏惧，以高度的责任感实施原木熏蒸。每当看到熏蒸完毕的原木一车车地运走时，官兵们高兴得无以言表。正是这种艰苦奋斗、以苦为乐的精神，保证了各项熏蒸保障任务的圆满完成。

生活中的苦，是科技开发部的同志们对苦的一种品味。苦的只是人的肌肤，而更苦的却是市场竞争的无情和客户不信任的冷遇与嘲讽，它蹂躏着人的自尊，苦的是人的心志。

熏蒸消毒业务，是在没有经验、没有知名度、没有客户、没有信誉的背景下建立起来的，可以说是一穷二白、举步维艰，就像当年刘邓大军挺进大别山一样，是以自己的形象和素质“硬”打进去的。在业务开展上，需要解决的第一问题，就是找到客户，把业务开展起来，把“根据地”建立起来，立稳脚跟。由于没有信誉、没有知名度，人家在一般情况下不愿意和他们建立业务关系。为此，官兵们没有少吃苦头和碰钉子，受冷遇、遭白眼更是家常便饭。部长秦长畦曾到一个单位联系业务，门卫看过介绍信后，告诉他“领导在开会”，等了近两个钟头，好不容易见到了领导，那位领导却爱搭不理。任凭秦部长说破了嘴、喊哑了嗓，那位领导还是毫无商量余地，冷冰冰地丢下两句话：“一是我们的消毒防疫工作已经做得很好了，你们没有必要来；二是消毒防疫工作是个高技术活，你们来了也干不了。”说完，头也不回地转身而去，弄得他好不尴尬。碰了一鼻子灰仍不死心的秦部长又带上上海熏蒸消毒研究所所长董霞明，去一家检验检疫局联系业务，那位局长一听说是部队的单位，又刚刚成立，只有人力，没有资金，不等秦部长把话说完，就打着官腔，挖苦道：“你们解放军不是讲全心全意为人民服务吗？现在，我们这里正缺资金，欢迎解放军同志无私奉献，来投资几千万……”

当事后董霞明接受采访时说：“像这样的事，我们遭遇了很多、很多。说实在的，听到这些话，谁心里不受刺激？要是照我的脾气，早骂娘走人了。但我们部长没有这样做，他首先做了自我介绍，然后耐心地给这位领导作解释：‘我们解放军是为了保护国家的环境、林业、农业不受损害而来的，是受国家质检总局的委托而来的，是受总部首长的委托而来的。’谈得很清楚，很明白。之后秦部长对我说，‘万事开头难。世上没有一蹴而就的事业，也没有不费气力就唾手可得的成功。凡成就大业者，必须能经受住磨难和委屈。’”

几次碰钉子后，科技开发部党委召开专题会议研究对策，决定转变观念，发挥我军传统作风的优势，发挥防化兵熏蒸消毒技术功力厚、创新能力强的优势，走不同于地方熏蒸业务开展的特色道路。即：从别人不愿干的、干不好的、干不了的事情做起，用“两不怕”的精神去感化客户和地方业务主管部门，用过硬的技术和高素质的服务赢得“上帝”，积小成大，积微成著，一步一个脚印地把军队的“品牌”树起来，把防化兵的声誉打出去！

创“军”字品牌，树“降魔神兵”形象——

召之即来、来之能战、战之能胜

军人生来为战胜。靠什么？靠的就是一不怕苦、二不怕死，靠的就是特别能吃苦、特别能忍耐、特别能战斗的精神动力！

什么是别人不愿干的？就是那些既艰苦又不挣钱的脏活、累活。对这些活，别人扔掉了，科技开发部官兵们却如获至宝地捡起来，一丝不苟地完成好。

一次，上海一家个体公司进口了一批鱼骨粉，需要在入境口岸做消毒处理。由于只有三个集装箱，消毒作业挣不了几个钱，几家消毒公司都不愿意承接这样的活。一拖再拖，直至鱼骨粉发出强烈的腥臭味，苍蝇满天飞，蛆虫到处爬。研究所的同志们听说后，认为虽然业务量比较小，但也是个创牌子、树形象的好机会，就马上与那家公司联系，立即派出有关人员，只用了半天时间就解决了鱼骨粉久拖未能及时消毒处理的问题。

1999年大年初二，美国驻上海的一家公司急需将一件不到三平方米的物品经过熏蒸消毒处理后运回美国，这是一笔很小很小的生意。上海虹桥机场检验检疫局曾多次与其他熏蒸消毒公司联系，都因业务量太小、不挣钱而被拒绝，在没有选择的情况下，他们找到上海熏蒸消毒研究所，请求给予帮助，并答应加倍支付报酬。当时，研究所里有几位同志正到市里购物，留守人手不够，值班的同志接到电话后，二话没说，就爽快地答应了下来，用BP机召回购物的所有同志，在四十五分钟内火速赶到作业现场，仅仅用了三十分钟就完成了熏蒸消毒任务，而且慷慨地不收取任何报酬。研究所同志们的举动，既感动了那家美国公司老板，更赢得了上海虹桥机场检验检疫局的信任。从那以后，他们所有的熏蒸消毒业务都心甘情愿地交给了研究所。该局领导说："这是对人民解放军无私奉献精神和雷厉风行作风的报答。"

什么是别人干不好的？就是那些涉及国家形象、政治敏感性强、人员素质和作业质量要求高、一般熏蒸公司承接后不容易达到作业要求的活。对这样的活，官兵们从维护国家形象的大局出发，不计成本，不讲收益，毫不迟疑地承接下来，一丝不苟、保质保量按时完成好。

2003年"非典"期间，人人谈"非"色变，一片恐怖。当时，上海航空每天有一百余架次的进境飞机需要消毒处理，如果不及时消毒处理，将产生严重的国际影响。危急时刻，上海国际机场出入境检验检疫局向防化指挥工程学院紧急求援。在最短的时间内，一支全副武装的消毒处理队伍走进了上海国际机场，快速登上了来自境外的国际航班，进行了及时的消毒处理……此举受到了上海检验检疫部门、上海航空部门、外国航空公司及中外旅客的交口称赞。上海国际机场检验检疫局写来一封很长的感谢信，信中这样说到：一天24小时要轮班不间断地工作，每天仅飞机消毒就达一百五十多架次。面对长时间、高强度的连续作战，他们没有一个人退却，没有一个人叫苦，没有延误一个航班，没有简化一项消毒程序，也没有发生一起令机场局和机组人员不满的现象，为我局抗击"非典"取得阶段性胜利，做出了突出贡献……

什么是别人干不了的？就是那些国家需要的、对人民有益的，无论困难有多大，他们想方设法、千方百计保质保量完成好。

2000年5月，一批来自疫区国家、价值亿元的进口牛、羊皮滞留在中蒙口岸。当时正值高温天气，皮张开始腐烂，苍蝇遍地，气味难闻，几里之外都能闻到，少数民族进口商担心利益受损，集体进京上访请愿，事态极其严重。国务院责令检验检疫部门在最短的时间内妥善处理好此事，以确保少数民族利益不受损失。防化指挥工程学院科技开发部受国家检验检疫部门之托，立即组织精兵强将连夜赶赴口岸，经过缜密了解，迅速展开消毒工作，经过一个多月的连续奋战，消毒处理二十五万张牛皮、一百多万张羊皮、三千件羊毛、近百节火车车厢和4万平方米的污染场地，高质量地完成了任务，避免了事态的恶性发展。国家检验检疫部门在发来的慰问电中称赞："解放军在危难中见真情，在急难险重的任务中见真功，为维护人民群众利益、维护社会稳定做出了贡献。"

2001年初，震惊中外的"多佛惨案"中遇难的五十八名中国偷渡者尸体被运回国，急需消毒处理。福建检验检疫局把这项艰巨的政治任务交给了福州所，年轻的防化兵接受任务后，没有一丝一毫的推托，面对每一具惨不忍睹的尸体，克服了巨大的心理障碍和恐惧反应，慎重制定消毒方案，精心进行处理，令现场的地方政府、检验检疫部门和死者家属深受感动。一面面锦旗送到了他们的驻地，当地政府赞扬道：解放军为消除"多佛惨案"的不良影响和处理这一事件的善后问题立了大功；检验检疫部门赞誉他们：解放军同志在关键时刻，召之即来，来之能战，战之能胜；死难者亲属含着热泪说：解放军不愧是我们老百姓的亲人！

福建闽侯县有个千年古寺——雪峰寺，院内有一棵千年古树，古树有个大洞，洞内放着一个佛像，属于国家级重点保护文物，也是当地老百姓的敬仰之物，每天都有很多人前去朝拜这棵古树。但古树生了虫子，多年不能根治，对古树的威胁越来越大。当地政府部门想了许多办法也没有效果，为此愿出高价征集灭虫办法。福州熏蒸消毒研究所的同志们得知这一情况后，主动找上门去，无偿采取帐幕熏蒸方法，为大树做了除害处理，一次性解决了除虫难题。此举感动了寺庙，感动了地方政府，也感动了当地的老百姓，又一面锦旗挂在了他们的墙上。

一个个难关被攻破，一场场硬仗被打下，这使防化兵在外树立了一个让人满口赞誉的形象，为了确保“军”字品牌屹立不倒，各熏蒸消毒研究所主动参与地方检验检疫局的组织生活。在满洲里，就有一个被局党委倍加称赞的编外“第八党支部”。说起“第八党支部”，满洲里检验检疫局局长、党组书记王新力感慨地说：“我们局共有七个直属党支部，之所以会出现个‘第八党支部’，是他们经过努力主动争取来的。防化指挥工程学院满洲里熏蒸消毒研究所建立后，他们觉得离学院党组织太远，组织政治学习不够及时方便，主动要求参加我局党委统一安排的组织生活，接受党的监督。另外，他们还有一个用意，就是为了深入地了解与把握地方的各项政策和规定，以便更好地指导业务工作。这个编外党支部政治学习抓得紧，思想工作做得好，党员作风廉洁，业务工作方向正，支援地方经济建设成效突出，已成为我局各支部的一根标杆。”

广州熏蒸消毒研究所利用自身地理优势，对新招收的人员都要进行入所第一课教育，即：参观黄埔军校、瞻仰孙中山故居，参观鸦片战争纪念馆等爱国主义教育基地……通过这些教育不仅增强了他们守护国门的正义感、神圣感和使命感，更使他们拥有了一个共同的信念：勿忘革命传统，勿忘国耻，勿忘前辈们孜孜以求、振兴中华的宏图大业。在实行思想教育的同时，他们还坚持实行“军事化管理，市场化运作”，每年都要进行军事训练。平时，严格按照军人的标准和三大条令来要求：统一着装、进行队列训练、执行军队内务卫生制度、作息制度和请销假制度，从工作现场到宿舍，被子叠得如同直线加方块，物品摆放得也井井有条。

各地研究所的官兵，心往一处想，劲往一处使，都在想方设法把“军牌”打出去。

有一次，一家客商急需对货物进行出售，买方已在现场且要马上装货运走，但货物熏蒸通知单还未拿到手中。老板找到部队熏蒸人员说：你们不需要对这批货物进行熏蒸处理了，只要给出个熏蒸消毒处理检验单就行，费用我们可以多付点。熏蒸所的同志硬是不点头，耐心解释道：“这不是钱不钱的事，如果对这批货物不进行熏蒸消毒处理，虽然帮了你们的忙，但却给我国的环境留下了隐患。万一出现问题引起纠纷甚至索赔，影响了你个人的生意不说，损害了我国在国际上的良好信誉和形象就严重了。这是个原则问题，我们通融不得、马虎不得，你可以不找我们，但只要找了我们，我们就要负起这个责任，一切按标准办。你可以设身处地地想一想，假如你处在我们这个位置，弄虚作假的事情你会不会干？你的货物急，我们可以先给你处理，但标准一点也不能降低。”一番话令货主口服心服。消毒所马上组织人力对这批货物进行处理，丝毫没有影响双方交接货的时间，也没有收取加急费。那家客商感动地说：“你们解放军办事丁是丁、卯是卯，原则性强，信誉高，值得尊敬，值得信赖。我愿意和你们打交道。”诸如此类的事情，在各熏蒸研究所不胜枚举。这就是奋斗在国门熏蒸一线的防化兵，他们用严格求实的行动在国门前屹立起一块不倒的丰碑。

走出困境，就应该步入辉煌——

各路卫士展雄风　齐心协力创佳绩

对于从事熏蒸消毒这一全新领域的防化兵来说，从军营走向社会，从课堂步入市场，面对激烈的竞争环境，好不容易走出了举步维艰的第一步，接下来的文章怎么写？部党委响亮地向各熏蒸消毒研究所发出动员令：走出困境，就应该大步走向辉煌！

最早与检验检疫部门合作的上海熏蒸消毒研究所，经过几年的艰苦创业，虽然在强手如林的上海港站稳了脚跟，但所长董霞明清醒地意识到，这仅仅是万里长征迈出的第一步，与部党委提出的“大步走向辉煌”还差之十万八千里。为了百尺竿头更进一步，他们首先从强化内部管理，提升整体素质，促进熏蒸技术和服务质量的提高抓起，以“规范、准确”为原则，积极开展质量体系认证，引进ISO9001-2000国际质量管理体系，不断提升熏蒸消毒技术水平。每天，他们都承担进港大轮、木材、粮食、烟草、散货的熏蒸消毒和国际航班消毒等一系列繁重业务，一年四季，官兵没有节假日，人人身兼多职，一专多能。为了节约人力，三名所领导全部自己开车。一名司机既开车又管车队，还兼采购、保管、办公室等工作。副所长周鄂飞利用业余时间学习电脑编程，结合工作实际，没花一分钱，自行编制了全套的报检软件，既简便又实用，不但提高了工作效率，减轻了劳动强度，还节约了经费开支。

上海浦东国际机场每天有一百六十多架次航班进港，时间不一，有的白天，有的半夜，遇到航班晚点时间就更没有准儿。为了做好国际航班的消毒处理工作，方便随时登机消毒，防化官兵们在飞机场附近租了一个农家小院，天天吃住在此，驻地周围除了庄稼地就是浑水沟，蚊虫肆虐，机场又噪声不止，夜里难以入睡。因为人手少，每人日平均几十次地登上飞机进行消毒。夏日里机场水泥地的地表温度达40多度，穿一般的鞋子都烫脚，必须穿厚底鞋才行，再穿上厚厚的消毒服，立马挥汗如雨，就像蒸桑拿一般，走进关闭空调的机舱更是闷热无比，脸上的汗水把视线都模糊了，手上的汗水湿透了手套，鞋里的汗水湿透了袜子……官兵们没有一个叫苦叫累，将飞机上每一个规定部位全部消毒，每次圆满完成任务后，不少外国机组人员都朝他们伸出称赞的大拇指。

一次，一家外轮靠港，船上的货物急需熏蒸，时逢雨天，对船上的货物熏蒸作业技术要求高，危险性大，当地的几家熏蒸队都望而却步。外商急得团团转，轮船靠港后多停一天直接经济损失达三万美金。心急如焚的外商找到了上海熏蒸消毒研究所，他们二话没说，当即派出了王竹林等四名技术骨干登上外轮。雨天作业难度大，四名同志只能从五十公分大小的通风口钻进去操作。由于舱内温度高达50多度，为了防止脱水休克，他们进舱前喝了大量的盐水。按正常密封、投药只需要一个小时，但这次却花了整整两个小时，人在舱内既不能站也不能坐，只能半跪半蹲作业。当四人完成任务被拉出舱外时，一个个像被开水煮过似的，脸色苍白，面部浮肿，浑身虚脱无力，就像散了架，趴在地上半天也起不来，被江风一吹，衣服上显露出一道道白碱。在场的外商感动得不知说啥好，紧紧握住他们的手，连连说道："Thanks，Chinese！Ok，Chinese！"

在做好日常业务的同时，他们还与上海检验检疫局合作，开发研制建设了环保型智能熏蒸库，开辟了飞机消毒、大轮熏蒸等新的业务领域，完成了"TCK疫麦"灭菌处理、"非典"和"禽流感"消毒处理等一系列应急任务，培养了一批熏蒸消毒的专业技术人才，受到各方好评。

在高手云集的广州口岸，广州熏蒸消毒所独树一帜。他们由建所之初的几个人发展到今天的一百四十人，由当初的一个工作点发展到今天八个工作点，业务基本覆盖了整个珠江三角洲。在那里，只要提起防化兵的熏蒸消毒队伍，人们赞誉不断，有口皆碑。

说起这段创业史，副所长段圣亮感慨万端：那时，我们刚来广州，人生地不熟，业务很难开展，吃饭住宿都没有固定的地方，白天在外边联系业务，饿了吃口面包，渴了就喝口白开水。没有找到合适的房子，为了节省经费，大家就住在黄埔检验检疫局宿舍楼的楼顶上，早上起来露水打湿了被子，一拧就出水；遇到大雨天，我们就在楼道拐角处搭临时床铺。一天，我们外出联系业务，跑了一整天，晚上回来就在楼顶上睡着了，半夜大雨倾盆而下，每个人都淋成了落汤鸡。就是在这样的环境下，大家咬着牙坚持了两个多月。后来，黄埔检验检疫局为我们安排了一间房子，这才算有了一个固定的“家”。

广州熏蒸消毒研究所业务点多、面广、线长，任务量大、节奏快、作业难度大。每到夏季，口岸地表温度超过 50 度，集装箱被太阳晒得直烤脸，作业不多一会儿，汗水便浸透了厚厚的防化服，鞋底也烤变了形。如果赶上台风，码头上积水成河，趟水作业更是难上加难。老码头作业场地小，集装箱堆积如山，局部消毒毒气含量高、浓度大，极易发生中毒事件。但是，没有防化兵克服不了的困难，所里的领导身先士卒，跟班作业，共产党员冲锋在前，脏活累活抢着干，大家同心协力，团队精神在这里得到了最好的体现。一次，来自马来西亚的一船木材急需帐幕熏蒸，可适逢雨季，口岸上的其他几家熏蒸公司都以各种借口予以拒绝，外商老板找到了他们，请求在最短的时间内完成熏蒸工作。时间紧任务重，他们连续作业七十二小时，换人不换机器，歇马不卸鞍，雨水浸泡的帐幕又重又臭，原木堆里的蚊子成群，这样的活连民工都不愿意干，但他们却一鼓作气打赢了这场攻坚战。

在“非典”和“禽流感”期间，进境靠港的外轮需要对生活垃圾和排泄物进行严格的消毒处理。这时，一些消毒处理公司都悄悄隐退了，只有防化兵的熏蒸消毒队伍冲到了最前边，他们不讲价钱、不提条件，冒着被传染和感染的危险，靠前作战，零距离接触，一次次圆满完成了任务。

学院院长刘永贵在广州熏蒸消毒研究所考察之后，在全院的干部大会上说了三个没想到:“没想到在改革开放前沿他们的工作做得这么好，没想到他们把队伍带得这么好，没想到在地方工作他们的规章制度落实得这么好。”

在闽江和东海的交汇处马尾口岸，坐落着福州熏蒸消毒研究所。走进他们的办公室，你会被挂满墙的锦旗奖牌和镶满墙的规章制度所吸引，一面面锦旗和奖牌是他们多年努力工作的最好见证。

这个研究所负责马尾、漳州、厦门、台江、莆田等十一个作业场所。这里面对金门岛，民间的贸易往来十分频繁。由于作业战线长，范围大，人员多，地域特殊，管理显得尤为重要。所领导形成一个共识：我们虽说是搞熏蒸消毒的，但必须时刻牢记自己是一名军人，既要创经济效益，更要创社会效益。“非典”期间，马尾检验检疫局的一名干部家属被确认为“疑似病人”，需要对她家进行消毒处理。在没人敢去问津之际，防化兵主动登门进行消毒，还承担起了端水送饭的义务。为了提高素质，他们积极与地方检验检疫部门开展多项合作，联合进行反恐演习和防核辐射恐怖袭击演练，进行科研合作，联合撰写专业论文，先后有多篇论文发表在《检验检疫科学》和《植物检疫》杂志上。

宁波是我国最早成立的港口之一，也是我国进出口货物最多的大港之一。1999 年为支援当地经济建设，确保进出口物资没有病虫害，科技开发部在宁波成立了熏蒸消毒研究所。

所长吴宝华看似文弱书生，管理上却有铁的手腕。由他创造的熏蒸工作培训“三部曲”，为创“军”品牌注入了一股新鲜活力。这三部曲一是加强熏蒸前的准备工作，对熏蒸消毒器材、药剂进行检查和确定；二是加强熏蒸过程中的监督工作，通过对熏蒸消毒每一道工序的严格把关，确保熏蒸质量；三是对熏蒸消毒物质的严格检验。“三部曲”的做法改变了以往的熏蒸消毒方式，也赢得了各用户的一致好评。几年来，每当有货物熏蒸消毒的通知，他们都以最快的速度到达熏蒸现场。由于点多面广，熏蒸地点分散，时间紧、任务重，同志们从没有休息的概念，平均每年加班五十天，相当于一年工作了十四个月。

2002 年 6 月，宁波出入境检验检疫局根据国家质量监督检验检疫总局的要求，急需对存放在宁波各仓库的十万吨 TCK 疫麦进行熏蒸消毒处理，研究所接到通知后，迅速组织有关人员，采取密闭式熏蒸方法日夜奋战一个多月，使十万吨TCK疫麦得到了熏蒸消毒处理，受到当地检验检疫部门领导的高度赞扬。

提起满洲里熏蒸消毒研究所，当地上百家木材加工企业负责人无不交口称赞。创业初期，研究所的生活条件比当地的气候条件还要差。为减少开支，他们租用老百姓民房，当地水质碱性大，含氟量高，洗脸总感到洗不净，喝水总觉得越喝越渴。加之原木熏蒸工作量大，用水困难，每天工作完衣服都汗碱发白，洗一次衣服要积蓄两天的水。创业者面对生活上的困难，他们一笑置之，工作上越发精益求精，一步一个脚印。为了快速提高熏蒸质量，自己动手制作了辅助器材，如：根据气候条件变化制作了符合火车车箱实际，能够调整的木夹和加压沙袋等器材，确保了熏蒸质量和熏蒸快速度。这些都受到了当地检验检疫部门和木材商的高度评价。

他们心中明白：原木病虫害熏蒸质量的高低，不仅关系到防化兵的信誉，更关系到对我国生态环境特别是森林环境保护及旅游资源的影响。为此，他们坚决贯彻落实部党委提出的“以质取胜”战略，以高质量、高效率赢得客户。为了提高熏蒸技能，他们虚心向当地检验检疫部门的专家取经，还利用业余时间回访客户，倾听意见和建议，不断改革。几年来，他们熏蒸了十几万车原木，没有一起因质量和技术问题而使客户被索赔的，许多老客户主动地把新客户介绍给他们。这些新客户拿到熏蒸单后，就像吃了“定心丸”，又在外地木材客户中进行宣传。这样一传十，十传百，很多原来在其他地方熏蒸的木材又回到满洲里熏蒸作业点。

地处北部边陲的绥芬河熏蒸消毒研究所，设在一个三等铁路小站的招待所里，这里是当年车载原木熏蒸技术的实验场地：方圆一公里的站区，九条铁路线，每天，装满原木的火车源源不断地开到这里进行熏蒸处理。凌晨三点半，官兵开始工作，持续干十几个小时。对车箱进行封闭是作业的第一道工序，每天用来做糨糊的面粉就要三袋子，用来做封条的牛皮纸需要五百张，用来盖车顶原木的苫布每块都有一百五十斤重，用来压苫布的沙袋每个都有十多公斤。赶上下雨，每块苫布重达一百多公斤，需要好几个人一起拉，一天下来，胳膊又红又肿。几年下来，每个人的胳膊都变粗了，在火车车厢行走，如履平地，八百多公斤的工作车几个人抬起来就走。

六年来，他们共熏蒸了十二万车七百多万立方米的原木。在完成车载原木熏蒸工作的同时，他们还承担了四百多家木材加工企业的落地木材消毒除害处理任务，开发了公路口岸门式消毒通道和铁路口岸自动消毒通道。在绥芬河小城，只要提起防化兵，没有一个不叫好的，都说绥芬河口岸的发展防化兵功不可没！

欲穷千里目，更上一层楼，新的突破点在哪儿——

创新是灵魂，创新是动力

“创新是一个民族进步的灵魂，是一个国家兴旺发达的不竭动力”，这在今天已经成为我们全党乃至全国人民的共识。

创新就是挑战过去，超越常规，突破极限。当事业发展到一定程度，就必须寻找新的突破，在新的起点上继续前进。特别是在科技领域，技术进步速度越快，淘汰的速度也越来越快。新技术使用周期相对缩短，一项新技术从发明到使用，有时不到一两年就会落伍。因此，要想在激烈竞争中独占鳌头，就必须不断进行技术创新。防化指挥工程学院熏蒸消毒研究所的官兵们深知这个道理，他们不满足于已经取得的成绩，不满足于现有的状态，不满足于固有的熏蒸消毒模式，开始了一轮又一轮的探索、拼搏、创新……

在福州港口，以往需要进行熏蒸消毒处理的集装箱到港后，被集中叠放在码头场地，进行检验检疫和熏蒸消毒处理时，货主必须用吊车或叉车将集装箱从高层迁往地下，然后开箱检疫、关箱进行熏蒸消毒，这一道道“工序”既费时又费力。福州熏蒸消毒研究所与福州出入境检验检疫局动植检的同志们算了一下，这一吊一开以及集装箱在场地停放一天，其费用就达250元/箱，如果加上集装箱的租用费200元/箱，那成本就增加为450元/箱。为了提高效益，军地双方研制出“集装箱熏蒸插针定量施药方法”，不开门、不吊箱、随时施药、即时放行，攻克了集装箱货物熏蒸消毒的难题。货主们高兴地说，告别这一吊一开，每年能为我们节约二百万元费用。这项成果很快被国家动植物检疫司推广，获得了当年的科技进步奖。

上海是国际化的大都市，这里发生的一切都受到世界的关注。

《跃》 张 燕 （基础部军队政治工作教研室教员）

石鹰颂

熏蒸消毒所使用的溴甲烷药品，属于剧毒高危化学品，污染环境，危害人体，世界发达国家早已停止使用，发展中国家也已经列出了限期停止使用的时间表。上海熏蒸消毒研究所的领导和技术人员，开动脑筋，查找资料，实地考察，调查论证，从维护生态环境和人民的利益出发，投资四百多万元，与地方检验检疫局合作，共同开发了 XMG — 35“环保型智能熏蒸库”。它具有穿透力强、杀虫彻底、节省时间、环保及对被熏蒸物无腐蚀无损害等特点，减少了熏蒸剂的使用量，及对周边环境的污染，提高了熏蒸工作效率，实现了熏蒸气体的重复使用，解决了过去一直没有办法解决的低温条件下的熏蒸问题。在常规情况下，熏蒸货物需要二十四个小时，而用 XMG — 35“环保型智能熏蒸库”熏蒸仅用四个小时即可完成；常规熏蒸药剂不能再利用，而用XMG—35“环保型智能熏蒸库”，药剂可重复利用，既节约了药剂，降低了成本，又利于环保，是目前世界领先、国内最先进、科技含量最高的现代化熏蒸设备。

改革开放以来，中俄关系逐渐走向正常化，两国贸易飞速发展。在中俄边界最大口岸之一的满洲里口岸，出入境货物与日俱增。但是，近年来疯牛病、口蹄疫、禽流感等威胁人类生命安全的传染疫情经常在我周边国家和地区发生，这不能不令人担忧。我国政府对此十分重视，满洲里出入境检验检疫局提出在铁路口岸建立自动化消毒通道，对入境的列车进行防疫性消毒，防止或减少传染疫情侵入我国，守住国门，保证我国的环境卫生安全。

2004 年 5 月，满洲里所抓住铁路口岸要在入境铁路处新增一段复线的时机，经多次考察和反复论证，迅速设计出自动化消毒通道方案，呈送有关部门审定后批准建设，这条长二十米，高八米的隧道型通道，既能遮蔽雨雪，又可阻挡侧向风，为全天候消毒作业提供了一个理想的平台。

在自动化消毒通道主体结构建设期间，研究所技术人员倾注了大量心血。针对满洲里最低气温可达零下40度，冰冻期可持续到第二年五月，冬春季对进境列车难以实施消毒，在尝试了多种办法后,他们最后确定采用森林灭虫害的方法，即：喷药粉方法。经过调查了解，市场上销售的喷粉消毒设备和农业、林业等部门使用的消毒设备，都是小型的人力或车载设备，对列车消毒来说都存在着作业面小、持续时间短、需人力操作等问题,不适应满洲里铁路口岸的消毒作业要求。因此，研制适应满洲里地区的喷粉消毒设备迫在眉睫。经过认真分析，他们首先理出了喷粉消毒设备的七大关键技术问题，然后一个问题一个问题地解决。当第一台样机制造出来后，试车运行时效果仍不理想，准确说失败了。但他们没有泄气，继续攻关，初步找出了问题所在：设备启动后，电机飞转，风机嗡嗡作响，可喷头出口风力很小，基本不喷粉。经过反复分析、试验、调整、改装，又制造了第二台、第三台样机，但都没有大的进展……直到第四台样机试机后，他们才终于查找到了问题的症结。原来，在先期的工作方案中，只是孤立地解决了所遇到的问题，而在整个设备中，各个问题都是相互联系，相互制约，甚至是相互矛盾的。例如，为了提高喷头出口的风速，只是单纯地提高风机功率。可是功率提高了，风机出口的风速虽然加大了，但风道的风阻同时也成倍地增加了，结果喷头的风速还是没有明显的提高。要想加大喷头的上下作业高度，就必须缩小其左右宽度，这样就会增加出口处的风阻，使喷射距离缩短。研究人员在探索中发现，只有在设计和制造中，力求在各种限制条件下，寻找各冲突部位的平衡点，才能使整机的功能达到最佳。思维一变天地宽。2004年9月，他们终于研制出了比较理想的喷粉消毒机。在北京试验成功后，马上运抵满洲里。但由于当地气温、风速等外界条件因素发生了较大变化，又出现了风机启动负载过大、喷口受强大的切面风影响、不下料等一系列问题。经过近一个月的调整、修改，才基本达到了技术要求。同年10月正式投入使用后，专家和技术人员的脸上终于露出了笑容。但他们并没有因此而放松对自动化消毒通道的改进，经过六个多月的运行使用，又对各技术设备进行了多次改进完善，经检验检疫部门专家鉴定，一次性通过，并获得国家技术专利。

满洲里铁路自动化消毒通道是我国独一无二的铁路自动消毒通道，受到国家出入境检验检疫局和许多地方出入境检验检疫局的关注，各级领导纷纷来满洲里视察参观，并对这一项目的社会效益给予了充分肯定。这一科研成果的取得，不仅解决了铁路自动化消毒难题，而且对禽流感的消毒工作也发挥了重要作用。各界消毒行业和出入境口岸检验检疫部门纷纷前来咨询，请求提供帮助，开辟了自动化消毒设备市场的广阔前景。

近年来，绥芬河口岸对岸的俄罗斯远东地区，常发生口蹄疫、马铃薯甲虫、禽流感等疫病疫情，时刻威胁着我国人民的生命财产及动植物安全。情况十分紧急，绥芬河检验检疫局局长苏永泉找到了部政委呼小平，请求帮助研制铁路口岸门式自动化消毒设施。呼政委当即向局长表态，一定在最短的时间内，把铁路口岸的自动化消毒通道搞出来。

呼政委马上组织研究所人员快速地运转起来，借鉴其他口岸的自动化消毒通道经验，结合绥芬河地区的气候特点和地理环境，多次到现场实地考察，回来又在图纸上反复琢磨，与技术人员一起制定方案，反复估算每一组数据，仔细研究每一个环节，认真推算公式，配比药液，还多次从学院请来专家教授帮助进行实验。在刘敏博士、孙建建教授等人的指导下，不到一个月，一座新型的铁路自动化消毒通道建成了。古老的中东双轨铁路上，屹立起一座几米高的自动化消毒通道，如同一座把守国门的金刚，又好像一道坚强的钢铁防线。每当进境列车通过，防化兵便开启电脑控制系统，消毒通道马上开始工作，全方位、多角度、立体交叉、上下多个喷头药液齐发，喷云吐雾，对进境列车车厢各部位实施通体消毒。这个自动消毒通道还解决了困扰铁路口岸多年的冬季低温消毒问题，冬季零下30多度照常作业，消毒效果良好。

奋战在各地口岸的防化兵熏蒸消毒研究所，充分发挥科技优势，有的研发了石材辐射检测仪，这种检测仪体积小、携带方便、检测率高、功能全、使用效果好，受到了各地检验检疫部门的欢迎；有的研制出远距离辐射检查车，改变了过去近距离人工检查容易被照射的弊端，在边境口岸投入使用后，深受用户好评。

随着我国林业资源危机和“天然林保护工程”的实施，进口原木逐年递增，国外有害生物和疫病也乘机搭车而进，仅从俄罗斯进境原木中就检出了多种检疫性害虫，口岸生态环境岌岌可危，农业、林业受到了严重威胁。2001年2月6日，国家五部委联合发出的“2号公告”明确提出：为保护我国农业、林业生态环境的安全，从2001年7月1日起，由境外进口的原木必须经过除害处理后方可入境。一石击起千层浪，方方面面拍手叫好。然而，作为我国原木最大进口国的俄罗斯官方却无动于衷。原来，俄罗斯出口原木最多的几个口岸没有除害处理的条件。也就是说，我国五部委“2号公告”提出的要求，在出口国俄罗斯境内进行原木除害处理后再出口的措施将无法实施。

怎么办？问题棘手。在入境口岸对进口原木进行除害处理是一个新课题，铁路敞篷车车载原木熏蒸技术在我国是一项空白，一直无人问津。对进口车载原木进行除害处理应该采用什么办法？谁来承担这个新课题的研究？谁有能力担当此重任？几经选择，2001年6月，国家质检总局把信任的目光投向了防化指挥工程学院科技开发部，委托学院对铁路敞篷车车载原木熏蒸技术进行攻关。接到这个任务，副院长韩东军当即立下军令状：一个月之内破解这道难题！

军中无戏言，承诺重千钧。韩副院长立马调兵遣将，运筹帷幄，组成课题科研攻关小组，指派秦长畦部长挂帅担任剂量攻关小组长。领命后秦部长立即率领技术人员赶赴绥芬河口岸，在绥阳三等火车站安营扎寨，对铁路敞篷车车载原木帐幕熏蒸技术进行实地科研攻关，一场艰巨的攻关战斗拉开了帷幕……

铁路敞篷车车载原木熏蒸除害处理史无前例。以往传统的做法是让原木落地，再进行密闭熏蒸，对场地的要求高，时间要求长，这种方式在口岸现场肯定行不通。科研攻关组根据实际考察结果，最终确定了攻关的思路：原木不能落地，就在列车上进行熏蒸除害处理。

思路有了，具体的困难却一个接着一个地来了。

敞篷车车体的封闭是第一道难关。第一次试验，他们用特制聚氯乙烯塑料薄膜将整个车体裹起来，再用胶带纸在外面粘上。然而，软软的塑料布被硬硬的原木上的铁丝和钉子一扎就是一个窟窿眼儿，再加上铁道线上风又很大，一会儿，塑料布就被风吹得七零八落，试验宣告失败。第二次试验又开始了，他们将车上原木先用篷布苫上，然后罩上塑料薄膜，再用胶带纸粘上，这样，不仅增加了工序，时间也延长了，成本当然也成倍增加，耗时费力，不易作业。多次试验都以失败而告终，面对山重水复疑无路的困境，短短几天，秦部长看上去人一下子消瘦了许多，眼圈也变黑了。为早日把铁路敞篷车车载原木熏蒸技术拿下，科研攻关组彻夜召开紧急分析会，探寻攻关思路。

灵感来自知识和经验的积累，才干来自实践的锻炼和磨练。一直处于思考中的东北大汉秦长畦，那天半夜突然来了灵感：篷布加塑料布不就是双面胶篷布吗？用双面胶篷布覆盖原木不怕扎，一次覆盖省时省力，用陆地熏蒸用的沙袋压在篷布上，既可以防止散落，又可以帮助密封。他连夜带人打着手电筒来到现场，丈量火车车厢的尺寸。回来后，立即确定了长16.5米、宽6.2米、厚度0.6厘米的双面胶篷布加沙袋来固定封闭车厢原木的方案。第二天一大早，两眼通红的他，匆匆忙忙直奔牡丹江篷布厂，定做了3块双面胶篷布。

绥阳火车站上的攻关试验时刻牵动着北京的大本营，学院副院长韩东军将军一天几次电话打进攻关组，当他听说实验需要篷布，立即派人将一百块篷布以最快的速度送到绥芬河。

国家质检总局动植物司的领导也时刻关注着这里的攻关进度，派时任植检处处长的卢厚林前来指导助战，黑龙江检验检疫局也派植检处处长曾庆财前来协助。

绥芬河检验检疫局领导罗公平、苏永泉天天蹲在现场，与部队技术人员一起攻关，车上车下，一天不知道上上下下多少次，大热天厚厚的作业服和防毒面具让他们汗流浃背。在这期间，车体其他部位的封闭也进行了多次试验，很快解决了车厢的密封问题。

功夫不负有心人。多少个不眠之夜，多少次的论证试验，部队官兵与地方检验检疫局同志密切配合，奋力攻关，破解了一个个难题，突破了一道道关口，克服了常人难以想象的困难，在不到二十天的时间里，科技攻关小组从熏蒸方式、药剂、药量、熏蒸时间、温度、密封方法、杀虫效果等方面进行了几十次试验，并将十六小时熏蒸时间缩短为十二个小时，终于成功研制出“铁路敞篷车车载原木帐幕熏蒸技术”。

7月13日是个值得纪念的日子。这天，在绥阳火车站举行了一次不同寻常的鉴定试验，前来助威的人们精神高度集中地注视着现场试验的每一个环节，都在心里为试验的成功与否捏着一把汗。秦长畦部长沉着镇定指挥，三组防化兵分工协作配合，在一字排开的试验车厢上，进行封闭、投药、测试等一系列工作程序，作业时间按时完成，各道工序进行顺利，各项指标符合标准要求。散气后，虫死疫灭，效果良好，顺利通过检验检疫部门的鉴定。此刻，现场掌声一片，欢声如雷，官兵们脸上的汗水和喜泪一同流淌，胜利的欢快让他们忘记了连日来的疲劳和辛苦。

“一镜高悬净不尘，万流争赴虚如海。”很快，这项获得国家专利的技术在绥芬河、满洲里、二连浩特等各大口岸推广应用，有效地防止了境外虫害疫病的侵入，确保了我国的生态资源不受侵害。

> “没有优势创造优势，有了优势发挥优势；没有机遇寻找机遇，有了机遇抓住机遇；没有亮点打造亮点，有了亮点再创亮点。”

他们在崭新的执政理念中
不懈追求人生的最大价值

生命与价值是一个亘古的话题。

著名诗人臧克家曾有一首广为流传的纪念鲁迅先生的诗：“有的人活着，他已经死了；有的人死了，他还活着……”形象而深刻地揭示了人生意义与人生价值的内涵。

战争年代的军队，英雄辈出；和平年代的军队，也堪称是群英荟萃。在我军防化领域，有被中央军委主席亲自授予一等功的“巾帼建功标兵”——钟玉征将军；有血染巴格达、被联合国秘书长安南誉为“忠于职守，深受赞誉”的“和平卫士”——郁建兴烈士；有为处理侵华日军遗弃化学武器转战神州大地，为东洋人所叹服的“防化兵形象大使”——陈海平教授……

守卫在共和国防疫大门的防化官兵，虽然没有惊天地泣鬼神的壮举，但他们在平凡的岗位上做出了不平凡的业绩，他们之所以被人们称为“国门卫士”，是因为他们在崭新的执政理念中实现了人生的最大价值。

这是一个坚强的集体、团结的集体、战斗的集体。几年来，科技开发部党委在学习贯彻科学发展观中，响亮地提出了“没有优势创造优势，有了优势发挥优势；没有机遇寻找机遇，有了机遇抓住机遇；没有亮点打造亮点，有了亮点再创亮点”的工作思路，充分发挥党委的核心领导作用、党支部的战斗堡垒作用、党员的先锋模范作用，涌现出了一批在熏蒸岗位上为社会主义经济建设服务、为部队建设服务的先进人物。在他们身上，透射出了鲁迅先生说的那种“民族的脊梁”精神。

——秦长畦，科技开发部部长、党委书记，这位典型的东北大汉，当兵三十多年，为他挚爱的防化熏蒸事业倾注了满腔热血和全部精力，多年积劳成疾，仍乐此不疲地奔波在全国各地熏蒸消毒第一线。

专业技术五级高工、大校军衔，他说，这只是一个老兵的标志。他一向把自己当作一名老战士，每一次处置应急突发事件，他都冲在最前面，站在一线指挥。“TCK”疫麦熏蒸，他亲自制定方案，几十万吨的“TCK”疫麦，几十天的熏蒸，没出一点纰漏，圆满完成了任务。内蒙二连浩特口岸滞留的价值亿元的进口牛羊皮发生腐烂，惊动了国家有关部门，防化兵奉命熏蒸消毒，又是他亲自带队，不顾现场刺鼻的气味和药品的危害，组织熏蒸消毒计划的实施……十几年来，他转战大江南北，披星戴月，风餐露宿，不辞劳苦，一桩桩一件件，官兵们看在眼里记在心上，都说：“我们的主帅学为人师、行为世范，是大家最好的榜样！”那年，他带我们去上海创业，白手起家，举步维艰，开展业务步步是坎，但他有股百折不挠的劲，终于在上海港熏蒸消毒市场占有一席之地；在研制“铁路敞篷车车载原木帐幕熏蒸”技术时，他带领官兵在绥阳火车站旁的一间旧房子里一住就是一个月，上百次的实验、失败、再实验，记不得度过了多少个不眠之夜，脸庞消瘦了一圈，皱纹多添了几道，月光下的铁道线上经常映现他那高大的身影，烈日炎炎的晌午，他独自在火车车厢旁冥思苦想，有时夜里说梦话也是铁路敞篷车车载原木帐幕熏蒸……

一年三百六十五天，他有将近二百多天奔走在各个熏蒸消毒作业点，每名官兵的名字他都能倒背如流，谁家有了大事小情他都记在心头。上海熏蒸消毒研究所政委赵兴桂女儿大学毕业三年没找到合适工作，他命令赵兴桂回京给孩子联系工作，并说：“什么时候给孩子安排好了，你再回上海……”绥芬河熏蒸消毒研究所所长邵卫东爱人生小孩，因工作不能及时赶回去，他知道后当即下命令：买飞机票，马上回去！他心里装着每一名官兵，惟独对自己漠不关心，腰肌劳损，久坐不得，但驱车几百公里下基层检查工作，早已是家常便饭的事；心脏也有毛病，常犯心绞痛，医生多次要求他住院，可他一忙起来，医生的话全当成耳旁风，有时不得已，为了保安全，每次外出身上绑上了监测仪器。荣誉面前，他总是一让再让，甚至推功揽过。人们都说：只说不做是假把式，只做不说是傻把式，又做又说才是好把式。可他从来不信这一套，他只认定一个字“干”，功过由人说。他只相信毛泽东的哲学：“不干，半点马列都没有！”黑龙江检验检疫局杨敏局长对来黑龙江考察的防化指挥工程学院刘永贵院长、王义政委说：“你们应该重奖老秦，没有他就不会有今天的熏蒸消毒工作局面，他对熏蒸消毒工作的开展功不可没，也为口岸通关提速立了大功……”

可是每年年终，机关都提议为他请功，他却坚辞不受。

——上海熏蒸消毒研究所党支部书记、政委赵兴桂，当了十年系主任，半道改行搞熏蒸，都说人过三十不学艺，可年过五十的他，转行转得急，上路也上得快。三年前，他来上海熏蒸消毒研究所任政委，当时前任所长刚转业，一大摊子事都交给了他，他拿出山东人的犟劲，不懂就学，不会就问，虚心拜师学艺，每天挑灯苦学业务书籍；为了方便工作，他竟学会了开车，驾校老师感到很惊奇；熏蒸作业时，他像小学生似的坚持跟班学习，近距离观看每一道程序、每一个环节、每一个细节，久而久之，外行变成了内行，指导工作有的放矢，管理队伍游刃有余，熏蒸业务快速发展。闲不住的他又积极开辟新的工作领域，寻找新的经济增长点，大轮熏蒸、航班消毒、智能熏蒸库等业务都轰轰烈烈地陆续开展起来，经济效益、社会效益、军事效益稳步提升。

说起来也许谁也不相信，三个春节，他都是在岗位上度过的，来上海几年回北京的次数有限，自己家里的事情都推给了老伴儿，就连装修房子也是老伴儿一人一点点张罗的。孩子去国外进修，他正奋战在抗击“非典”一线，脱不开身，只好委托同事帮忙送到机场。有一天，他突然提出请假三天，回去为老父亲送终，这时大家才知道，他有四个老人需要照顾，都是妻子和家人在替他尽孝心，他把全部精力都用在熏蒸消毒工作上。来上海几年了，他没去过东方明珠，没逛过商场，没坐过磁悬浮列车……他自知年龄大了，用于工作的时间不多了，所以，更加拼命地工作、工作、工作。

——广州熏蒸消毒研究所党支部书记、所长秦和柱，虎背熊腰，浓眉大眼，俨然一名武将。当初他来广州独自一人打天下，吃面包喝凉水，睡地铺，啥样的苦都吃过，啥样的罪都受过，凭着一股不服输的劲，硬是打开了广东熏蒸消毒市场的大门。可如今，今非昔比，鸟枪换炮，他已经由过去的单枪匹马发展到了拥有八个熏蒸消毒作业点、一百六十多人的专业熏蒸消毒队伍。

作风严谨，是他给人的一贯印象。他虽不善言谈，但对工作中的任何一个细节却从不放过，他说“细节决定成败，熏蒸消毒高危高毒，如果不精益求精准会出大事！”三伏天大轮熏蒸，船舱内温度高达50多度，他第一个带头跳进去，四个小时后，最后一个出来的他，浑身湿透，筋疲力尽，连说话的力气都没有了。由于他作风严谨，所里几年来从没出过一次质量和安全事故，在广东七十多家熏蒸消毒单位里堪称一流！

多年来，他与检验检疫部门、企业单位、外商公司建立了良好的合作关系，只要和他打过一次交道的客户，一定会成为回头客。

八年来，他把全部的心思都用在了工作上，妻子面临分娩，身旁无人照顾，几次催他快点回去，以免发生意外。当时工作忙，实在脱不开身，他打电话让北京的朋友帮忙前去照顾，直到孩子出世后两天他才赶回了家。

金钱，是摆在每个人面前的试金石。有一家公司看中了秦和柱的能力和才华，提出每年给他一百万让他脱掉军装去那里工作，他回答了一句话，让对方哑口无言。他说：我是军人，部队培养了我，我对这身军装的感情是多少钱也买不来的！

这就是秦和柱，一个为实现人生价值而不受金钱诱惑的基层党支部书记。

一个领导者有威信，说话就灵，感召力就大；没威信，就难以使人信服，虽令不从。宁波熏蒸消毒研究所所长吴宝华为什么在群众中有威信？战士和职工至今念念不忘他的故事：

2001年冬天的一个晚上，吴宝华像往常一样，与战士们一起看完电视就早早地休息了。深夜一点多钟，突然刮起了大风，肆虐的西北风无情地敲击着门窗，惊醒的他想起在北仑港口看守器材的小张，马上拿上自己的大衣和被子，赶到三公里外的北仑港口，进门一看，小张睁着大眼蜷缩在被窝里，冻得无法入睡，他把被子和大衣盖在小张身上，同他挤在了一个被窝里。第二天，吴宝华专门到商店买了两床被子，交给小张。

2003年9月，小李突然接到女朋友“吹灯”的来信，心烦意乱，晚上把头蒙在被子里想心事。睡在一旁的小王因家中的喜讯兴奋得话如长河，搅得小李心里更加烦躁，两人为此发生激烈争吵。吴宝华把小李叫到宿舍，睡在一块儿谈了一夜。第二天，吴宝华给小李女友写了一封长信，详细介绍了小李在熏蒸所的工作情况。心血没有白费，很快，小李女友回信了，收回了“吹灯”的打算。从此，小李工作更加起劲了。

2002年7月的一天，石道春收到妻子的来信，打开一看，不禁泪水涟涟，“感谢所领导寄来五百元雪中送炭钱，道春，你要好好工作，否则，对不起领导……”原来，在石道春爱人生孩子时，正好熏蒸所接到通知，有几万吨TCK疫麦急需熏蒸除害处理，准备回家探亲的石道春马上改变了主意，他给妻子通电话说明了情况，一头扎在紧张的工作中。细心的吴宝华了解到石道春妻子马上分娩，便以所里的名义给石道春家寄去了五百元钱。当石道春拿着妻子的信向所长表示感谢时，吴宝华却握住石道春的手说：“要说感谢，我们得首先感谢你，要不是内行的你在，这次疫麦熏蒸任务就不会完成得这么快、这么顺利啊！”

——学习、学习、再学习，是满洲里熏蒸消毒研究所党支部书记、所长李德斌的信条。2001年8月，车载原木熏蒸工作起步之初，面对这个全新课题，他利用业余时间认真学习有关业务知识，参加当地检验检疫部门组织的业务培训，全面掌握所用药品的性能、中毒症状、急救措施及防护常识。为解决风雨天气熏蒸技术问题，他白天黑夜连轴转，寻师访友，查找资料。在一家工厂，他看到木工用的机床铁夹，忽然眼前一亮，回来后连夜画图纸，连续三天到工厂监制，试验很快取得了成功，保证了风雨天气原木熏蒸工作的正常进行，为车载原木熏蒸技术专利顺利通过做出了贡献。

为确保熏蒸质量，他每天记录气温、药量、时间、杀灭比例，几年来共采集了六百六十多份数据组，两万多个数据点，从中摸索出了原木熏蒸规律。他还针对口岸需要，不断开拓创新，自行研制的满洲里铁路口岸消毒自动化通道，实现了四季全天候进行消毒作业的新路子。

——二连浩特熏蒸消毒研究所党支部书记、所长邵卫东说："能吃苦，才能在二连浩特扎下根！"二连浩特熏蒸现场就在铁路货场旁一个将近一公里的沙窝里，这里无法停车，所有的工具和药品都要肩扛人抬，几百公斤的药品罐也是如此，官兵每天在这里要跑上无数趟。口岸地处中蒙边界，那里一年四季风沙不断，沙尘暴经常光顾。风大时，对面不见人，沙子满天飞，打到脸上，疼得钻心，人的嘴里、耳朵里、鼻子里、眼睛里都是沙子的藏身之处。风一刮起来，盖在原木上六十多公斤重的双面胶篷布一下子变重了许多，一两个人根本抓不住，有时连人带篷布一块儿被风刮下火车，非常危险。就是在这样艰苦的环境里，他和十多名战友每年熏蒸原木一万两千车。铁路口岸缺水，有时一连几天洗不上澡。有一次，停水几天，他们每人每天就发一瓶矿泉水用于洗脸刷牙和饮用。官兵们每天早4点到晚6点在现场工作，夜间还要再去现场巡视，一天只能睡几个小时的觉，但人人无怨无悔。

邵卫东戴一副近视镜，一副书生模样，说话快人快语，高亢有力。身为所长，他每天起得最早，睡得最晚。2001年8

月，他刚来二连口岸指挥熏蒸作业，就接到爱人要分娩的消息，他心里别提有多高兴了，却没有将这一人生的最大喜讯与战友分享，悄悄给妻子打了个祝福电话，夫妻俩说了好多好多甜甜蜜蜜的话，商量了半天给孩子取什么名才能表达他们的爱，直至感到手机发烫了，才依依不舍又郑重其事地说出了早已准备好又觉得说不出口的歉意词："这里的熏蒸工作刚开始，我又是一所之长，你说我能离开吗？"未等他说完，电话那头，传来一阵爽朗笑声："你忙你的，我带上我们的孩子回他姥姥家去，你就放宽心吧！"电话这头的邵卫东，情不自禁地哽咽起来。一晃两个多月过去了，这期间，因工作太忙，他给家里打电话也由多到少了，有时妻子打过来，他不是关着机就是说上一二句就听他讲"拜拜"。一次，秦部长来验收工作，闻知邵卫东爱人生孩子两个多月了他也没有回家，秦部长眼睛湿润了，当即命令他坐飞机回家探亲。这是邵卫东有生以来第一次坐飞机回家探亲。那天，他离开二连口岸时，二连检验检疫局领导都来给他送行，临别时拉着他的手说："部队有你们这样的好干部，我们老百姓放心！"

从来不谈自己的邵卫东，只要说起身边这些战士，就像满架的葡萄——一嘟噜一嘟噜似的："他们个个都是好样的，每年开春来作业的时候，大家都是白脸，回去时都变成了'包公脸'。风天一身沙，雨天一身泥，热天一身汗，夏季40多度的高温天气，火车厢被太阳晒得烫人，军用胶鞋踏上去，鞋底烫得变了形。但再热的天也要戴防毒面具，作业过后摘下防毒面具时，里面的汗水能倒出半茶杯。防毒面具戴的时间长了，脸都压得变了形。有的战士病了也不吱声，不请假，吃点药顶一顶就过去了。有个叫蔺锦涛的战士，脚两次被扎伤，血流湿了鞋，赶也赶不走，多好的兵啊！他们让我感动，令我动容，也激励我上进！"说到动情处，邵卫东泪光闪闪。

从这些"领导者"身上，折射出共产党员的熠熠光芒。

他们说：为了心中那面永不褪色的红旗，我们每一名共产党员都需要时刻用锤头去击打自己，并挥舞镰刀在头脑中开辟一片至纯至善的情感圣地。

几度风雨几度春秋，
风霜雪雨搏激流，
历尽苦难痴心不改，
……
危难之处显身手，
为了母亲的微笑，
为了大地的丰收，
……

当历史的脚步踏进新世纪的门槛，科学发展观已成为深入人心的执政理念。奋战在祖国各地边境口岸的防化兵熏蒸消毒研究所官兵，以自身的模范行动展现了军人的别样风采，在全国熏蒸消毒行业树立起了一面旗帜，为保护环境、保护生态、保护人民的生命财产而不懈奋斗。“特别能战斗、特别能吃苦、特别能创新、特别能奉献”，是人们对“国门卫士”精神世界的真实写照。他们怀揣着一颗对党、对祖国、对人民、对军队滚烫而又虔诚的心，在平凡而又特殊的岗位上，奏响了人生的华美乐章。

这就是共和国的防化兵，他们无愧于“降魔神兵”的光荣称号，他们是和平年代共和国的“国门卫士”，更是人民心目中的当代英雄。

（作者分别系科技开发部副部长，原政治部宣传处处长，政治部宣传处干事）

石鹰头记（代后记）

■ 马文科

石鹰头，京北奇岳驻跸山之龙首，灵秀独钟，蜚声日久。史载金章宗游幸至此，叹其峻伟，御书“驻跸”刻于石上。清时以“天峰拔翠”著列“燕平八景”之一。建国之初，防化学院奉迁来斯，张迺更校长因其外观，呼之为石鹰头。越数十载，此峰遂化为防化兵之象征。登峰四望，极目京畿，千载风物，悉入笔端。念中唐刘蕡，忧国不计生死；有明戚帅，靖边固于金汤；闯王旌旗，毁败竟在旬月；西后仓皇，家国辱于虎狼；詹公壮举，烛照幽昧长夜；举国同忾，高扬复兴风樯！尤为可感者，仪型在侧，俊彩星陈：郁建兴树丰碑于两河，联试组执牛耳于万国，履约人廓倭毒于神州，复有无数健儿抗非阻疫、反恐安邦——赫赫军声，山铭其志，史炳共勋！纪丰功而精构，睹胜迹而省躬——此诚方家治园之雅意，而启游人览物之幽情。果如是，则山石恒其德秀，草木永葆灵荣，斯园固将因之而垂汗青矣！